Monika-Maria Stöcker

Das Abenteuer einer großen Liebe

Monika-Maria Stöcker

Das Abenteuer einer großen Liebe

Ein Jugendbuch nicht nur für junge Leute

Johannes-Verlag Leutesdorf

Erste Auflage 1998

Mit kirchlicher Druckerlaubnis des
Bischöflichen Ordinariates Augsburg,
Nr. 247 vom 22. Januar 1998,
Konstantin Kohler, Generalvikar

Herausgegeben vom Theresienwerk e.V. Augsburg
Gestaltung der Umschlagseite: Nach einem Entwurf von
Anette Kallmeier, Büro Ay, Augsburg

Gesamtherstellung: Druckerei des Johannesbundes e.V.
D-56599 Leutesdorf am Rhein

ISBN 3-7794-1410-4

Zu beziehen durch die *KSM*
Katholische Schriften-Mission, D–56599 Leutesdorf am Rhein
Telefon: 0 26 31/9 76-1 92, Telefax: 0 26 31/9 76-2 50

Inhalt

Vorwort

Das vorliegende Buch mit Texten der heiligen Therese von Lisieux ist vor allem für junge Menschen gedacht, die einen Weg zur wahren „Quelle des Lebens“ suchen.

Kursiv Gesetztes ist wörtlich aus ihren Schriften ausgewählt, anderes ist mit eigenen Worten erzählt, manches ausführlicher weitergedacht. Im Anhang des Buches findet sich unter anderem eine skizzenhafte Landkarte von Frankreich, die alle Lebensstationen Thereses markiert.

Therese war ein ganz normaler junger Mensch: begeisterungsfähig, aufgeschlossen für alles Gute und Schöne in dieser Welt, hungrig nach Anerkennung und Zärtlichkeit, wissensdurstig, neugierig und kritisch, sensibel und eigenwillig ... Sie kannte Schwierigkeiten und Grenzerfahrungen. Mit starkem Willen und aus der Kraft des Glaubens nahm sie jede Hürde in ihrem Leben; es wurde zu einem unvergleichlichen Abenteuer der Liebe.

Es ist die Hoffnung der Verfasserin, daß viele junge Menschen in Therese ein Vorbild und eine Wegbegleiterin für ihr Leben entdecken und in ihr eine treue Freundin finden.

An dieser Stelle möchte ich allen herzlich danken, die zur Entstehung dieses Buches beigetragen haben: Herrn Geistlichen Rat Anton Schmid, Leiter des Theresienwerkes, für seine Beratung zu inhaltlichen Fragen, Frau Petra Siersetzki für die Vorarbeiten zum ersten Teil und für das Schreiben der Druckvorlagen, Frau Helga Wendenburg für die Korrektur, der Jugendgruppe „Die Flamme“ für die Ermutigung, dieses Jugendbuch zu schreiben, und nicht zuletzt Therese selbst, die mich innerlich dazu angetrieben und mich begleitet hat. Letztlich ist es ja ihr Buch.

Augsburg, den 19. Oktober 1997

Monika-Maria Stöcker
Referentin im Theresienwerk

I. Kapitel
Meine ersten vier Lebensjahre in Alençon

Meine Eltern

Zuerst möchte ich etwas über meine Eltern und Geschwister erzählen, denn sie gehören ja untrennbar zu meiner Lebensgeschichte.

Mein Vater, Louis Martin, wurde am 22. August 1823 in Bordeaux, Frankreich, geboren. Sein Traum war es, mit einundzwanzig Jahren in ein Kloster einzutreten. Dort wurde er aber abgewiesen, weil er kein Latein konnte. Sofort machte er sich daran, die Sprache nachzulernen, was ihm allerdings sehr schwer fiel.

Bald mußte er einsehen, daß Latein nicht zu seinen starken Seiten gehörte. Darum erlernte er das Uhrenhandwerk und übernahm das Juweliergeschäft seiner Eltern. Er arbeitete sehr viel und war erfolgreich. Sein einziges Vergnügen war, wenn er an den Wochenenden stundenlang fischen konnte. Ab und zu traf er sich abends mit Freunden zum Glaubensgespräch. Er schämte sich nicht, öffentlich zu zeigen, Christ zu sein. Er ging gern in den Gottesdienst. Gott war für ihn wie ein guter Freund, mit dem er über alles reden konnte.

Mein Papa war ein schöner und lieber Mann. Das fiel besonders den Mädchen in Alençon auf, und so manches hatte ein Auge auf ihn geworfen. Papa allerdings ignorierte sie alle, er wollte vom Heiraten nichts wissen. Oma machte sich Sorgen darüber, weil Papa mit seinen vierunddreißig Jahren zum Heiraten schon ziemlich alt war.

Heimlich suchte sie eine passende Frau für ihn. Mit mütterlicher Schlauheit gelang es ihr, den Widerstand von Papa ins Wanken zu bringen.

Meine Mutter, Zélie Guérin, wurde am 23. Dezember 1831 in Gandelain geboren. Sie hatte keine schöne Kindheit. Ihre Mutter war eine ziemlich rauhe Bäuerin, die zu ihrer Tochter sehr streng war. Darunter litt meine Mama, besonders weil ihr Bruder offensichtlich sehr verwöhnt wurde.

Auch sie wollte in ein Kloster eintreten und wurde ebenfalls abgewiesen. Tief enttäuscht darüber, machte sie sich daran, die Kunst der Herstellung von Alençon-Spitzen zu lernen. Diese Spitzen machten Alençon in ganz Europa bekannt.

Bald beherrschte sie diese tüftelige Handarbeit so gut, daß sie es wagte, zusammen mit ihrer Schwester, meiner Tante Marie-Louise, ein eigenes Geschäft zu eröffnen, und das mit erst zweiundzwanzig Jahren. Tante Marie durfte aber bald in ein Kloster eintreten, und Mama arbeitete mit ihren Angestellten allein weiter.

Die Bemühungen meiner Oma, Papa doch noch zu verheiraten, wurden durch ein geheimnisvolles Ereignis erleichtert. Das war so: Als Mama eines Tages in Alençon über die Brücke St. Leonhard ging, kam ihr ein junger Mann entgegen, der sie sehr beeindruckte. Eine innere Stimme sagte ihr: „Das ist er!" Auch für Papa war es „Liebe auf den ersten Blick". Da für die beiden kein Zweifel bestand, daß sie zusammengehörten, wollten sie schon drei Monate später heiraten.

Die Hochzeit feierten sie am 13. Juli 1858 in der herrlichen Kirche „Unsere Liebe Frau“ in Alençon im engsten Familienkreis um Mitternacht, so wie es damals üblich war.

Zélie Guérin

Louis Martin

In aller Eile richteten sich die beiden eine neue Wohnung und ein Büro für meine Mutter ein. Sie, die doch eigentlich ins Kloster gehen wollten, hatten nun den Plan gefaßt, Gott viele Kinder zu schenken.

Meine Geschwister

Die Freude meiner Eltern war groß, als ihr erstes Kind, Marie-Louise, am 22. Februar 1860 zur Welt kam. Mama fühlte sich glücklich in ihrer Mutterrolle. Als mein Vater mit seiner Tochter zur Taufe ging, sagte er voller Stolz und mit strahlenden Augen zum Pfarrer: „Das ist das erste Mal, daß Sie mich wegen einer Taufe sehen, doch es wird nicht das letzte Mal sein.“ Wie recht er hatte! Schon am 7. September 1861 wurde Marie-Pauline geboren. Sie war ein gesundes und immer lebhaftes Kind.

Marie und Pauline wurden im Oktober 1868 Schülerinnen einer Klosterschule in Le Mans, demselben Kloster, in dem auch Tante Marie-Louise war. Es gefiel den beiden nicht besonders in dem Pensionat; sie freuten sich immer sehr auf die Ferien, in denen sie heimfahren konnten. Eine gute Ausbildung ihrer Töchter war meinen Eltern sehr wichtig, deshalb arbeiteten sie auch so viel, um das teure Pensionat bezahlen zu können.

Mit der Geburt von Marie-Léonie am 3. Juli 1863 begannen die Sorgen meiner Eltern. Marie-Léonie war ein hübsches blondes Kind mit blauen Augen, leider aber immer ein bißchen krank und schwach. Meine Eltern kämpften viele Monate um das Leben von Léonie. Papa machte lange Wallfahrten, betete viel und bat Gott, seiner lieben Kleinen doch zu helfen. Und siehe da, Léonie, die bis dahin zu schwach war, um sich auf ihre Beine zu stellen, lief „wie ein kleiner Hase“. Allerdings machte sie meinen Eltern immer ein wenig Kummer wegen ihres schwierigen Charakters und ihrer wenig entwickelten Intelligenz.[1] Da ihr das Lernen schwerfiel, war Mama überglücklich, daß Léonie durch die Fürsprache von Tante Marie-Louise auch in die Klosterschule in Le Mans aufgenommen wurde. 1871 mußte sie vom Elternhaus Abschied nehmen und zu ihren Schwestern ins Pensionat ziehen. Bald aber wurde sie von den Schwestern in der Heimsuchung zurückgeschickt, worüber Mama sehr verzweifelt war.

---

1 Vgl. Briefe der Mutter, S. 69.

Als am 13. Oktober 1864 Marie-Hélène zur Welt kam, konnte Mama sie nicht stillen, worüber sie sehr traurig war. Eine Mutter, die selbst nicht stillen konnte, mußte ihr Kind gegen Bezahlung einer Amme anvertrauen, die auch gerade ein Baby bekommen und genug Milch hatte, um auch noch ein fremdes Kind zu stillen. Es war nicht immer einfach, dafür gewissenhafte Frauen zu finden. Meine Eltern hatten einigen Kummer mit den verschiedenen Ammen meiner Geschwister, manche aber waren herzensgut und versorgten die Kleinen mit viel Liebe.

Also auch Hélène mußte zu einer Amme gebracht werden. Mama besuchte sie jeden Tag und freute sich riesig darauf, sie liebevoll in ihre Arme zu nehmen. Nach etwa einem Jahr kam Hélène zurück ins Elternhaus. Sie war ein zärtliches und gescheites Kind. Eine seltsame Müdigkeit, zunächst von allen unbemerkt, überfiel sie immer öfter. Nach einer Krankheit, deren Ernst der Arzt nicht erkannt hatte, starb Hélène mit fünfeinhalb Jahren. Vor der Beerdigung verbrachte Mama die ganze Nacht bei ihrem Liebling. Sie zog Hélène selbst an und bettete sie in den Sarg. Mama hatte das Gefühl, mit ihrem Kind sterben zu müssen, und wollte es von niemand anrühren lassen.

Die Begeisterung der Familie war groß, als am 20. September 1866 ein Brüderchen zur Welt kam. Auch Mama war außer sich vor Freude über den kleinen Marie-Joseph-Louis und sagte: „Ich glaube, mein Glück ist vollkommen!“ Damals war es in gläubigen Familien üblich, daß ein Sohn Priester werden sollte. In Mamas Phantasie sah sie den kleinen Joseph schon am Altar stehen oder predigen. Dieser Traum wurde aber bald zerstört. Mit nur fünf

Monaten starb Joseph in Mamas Armen.[1] Doch bald durfte sie sich freuen, denn es hatte sich wieder ein Kind angemeldet.

Jean-Baptist-Marie-Joseph wurde am 19. Dezember 1867 geboren. Marie und seine junge Patin Pauline spielten ausgelassen mit ihrem Bruder. Aber auch er wurde krank. Mama mußte seinem Leiden hilflos zusehen. Joseph starb im Alter von nur acht Monaten. Mama berichtete darüber in einem Brief an ihren Bruder: „Mein lieber kleiner Joseph ist heute früh um 7 Uhr gestorben. Ich war die ganze Nacht bei ihm, er hat schrecklich gelitten. Unter Tränen bat ich Gott, ihn doch zu erlösen." Mama setzte ihm ein Kränzlein von weißen Rosen auf die Stirn und legte ihn in einen kleinen Sarg. Trotz all dieser seelischen Schmerzen gab unsere Mutter die Hoffnung nicht auf, noch weitere Kinder zu bekommen.

Mit Marie-Céline wurde am 28. April 1869 ihr Vertrauen belohnt. Tausend Ängste plagten meine Mutter. Aber alles wendete sich zum Guten, das Baby entwickelte sich prächtig und war gesund.

Als ein Jahr später in unserem Land ein Krieg tobte, wurde am 16. August 1870 Marie-Mélanie-Thérèse geboren. Trotz aller Bemühungen konnte Mama das Baby nicht stillen. Weil die Kleine von der Milchflasche schreckliche Magenkrämpfe bekam, mußte wieder eine Amme gesucht werden. Die erste hatte das Kind so vernachlässigt, daß Papa mitten in der Nacht eine neue suchen mußte. Nachdem diese aber krank wurde und keine andere Amme ge-

---

1 Die näheren Umstände des Sterbens von Marie-Joseph-Louis sind unbekannt, es fehlen darüber Aufzeichnungen.

funden werden konnte, mußte das Baby mit sieben Wochen vor Hunger sterben. Es war schrecklich! Mama war tief erschüttert, am liebsten wäre sie gestorben. Aber da waren ja noch die anderen Kinder, denen sie nun ihre ganze mütterliche Liebe schenkte. Im stillen wünschte sie sich noch ein Mädchen, eine Therese, die der verstorbenen gleichen sollte. Auch diesen stillen Wunsch hat der liebe Gott ihr erfüllt.

Bei der Amme in Semallé

Als Mama mit mir schwanger war, machte sie sich viele Gedanken über sich und mich. So schrieb sie an ihren Bru-

Thereses Geburtshaus in Alençon

der: „Gäbe Gott mir doch die Gnade, das Kind zu nähren! Es wäre mir ein Freude, es aufzuziehen. Ich habe Kinder schrecklich gern; ich bin geboren, sie zu bekommen. Aber es wird bald Zeit, damit aufzuhören, denn nächsten Monat werde ich einundvierzig Jahre, ein Alter, in dem man Großmutter wird!" Am 2. Januar 1873 um 23.30 Uhr wurde ich geboren, und Marie, meine Schwester, die damals knapp dreizehn Jahre alt war, wurde meine Patin.

Mama versuchte, mich zu stillen, aber da die Milch nicht ausreichte, mußte sie mir Babynahrung aus Paniermehl mit halb Wasser, halb Milch in der Flasche geben. Bald bemerkte Mama bei mir die gleichen beunruhigenden Anzeichen einer Darmverstimmung wie bei meinen Geschwistern, die gestorben waren. Sie hatte schreckliche Angst um mich, weil sich mein Zustand mehr und mehr verschlechterte. Ein rasch herbeigeholter Arzt meinte: „Dieses Kind muß sofort Muttermilch bekommen, allein dadurch kann es gerettet werden." Schließlich versuchte man am gleichen Abend, eine Amme für mich zu finden. Mama kannte eine liebe Frau in Semallé, deren Kind allerdings schon ein Jahr alt war. Darum hatte sie Bedenken, ob ich mit erst acht Wochen diese Milch vertragen würde. Aber es war meine letzte Chance zu überleben.

Leider war es an diesem Abend schon zu spät, um sich auf den weiten Weg zu machen, aber gleich am nächsten Morgen ging Mama zu Fuß und ganz allein nach Semallé, das acht Kilometer von Alençon entfernt war. Mama fürchtete sich sehr, dachte aber nur an mich und meinen bedrohlichen Zustand. Schließlich kam sie bei der Amme an und bat sie, ob sie nicht mitkommen wolle, um ganz bei uns zu wohnen. Frau Rose Taillé wollte ihre Kinder und ihr Haus aber nicht allein lassen und machte den Vorschlag, acht Tage bei uns zu bleiben und mich dann in ihr kleines Bauernhaus mitzunehmen. Mama war mit dieser Lösung einverstanden, denn sie wußte, daß ich bei der Frau gut aufgehoben sein würde. Mama und die Amme machten sich nun auf den Weg nach Alençon und kamen gegen 10.30 Uhr bei uns zu Hause an. Als mich die Amme sah, schüttelte sie den Kopf, als wollte sie sagen: „Ich bin umsonst gekommen!“

Mama überließ mich der Amme und ging nach oben, wo unsere Schlafzimmer waren. Sie kniete vor der Statue des heiligen Josefs nieder und flehte ihn um seine Fürsprache bei Gott an, damit ich geheilt würde; dabei weinte sie sehr, was selten vorkam. Nach einer Weile ging sie nach unten und traute ihren Augen nicht. Ich lag an der Brust meiner Amme und trank … und trank, erst nach zirka zwei Stunden hörte ich auf. Plötzlich erbrach ich und fiel dann wie tot auf die Schulter der Amme. Alle, die dabei standen, waren tief betroffen. Ich gab kein Lebenszeichen mehr, und man konnte auch nicht erkennen, ob ich noch atmete. Mama dankte Gott, daß er mich so sanft hatte sterben lassen. So verging etwa eine Viertelstunde … Dann öffnete ich die Augen und lächelte. Von diesem Augenblick an war ich gesund und ein fröhliches Kind. Meine Eltern mußten sich aber damit abfinden, daß meine Amme mich mit nach Semallé nahm.

Rose Taillé war damals siebenunddreißig Jahre alt und hatte schon meine beiden verstorbenen Brüder gestillt. Sie hatte selbst vier Kinder. Eugen, der Jüngste, war dreizehn Monate alt. Ihr Mann brummte zwar ein wenig, als wieder ein Pflegekind ins Haus kam, aber Rose überzeugte ihn davon, daß mein Leben davon abhinge.

Das Häuschen, in dem ich nun wohnte, war aus Steinen und Strohlehm schlecht gebaut. Es hatte ein Erd- und ein Dachgeschoß; es war wirklich klein und niedrig und eines der ärmsten in der Umgebung. Der Kuhstall, der unentbehrliche Misthaufen und das Gewimmel der Hühner umgaben das Haus mit typischer Landluft. Die Wohnräume waren sauber gepflegt.

Rose verstand es, den Haushalt zu führen und die Kinder gut zu erziehen. Die Pflegekinder, die sie für eine begrenzte Zeit aufnahm, erhielten die gleiche, liebevolle Fürsorge wie die eigenen. Und so ging es auch mir in der Familie Taillé rundherum gut. Ich fühlte mich offensichtlich wohl und blühte auf wie die Blumen im Frühling. Die gute Luft, die Sonne, der würzige Geruch der gepflügten Erde, der Duft der blühenden Getreidefelder, die ländliche Umgebung und das gesunde bäuerliche Leben hatten aus mir ein richtiges Landkind gemacht.

Ich liebte meine Amme so sehr, daß es nicht ratsam war, mich von ihr zu trennen. Den Beweis dafür lieferte ich prompt. Eines Tages, ich war gerade vier Monate alt, brachte mich Rose zu meinen Eltern, um die heilige Messe besuchen zu können. Kaum hatte sie das Haus verlassen, weinte ich untröstlich, alle waren hilflos. Man schickte unsere Hausgehilfin Louise hinter ihr her mit der Bitte, Rose möge gleich nach dem Gottesdienst zurückkommen. Sie aber verließ kurzerhand die Kirche und lief zu mir. Mama war ein bißchen böse darüber, daß Rose wegen mir die halbe Messe versäumt hatte. Jedenfalls war ich augenblicklich getröstet und still in den Armen meiner geliebten Amme. Eigentlich wollte Rose nach dem Gottesdienst noch Schuhe für ihre Kinder kaufen, aber daraus wurde dann nichts mehr.

Wenige Tage später brachte eine ähnliche Situation meine Familie aus der Fassung. Jeden Donnerstag ging Rose auf den Markt von Alençon, um die Produkte ihrer kleinen Landwirtschaft zu verkaufen: Milch und Butter von der einzigen Kuh „Roussette“, Eier und Gemüse. Zuvor kam ich wieder zu meiner Familie, aber ich gab nicht eher Ruhe, bis man mich zu meiner Amme auf den Markt trug; sobald ich sie erblickte, strahlte ich übers ganze Gesicht und war sofort ruhig. Bis zum Mittag durfte ich bei ihr auf dem Markt bleiben.

So verging ein Monat um den anderen. Bis zum Juli war ich ein recht pummeliges Baby geworden. Die Zeit, das Heu einzuholen, war gekommen, und Rose nahm mich in einem Schubkarren mit auf die Felder und setzte mich dann auf den beladenen Heuwagen. Während sie die Kuh melkte, durfte ich mich auf „Rousette“ setzen, deren gutmütige Art das erlaubte.

Eines Tages, ich war wieder zu Besuch bei meinen Eltern, versammelten sich die Spitzenarbeiterinnen meiner Mutter im Büro. Man reichte mich von einer zur anderen, was mir offensichtlich Spaß machte. Liebevoll umarmte ich die Arbeiterinnen, denn es waren Frauen vom Lande, gekleidet wie meine Rose. Dann betrat eine feine Dame das Büro und hätte mich auch gern auf den Arm genommen. Sie streckte mir ihre Hände entgegen, aber ich versteckte mich und schrie wie ein gebranntes Kind. Nein, ich wollte sie nicht einmal anschauen, diese vornehme, aufgeputzte Dame, die mir Angst machte.

Jedes Wochenende besuchte mich meine Familie in Semallé. Diese Ausflüge aufs Land waren für Marie, Pauline, Léonie und Céline ein herrliches Vergnügen. Sie genossen das Schwarzbrot meiner Amme, und ihre Kinder freuten sich über das Weißbrot aus der Stadt.

Ein Jahr verging, und Mama konnte den Tag meiner Heimkehr kaum erwarten. In einem Brief an meine Tante (11. Januar 1874) schrieb sie:

„Seit Donnerstag läuft meine kleine Therese allein; sie ist sanft und lieb wie ein Engel, und sie hat einen reizenden Charakter, man sieht das schon – und ein süßes Lächeln. Es wird mir lang, bis ich sie zu Hause habe.“

Wieder bei meiner Familie

Am 2. April war es dann soweit, daß ich in mein Elternhaus zurückkehrte; ich war gerade fünfzehn Monate alt. Mit großer Liebe und Freude wurde ich von meinen Eltern und Geschwistern erwartet. Um mir den Abschied von meiner geliebten Amme zu erleichtern, brachte Céline alle Spielsachen herbei, um mich abzulenken. Auch meine älteren Schwestern, Marie und Pauline, die gerade Osterferien hatten, beschäftigten sich viel mit mir. Darum war ich sehr traurig, als sie nach zwei Wochen ins Internat nach Le Mans[1] zurückkehren mußten. Um so mehr klammerte ich mich nun an Mama. Sie konnte keinen Schritt tun, ohne daß ich nicht an ihrem Schürzenzipfel hing. Obwohl ich so gern im Garten spielte, wollte ich auch dort nicht ohne Mama sein. Manchmal wußte sie nicht, wie sie ihre Arbeit verrichten sollte, weil ich sofort weinte, wenn ich sie nicht sah.

Papa war begeistert von seiner jüngsten Tochter und nannte mich seine „kleine Königin“, die er gern verwöhnte. So

---

1 In Le Mans war eine Klosterschule, in der eine Schwester von Frau Martin Ordensfrau war (siehe auch Seite 13).

brachte er eines Tages eine Schaukel für den Garten heim. Welche Freude für Céline und mich – wir schaukelten um die Wette. Obwohl ich erst eineinhalb Jahre alt war, wollte ich genauso hoch schaukeln wie Céline. Ich umklammerte mit meinen kleinen Händen das Seil und schrie, wenn man mich nicht fest genug anschubste. Der liebe Gott hat mich gewiß einem besonderen Schutzengel anvertraut, denn ich war wirklich ein Wildfang.

Mama hatte die Gewohnheit, täglich um 5.30 Uhr in die heilige Messe zu gehen. Vorher legte sie mich in ihr Bett und stellte meine Wiege so nah heran, daß ich unmöglich herausfallen konnte. Als sie es einmal vergaß, fand sie mich nach der Messe schlafend auf einem Stuhl. Niemand konnte sich vorstellen, wie ich dorthin gekommen war. Mama dankte Gott, daß mir nichts passiert war.

Die Feiertage in unserer Familie waren immer besonders schön, weil dann auch Marie und Pauline nach Hause kamen. Beim Wiedersehen gab es Freudenschreie, Umarmungen und Lachen ohne Ende. Papa war voll dabei, er war unser großer Spielkamerad und Spaßmacher. Wir durften ihn immer stören, selbst dann, wenn er ganz vertieft in seinen Büchern las. Er bastelte für uns kleine Spielzeuge oder zeigte uns mit vergoldeten Kugeln Kunststücke wie ein echter Jongleur. Als seine „kleine Königin" durfte ich auf seinen Stiefeln sitzen und reiten.

Meine erste Reise mit der Eisenbahn von Alençon nach Le Mans war sehr aufregend. Ich erinnere mich nicht mehr, warum ich damals herzzerreißend weinte, jedenfalls konnte Mama meiner Klostertante nur ein kleines häßliches Mädchen mit verheulten Augen vorstellen. Schnell war ich getröstet, als mir die Tante ein mit Bonbons ge-

Therese im Juli 1876 mit drei Jahren

fülltes Körbchen schenkte, und mein Kinderglück war wieder vollkommen, als ich oben darauf zwei hübsche Ringe für Céline und mich sah.

Leider hatte ich nicht gleich bemerkt, daß ich auf dem Weg zum Bahnhof fast die Hälfte der Bonbons und einen

Ring verloren hatte. Als ich es schließlich entdeckte, war mein Leid groß. Ich wollte unbedingt umkehren, um meine Schätze zu suchen, und konnte es nicht begreifen, daß Mama meinen Kummer nicht teilte. Erst als ich weinte und schrie, erbarmte sie sich, und wir sammelten gemeinsam meine kleinen Kostbarkeiten von der Straße auf.

Ja, ich konnte recht eigensinnig sein und wollte überall meinen Dickkopf durchsetzen. Das zeigte sich bei vielen kleinen Begebenheiten, die mir später erzählt wurden. Einige möchte ich berichten, weil sie deutlich zeigen, daß ich weit davon entfernt war, ein braves oder gar heiliges Kind zu sein.

Schon mit zwei Jahren durfte ich jeden Sonntag mit zur Messe gehen. Aber wehe, wenn man mich vergaß! Einmal machte ich mich selbst auf den Weg, doch unser Dienstmädchen Louise fing mich im strömenden Regen wieder ein. Sie mußte sich einiges einfallen lassen, um mich zu trösten.

Im Jahr 1875 hatte Marie ihre Schulzeit in Le Mans abgeschlossen und kam nach Hause. Sie spielte viel und gern mit mir und brachte mich öfter ins Bett; manchmal durfte ich mich in das große Bett meiner Eltern legen. Eines abends vergaß Marie, mit mir zu beten. Als Mama später ins Zimmer kam, um mich in mein Kinderbett zu legen, protestierte ich energisch, das große warme Bett verlassen zu müssen. Während sie betete, maulte ich die ganze Zeit, ich wollte auch beten. Weil ich keine Ruhe gab, erbarmte sich Papa, der gerade zu Bett gehen wollte, und betete mit mir. Nach langem „Hin und Her" brachte er es schließlich fertig, mich zum Einschlafen zu bringen.

Ich hatte das Talent, Mama immer wieder von ihrer Arbeit abzuhalten. Ein Spiel mit ihr liebte ich besonders: die Treppe hinauf oder hinunter zu hüpfen und bei jeder Stufe „Mama“ zu rufen. Wenn sie unglücklicherweise die Antwort vergaß: „Ja, mein Kleines“, blieb ich stehen und ging keinen Schritt mehr weiter. Ganz gleich, womit sie gerade beschäftigt war, ich verlangte ihre Antwort. Immer dann, wenn es nicht nach meinem Willen ging, warf ich mich vor Zorn auf den Boden, trampelte mit den Füßen und schrie, bis ich fast erstickte.

Ich hatte ein so heftiges Temperament, daß ich selbst in der Nacht keine Ruhe gab: Die Decke strampelte ich im Schlaf von mir und stieß den Kopf gegen die Holzwand meines Bettchens, bis ich vom Schmerz aufwachte und rief: *„Mama, ich bin angeschlagen!“* Meine geplagte Mutter mußte aufstehen und stellte tatsächlich Beulen an meiner Stirn fest. Kaum hatte sie mich getröstet und wieder zugedeckt, begann das gleiche von vorn. Es half nur ein Mittel: den Wildfang jeden Abend im Bett festzubinden. Von da an schlief ich ruhig und zufrieden.

Céline erhielt von unserer großen Schwester Marie Schreib- und Leseunterricht. Weil ich mich von meiner liebsten Spielgefährtin nicht trennen wollte, bettelte ich bei Marie, mit Céline lernen zu dürfen. Ich quälte sie so lange, bis sie mir eines Tages – mehr zum Spaß – die Buchstaben zeigte. Marie war überrascht, als ich ihr am folgenden Tag in meinem Lesebuch alle Buchstaben richtig nannte, die sie mir durcheinander zeigte. Nun nahm sie mich auch als ihre Schülerin an, und schon mit drei Jahren konnte ich Buchstaben lesen und schreiben.

Ich hatte es wieder einmal geschafft, meinen Willen

durchzusetzen, und brauchte mich nicht von Céline zu trennen. Alles, was sie tat, wollte ich auch tun. Auf „Schritt und Tritt“ lief ich ihr nach, um ja nichts zu verpassen.

Bei Tisch saß ich in einem hohen Kinderstuhl, aus dem ich mich selbst nicht befreien konnte. Stand Céline auf, verzichtete ich lieber auf die Nachspeise, um ihr zu folgen, und ich bettelte so lange, bis man mich schließlich aus meinem Stuhl heraushob.

Meine ersten Kinderjahre waren voller Glück. Mit Freude denke ich an unsere Ausflüge zum Pavillon[1], an die Bootsfahrten, an die sonntäglichen Spaziergänge mit Mama durch blühende Wiesen, Felder und dichte Wälder, oder wenn Papa mich zum Fischen mitnahm. Ich hatte das Empfinden, daß mir alles auf Erden zulächelte. Der liebe Gott hat mir einen Blick für alles Schöne geschenkt, und weil er mir auch noch ein sonniges und fröhliches Wesen mitgegeben hatte, liebten mich alle und wollten mir ein unbeschwertes, angenehmes Leben ermöglichen.

Diese glücklichen Kindertage wurden von dunklen Wolken überschattet: Mama wurde ernsthaft krank. Schon einige Jahre vor meiner Geburt litt sie unter einer Verhärtung und Schmerzen in der rechten Brust. Elf Jahre schlummerte die Krankheit, bis sich im Oktober 1876 der Knoten unter stechenden Schmerzen vergrößerte. Die Medikamente von Onkel Isidor[2] brachten keine Besserung, so daß Mama einen Arzt aufsuchen mußte. Der konfrontierte sie schonungslos mit der Diagnose: „Das ist Krebs!

---

1 Der Pavillon war ein kleines Besitztum der Familie Martin auf dem Land mit einem Teich mitten im Grünen.

2 Onkel Isidor, der Bruder von Frau Martin, war Apotheker in Lisieux.

Eine Operation ist aussichtslos!" Wie ein Keulenschlag traf meine Familie diese Nachricht. Wir waren alle schockiert und weinten. Papa stellte schluchzend die Frage: „Wie soll nun alles weitergehen mit den Kindern, dem Geschäft, dem Haus ...?"

Mama hatte sich schnell gefaßt und hoffte auf Gottes Hilfe. Voll Vertrauen bat sie ihn um die Gnade, wegen der Kinder gesund werden zu dürfen. Léonie war mit ihrem schwierigen Charakter Mamas Sorgenkind. In ihren Briefen an Pauline, die noch in der Klosterschule war, schrieb sie immer wieder:

„Ich vertraue auf Gott und bitte ihn, mich leben zu lassen; gern will ich meine Krankheit ertragen und daran sterben, wenn Léonie mich nicht mehr braucht. Die beiden Kleinen machen mir keine Sorgen, sie sind lieb. Marie könnte sie mit Deiner Hilfe leicht erziehen, nur Léonie braucht mich noch. Nun ja, meine liebe Pauline, ich habe sehr viel Hoffnung, gesund zu werden, Du betest ja für mich."

Unsere Klostertante in Le Mans war, neben Onkel Isidor und seiner Frau, für Mama eine enge Vertraute in ihrem Leiden und Sorgen. Darum traf es sie besonders hart, als wir die Nachricht erhielten, die Tante sei an einer Lungenkrankheit gestorben.

In dieser traurigen Zeit machte Papa den Vorschlag, Mama solle mit Marie, Pauline und Léonie eine Pilgerfahrt nach Lourdes[1] machen, um dort durch die Fürsprache der Gottesmutter Heilung zu erbitten.

---

1 Lourdes ist ein Marienwallfahrtsort in Südfrankreich mit einer Heilquelle. 1854 ist dem Mädchen Bernadette dort in der Grotte von Masabielle die Gottesmutter Maria erschienen.

Die Reise war alles andere als ein Vergnügen. Vielfältige Schwierigkeiten machten die Wallfahrt für unsere schwerkranke Mutter zu einem qualvollen Unternehmen: Das Rattern und Stoßen des Zuges verursachten ihr noch mehr Schmerzen; meine Geschwister gaben auf der ganzen Reise keine Ruhe; in Lourdes waren Unterkunft und Verpflegung so schlecht, daß sie zuerst auf Zimmersuche gehen mußten; Marie verlor den Rosenkranz der verstorbenen Tante und war untröstlich; Mama stürzte so unglücklich, daß sie Prellungen und Schmerzen erlitt, die nicht mehr aufhörten.

Trotz all dieser Mißgeschicke verlor Mama nicht den Mut. Mit großem Vertrauen betete sie in der Grotte zu Maria, die besonders in Lourdes als „Heil der Kranken“ angerufen wird. Denn viele Menschen konnten diesen gesegneten Ort gesund verlassen.

Mama badete fünfmal in der eiskalten Heilquelle, in der Hoffnung, die Heilige Jungfrau würde auch sie heilen. Doch sie spürte keinerlei Besserung.

Daheim warteten Papa, Céline und ich jeden Tag auf ein Telegramm mit der befreienden Nachricht, daß Mama geheilt sei. Als sie todkrank wieder heimkehrte, waren wir alle sehr enttäuscht. Mama aber hatte die innere Kraft erhalten, ihre eigene Enttäuschung zu überwinden, ihre Schmerzen tapfer zu ertragen und ihren wahren Zustand mit einer gelassenen Fröhlichkeit zu überspielen. Das Leben zu Hause mußte weitergehen, und Mama verstand es, uns über ihre Leiden hinweg zu trösten. Sie mußte uns aber bald den erschreckenden Fortschritt ihrer Krankheit eingestehen. Der Gang zur Kirche war ihr nicht mehr möglich. Mama litt wirklich Höllenqualen, ihre letzten Lebenswochen waren für uns alle furchtbar.

Manchmal hörten wir sie ganz laut beten: „O mein Gott, du siehst doch, daß mich die Kräfte zum Leiden verlassen. Hab Erbarmen mit mir. Wenn es schon sein muß, daß ich leiden soll, flehe ich dich an, mich nicht zu verlassen!"

Céline und ich wurden nun jeden Tag zu Verwandten von Papa gebracht. Alle waren sehr lieb zu uns und bemühten sich, uns mit schönen Spielsachen und Spazierfahrten abzulenken, wir beide dachten aber immer an unsere arme Mama.

Anfang August nutzten wir eine vorübergehende Besserung von Mama, um ihr eine Überraschung zu bereiten: die Verleihung von Preisen an die zwei fleißigen Schülerinnen Céline und Therese. Marie, unsere Privatlehrerin, hatte zu diesem Anlaß ihr Zimmer mit Girlanden aus Efeu und Rosensträußchen geschmückt. Unsere Eltern nahmen auf zwei Sesseln Platz. Céline und ich waren ganz in Weiß gekleidet. Marie rief ihre beiden Schülerinnen auf und hielt eine feierliche Rede, die sie mit Pauline entworfen hatte. Aus den Händen von Mama und Papa empfingen wir dann unsere Auszeichnungen. Als Mama ihre fünf Kinder so fröhlich beieinander sah, sagte sie unter Tränen: „Meine armen Kinder, ich werde nie mehr mit euch ausgehen können."

Nach diesem schönen Familienereignis folgte wieder eine traurige Zeit. Mamas Krebsleiden verschlimmerte sich nun täglich. Alle Einzelheiten ihrer Krankheit sind mir in Gedanken und im Herzen in lebendiger Erinnerung. An ihre letzten Lebenstage entsinne ich mich besonders gut:

Wir Kinder durften nur noch flüsternd miteinander sprechen, denn das kleinste Geräusch löste bei ihr heftige Schmerzanfälle aus. Mama war abgemagert und schwach geworden, so daß wir sie kaum verstehen konnten und uns bemühen mußten, ihr die Worte von den Lippen abzulesen. Ein Blutsturz, drei Tage vor ihrem Tod, entkräftete sie vollkommen. Ihre Beine und der rechte Arm schwollen stark an, und ihr Aussehen veränderte sich. Papa benachrichtigte Onkel Isidor, damit dieser seine Schwester noch bei vollem Bewußtsein sehen könne. Mitte August hatte Mama ihm selbst noch geschrieben: „Wenn Maria mich nicht heilt, dann ist meine Zeit eben vorbei; und der liebe Gott will, daß ich mich anderswo als auf Erden ausruhe ..."

Tod der Mutter

Die Tage auf Erden waren für Mama gezählt. Papa litt unsagbar, Tag und Nacht verließ er sie nicht mehr. Zu seinem Namenstag am 25. August konnte Mama ihm noch gratulieren. Am Tag darauf mußte Papa den Pfarrer holen, damit er Mama die Sterbesakramente spenden solle. *Der ergreifende Ritus der „Letzten Ölung"*[1] *hat sich tief in meine Seele eingeprägt. Ich sehe noch den Platz, wo ich neben Céline stand,* dann folgten meine Schwestern Léonie, Pauline und Marie. Zusammen mit unserem schluchzenden Papa knieten wir im Sterbezimmer nieder, um mit dem Priester für Mama zu beten.

---

1 Seit dem Zweiten Vatikanischen Konzil hat die „Letzte Ölung" wieder ihren ursprünglichen Stellenwert als Sakrament der Krankensalbung.

Einen Tag später, am 27. August, kam Onkel Isidor mit unserer Tante aus Lisieux. Als sie das Krankenzimmer betraten, empfing Mama sie mit einem Lächeln; sprechen konnte sie nicht mehr. Dann schaute sie die beiden mit einem flehenden Blick lange an, als wollte sie sagen: Kümmert euch nach meinem Tod um die Kinder.

In der darauffolgenden Nacht gab Mama ihr Leben zurück in die Hände Gottes und starb gegen 0.30 Uhr im Beisein von Papa und Onkel Isidor. Papa benachrichtigte sofort meine drei älteren Schwestern. Pauline, die sich ins Gartenhäuschen geflüchtet hatte, kam ganz in Tränen aufgelöst zu uns Kleinen, aber sie wollte uns nicht aus dem Schlaf reißen, sondern brachte uns erst am nächsten Morgen die schlimme Nachricht.

Papa führte mich zum Totenbett, nahm mich dann auf den Arm und sagte: *„Komm, gib deiner armen Mama zum letztenmal einen Kuß." Ohne ein Wort zu sagen, drückte ich meine Lippen auf die Stirn meiner geliebten Mutter.*

Ich erinnere mich nicht mehr, viel geweint zu haben; mit niemandem sprach ich von den tiefen Gefühlen, die ich empfunden hatte … Stumm schaute und hörte ich den Gesprächen der Großen zu. In der allgemeinen Aufregung hatte keiner Zeit, sich um mich zu kümmern, und so sah ich manches, was man mir eigentlich verbergen wollte. Einmal stand ich vor dem Sargdeckel. Lange blieb ich stehen und schaute meine tote Mama an …

Schon an nächsten Tag war die Beerdigung, aber wir Kinder durften nicht daran teilnehmen. *Wir waren alle fünf beisammen und blickten uns traurig an.* Unser Dienstmädchen Louise sagte voll Mitleid zu Céline und mir:

„Ihr armen Kleinen, nun habt ihr keine Mutter mehr!“ Da *warf sich Céline in die Arme von Marie: „Nun gut, so wirst du jetzt meine Mama sein!“* Ich lief in die Arme von Pauline und rief aus: *„Nun gut, für mich wird Pauline Mama sein!“*

Es zeigte sich bald, daß Mamas Tod mein glückliches Naturell völlig verändert hatte. Ich, die doch so fröhlich und lebhaft war, voller Ideen und mitteilsam, wurde schüchtern und empfindlich über alle Maßen. *Ein Blick genügte, und ich zerfloß in Tränen.* Den Umgang mit fremden Leuten konnte ich nicht ertragen, nur im Familienkreis fühlte ich mich wohl. Papa war uns in seiner liebevollen, gütigen Art Vater und Mutter zugleich. Meine beiden Schwestern, Marie und Pauline, umgaben mich weiterhin mit viel Zärtlichkeit.

Der große Umzug nach Lisieux

Für unseren Vater war Mamas Tod ein Schock. Er war damals vierundfünfzig Jahre alt und wußte nicht, wie er geschäftliche und familiäre Pflichten verbinden sollte. Onkel Isidor und seine Frau spürten die Not unseres Vaters und schlugen ihm vor, nach Lisieux umzuziehen.

Papa hatte keinerlei Lust, nach der schmerzlichen Trennung von Mama auch noch seine Heimat Alençon zu verlassen. Hier war sein geliebter Pavillon, seine alte Mutter, die er nicht mitnehmen konnte,[1] und vor allem das Grab unserer Mutter. Für uns allerdings war die Vorstellung

1 Rose Taillé, Thereses Amme, nahm die alte Dame später bei sich auf und versorgte sie.

verlockend, in neuer Umgebung ein neues Leben zu beginnen und nicht auf Schritt und Tritt an die letzten Monate der Trauer erinnert zu werden. Schließlich beugte er sich den einsichtigen Gründen unserer Verwandten. Marie schrieb an die Guérins:

„Papa ist bereit, für seine Kinder alle Opfer zu bringen – sein Glück zu opfern und, wenn es nötig wäre, sein Leben für sie zu geben, um sie glücklich zu machen. Darum schreckt er vor nichts zurück und sieht seine Pflicht darin, eine Entscheidung zum Wohl für sie zu treffen."

Onkel Isidor, aktiv wie immer, machte sich gleich auf die Suche nach einem geeigneten Haus für uns. Schon vierzehn Tage nach Mamas Tod, am 10. September 1877, schickte er uns eine traumhafte Beschreibung des Hauses, das er unter fünfundzwanzig anderen ausgesucht hatte. Wir hielten Familienrat und entschieden uns für „Les Buissonnets"[1]. Am 16. September unterzeichnete unser Vater den Pachtvertrag. Nun hatten wir zwei Monate Zeit, den großen Umzug vorzubereiten. Man braucht nicht viel Phantasie, um sich vorzustellen, wieviel Arbeit das Ausräumen eines Hauses und die Verpackung des Hausrates kostete. Mir machte es Spaß, zwischen Kisten und Kartons herumzuspringen.

Am 15. November 1877 war es dann soweit. Nach einem letzten Gebet an Mamas Grab verließen wir unser geliebtes Heim in der Straße Saint-Blaise in Alençon und machten uns auf den Weg zum Bahnhof, um mit der Eisenbahn nach Lisieux zu fahren.

---

1 „Buissonnets" leitet sich ab von „buisson", auf deutsch „Gebüsch".

II. Kapitel
Der zweite Abschnitt meines Lebens

Unser neues Leben in „Les Buissonnets“

Über den Abschied von Alençon war ich überhaupt nicht traurig. Ich freute mich sogar auf die Abwechslung und war gespannt auf das Neue in Lisieux. Ich erinnere mich noch genau an die Reise von Alençon nach Lisieux und die Ankunft abends bei Onkel Isidor. Am Hauseingang erwarteten uns die Tante und meine Cousinen Johanna und Marie, die uns einen herzlichen Empfang bereiteten. Die erste Nacht verbrachten wir bei den Guérins am Platz Saint-Pierre.

Die Buissonnets

Gleich am nächsten Morgen begleiteten sie uns zu unserem neuen Heim „Les Buissonnets“, das mitten im Grünen lag, abseits von der Stadt, ganz in der Nähe der schönen Promenade, die man „Garten des Sternes“ nannte.

Ich war entzückt von unserem Haus, besonders vom „Belvedere“, dem Aussichtszimmer, das uns einen herrlichen Blick in die weite Landschaft bot.[1] Wir konnten auch die ganze Stadt sehen, die Türme der Kathedrale und den Glockenturm von St. Jakobus, unserer Pfarrkirche. Vor unserem Haus befand sich ein im englischen Stil angelegter Garten, und ein anderer großer lag hinter dem einstöckigen Haus, ideal zum Spielen und Herumtoben. Das ganze Anwesen war umgeben von Mauern und hohen Bäumen, gleichsam ein Nest für unsere Familie.

Noch am gleichen Tag ging es munter ans Einrichten. Ebenerdig befanden sich die Küche und das Eßzimmer, eine enge Treppe führte zu den Zimmern von Marie und Pauline, daneben lag das Zimmer von Papa. Das Zimmer von Léonie, Céline und mir hatte einen Ausgang zum Garten auf der Rückseite. Das schönste Zimmer im Gipfel, das „Belvedere“, wurde Papas Studierzimmer.

Lisieux hatte damals 18 600 Einwohner, die stolz darauf waren, daß ihre Stadt als erste Industriestadt des Kreises Calvados bezeichnet wurde. Es gab Fabriken für Leinwand, Zwirngewebe und Bettzeug, Gerbereien, Branntweinbrennereien und so weiter. Jeden Samstag konnte man die Erzeugnisse unseres normannischen Landes auf dem Markt kaufen. Mit seinen alten Straßen voller Fachwerkhäusern glich Lisieux einer mittelalterlichen Stadt.

---

1 Das „Belvedere“ war ein Dachzimmer mit breiten Fenstern auf der Vorderseite der Buissonnets.

An den Festtagen sorgte die Militärmusik in den Alleen des öffentlichen Parks nahe der Kathedrale für Stimmung.

Aber Lisieux spürte auch die Folgen des Krieges von 1870. Die einstmals blühende Textilindustrie war deutlich geschwächt. Die Menschen wurden immer unzufriedener über die wirtschaftliche Lage, und darum brachen Streiks aus.

Als Kind von viereinhalb Jahren berührten mich alle diese Ereignisse nicht. Meine Welt war noch eine ganz andere. Wenn sie auch nach dem Tod meiner geliebten Mutter ins Wanken geraten war, so erlebte ich doch viel Schönes, was mir über diesen Schmerz immer wieder hinweghalf.

Meine älteren Geschwister gaben sich alle Mühe, mir eine glückliche Kindheit zu bereiten. Das begann schon am Morgen, wenn sie mich mit Liebkosungen weckten und mit mir beteten.

In Viktoria, unserem neuen Hausmädchen, fanden Marie und Pauline eine große Hilfe. Marie, von Mama schon früh darauf vorbereitet, übernahm den Haushalt und wurde von Pauline unterstützt, die sich auch mit der Erziehung von Céline und mir befaßte. Léonie kam ins Pensionat der Benediktinnerinenabtei im Westen der Stadt; Céline wurde dort „Halbpensionärin“.

Schon mit fünf Jahren lernte ich lesen und schreiben. Meine Patin Marie übernahm die Lesestunden. Das erste *Wort, das ich allein lesen konnte, war „Himmel“*. Pauline übte mit mir das Schreiben und die Grammatik, von der ich allerdings nicht so begeistert war. So manche Tränenbäche flossen auf mein Übungsheft, wenn es darum ging, „maskulin“ und „feminin“ zu unterscheiden. Ich lernte nicht gerade leicht, hatte aber ein gutes Gedächtnis. Meine Lieblingsfächer waren zweifellos Katechismus und biblische Geschichte, die machten mir wenigstens Spaß. Sobald mein Unterricht beendet war, stieg ich hinauf ins „Belvedere", dem Arbeitszimmer meines Vaters, und zeigte Papa stolz die Noten, die ich von Pauline und Marie erhalten hatte. *Sie gaben mir auch Punkte für meinen Fleiß, und wenn ich eine gewisse Anzahl beisammen hatte, bekam ich eine Belohnung und einen lernfreien Tag.*

Jeden Nachmittag ging Papa mit mir spazieren. Er zeigte mir unter anderem die mehr oder weniger kunstvoll gestalteten Kirchen unserer Stadt. Besonders wichtig war ihm jedesmal der Besuch beim Heiligsten Sakrament. Eines Tages betraten wir zum erstenmal die Kapelle des Karmelitinnenklosters. Papa zeigte mir das Chorgitter und erklärte mir, daß dahinter fromme Klosterfrauen leben, die immerfort zum lieben Gott beten.

Nach dem Spaziergang machte ich gleich die Hausaufgaben, die mir meine beiden „Lehrerinnen" aufgegeben hatten. Bis zum Abendessen sprang ich oft im Garten herum und dachte mir allerlei Beschäftigung aus. Mit Puppen zu spielen machte mir nicht so viel Spaß, vor allem dann nicht, wenn das Wetter mich in den Garten lockte. Gern spielte ich mit den Dingen, die ich in der Natur fand: Baumrinden, Körner, Tannenzapfen, Steine und so weiter. Oft bezog ich Papa in meine Spielereien ein. Geduldig ließ er sich hunderte Male von mir stören und wurde nie ungehalten, wenn ich ihm zum Beispiel beim Lesen unterbrach. Ich käme an kein Ende, sollte ich die tausend Begebenheiten erzählen, die mein Kinderherz glücklich machten.

Außergewöhnlich schön waren die Sommertage, an denen mein *„geliebter König"* mich zum Fischen mitnahm. Manchmal versuchte auch ich, mit meiner kleinen Angel Fische zu fangen. Am liebsten setzte ich mich aber in die Blumenwiese und vertiefte mich in meine Gedanken, lauschte den Vögeln und ließ mir den Wind um die Nase wehen. So ein Nachmittag verging viel zu rasch. Bevor wir uns auf den Heimweg machten, aß ich mein mitgebrachtes Butterbrot, das mir Pauline mit leuchtend roter Marmelade bestrichen hatte. Einmal machte ich eine für mich wichtige Entdeckung: Statt der frischen Marmeladenfarbe war nur noch eine verblaßte, ins Brot eingesogene rote Schicht zu sehen. Ich erkannte, daß alles Schöne auf dieser Erde vergänglich ist und nur im Himmel eine wolkenlose, ewige Freude existiert.

Ein anderes Erlebnis hatte sich auch tief in mein Herz eingeprägt. Bei einem unserer Spaziergänge begegneten wir einem armen alten Mann, der sich mit seinen Krücken nur mühsam vorwärts schleppen konnte. Ich lief zu ihm hin und wollte ihm ein Geldstück schenken. Lange sah er mich traurig an, schüttelte dann schmerzlich lächelnd den Kopf und lehnte meine Gabe ab. Da wurde ich selbst unsagbar traurig. Ich wollte den Mann doch nur trösten und ihm eine Freude bereiten. Er erriet wohl meine Gedanken, drehte sich beim Weggehen noch einmal um und lächelte mir zu. In der Zwischenzeit hatte Papa mir ein Stück Kuchen gekauft. Wie gern wäre ich dem alten Mann nachgelaufen, um es ihm zu schenken. Damals verstand ich nicht den Ausspruch: „Manchmal ist eine Rose[1] wichtiger als ein Stück Brot …"

---

1 Rose steht hier für Zuwendung, ein gutes Wort …

Ich nahm mir vor, am Tag meiner ersten heiligen Kommunion für diesen armen Mann zu beten, denn ich hatte gehört, daß der liebe Gott die Bitten eines Kommunionkindes erhört. Fünf Jahre später löste ich mein Versprechen ein und war überzeugt, daß Gott diesem unglücklichen Menschen geholfen hat.

Die Sonn- und Feiertage liebte ich ganz besonders, weil sie den gleichmäßigen Rhythmus des Alltags unterbrachen; vor allem mußte ich nicht lernen und keine Hausaufgaben machen. Nach dem Ausschlafen wurde mir das Frühstück mit Milchschokolade ans Bett gebracht. Marie hatte danach die unangenehme Aufgabe, mich anzukleiden und meine langen Haare zu frisieren, was nie ohne meine Schreierei „über die Bühne ging".

Den Gottesdienst besuchten wir an diesen Tagen nicht in unserer Pfarrkirche, sondern in der Kathedrale St. Peter, um dort unsere Angehörigen zu treffen. Einige Monate nach unserer Ankunft in Lisieux verstand ich in dieser Kirche zum erstenmal eine Predigt. Abbé Ducellier sprach damals über das Leiden Jesu; es berührte mein Kinderherz. Von da an verstand ich alle anderen Predigten. Wenn der Priester von der heiligen Teresa von Avila sprach, neigte sich Papa zu mir herab und sagte leise: „Hör gut zu, er spricht von deiner heiligen Namenspatronin." Ich hörte zwar aufmerksam zu, schaute aber mehr auf Papa als auf den Prediger, denn das schöne Antlitz meines „Königs" verriet mir, daß der Glaube etwas Wunderbares sein mußte.

Für meine Familie war es eine willkommene Abwechslung, mit den Guérins an Sonn- und Feiertagen zu Mittag zu essen. Zusammen mit Marie oder Céline blieb ich öfter bis zum Abend bei den Verwandten. Wir spielten mit den Cousinen oder hörten den Geschichten von Onkel Isidor zu. Der Tag verging rasch. Ich freute mich, wenn Papa uns abends abholte. War der Himmel klar, betrachteten wir auf dem Heimweg die glitzernden Sterne. Ich war hellauf begeistert, als ich einmal eine Sternengruppe, der Gürtel des Orion, entdeckte, die wie der Buchstabe „T" aussah. Voll Freude rief ich aus: *„Schau, Papa, mein Name steht am Himmel geschrieben."*

Wenn dann wieder der Alltag begann, mußte ich mich ans Lernen machen. Pauline nahm ihre Mutterrolle sehr ernst und ließ mir nichts durchgehen. Papa dagegen konnte ich „um den kleinen Finger wickeln". Er schlug mir nie etwas ab. Ließen meine Aufmerksamkeit und Mitarbeit beim morgendlichen Unterricht zu wünschen übrig, strich Pauline mir den Nachmittagsspaziergang mit Papa. Er setzte sich dann bei Pauline für mich ein, und schließlich durfte ich doch mitgehen.

Pauline legte viel Wert auf eine gute Gewissensbildung, was bei meinem Naturell wirklich unbedingt nötig war. Mit meiner übergroßen Empfindlichkeit hatte ich meine Familie oft genervt. Um die Ausbrüche meines Eigensinnes zu bändigen, mußte man schon ein pädagogischer Dompteur sein. Ich erinnere mich noch gut an einen Zornausbruch wegen Viktoria, unserem Dienstmädchen, die mich maßlos reizte, weil sie nicht „nach meiner Pfeife tanzte". Es machte ihr offensichtlich Spaß, mich als kleinen „Teufel" zu entlarven. Darum legte sie es öfter darauf an, mich zu ärgern. Als ich sie einmal mit den Worten anschrie: „Viktoria, Sie sind ein kleiner Zwerg!", fühlte sie sich in ihrer Ehre sehr gekränkt. Mit viel Geduld und Einfühlungsvermögen machte mir Pauline meine „Ecken und Kanten“ bewußt. Bei der abendlichen Gewissenserforschung half sie mir, dem lieben Gott meine Fehler zu sagen und ihn um Verzeihung zu bitten. Ich spürte auch immer wieder, daß mir meine Familie verzieh und mich dann liebevoll umarmte.

Mit etwa fünfeinhalb Jahren durfte ich schon das erste Mal das Bußsakrament empfangen – eine glückliche und zugleich köstliche Erinnerung für mich. Pauline hatte mich mit großer Sorgfalt darauf vorbereitet. Sie erklärte mir, nicht einem Menschen, sondern Gott würde ich meine Sünden bekennen. Ich war davon so überzeugt, daß ich allen Ernstes fragte, ob ich meinem Beichtvater nicht sagen müsse, wie sehr ich ihn liebe.

Ich wußte genau, was zu sagen und zu tun war, betrat den Beichtstuhl und kniete nieder. *Als der Priester sich mir zuwandte, sah er niemanden, weil ich so klein war, daß mein Kopf nur bis zum Rand des Beichtstuhlbrettes reichte, auf das man die Hände aufstützen konnte.* Er bat mich, doch aufrecht stehenzubleiben. Ich beichtete wie eine Große und empfing den Segen. Als ich den Beichtstuhl verließ, fühlte ich mich leicht wie eine Feder. Nie zuvor hatte ich soviel Freude in meiner Seele gespürt. Seither beichtete ich vor allen großen Festtagen, und es war jedesmal ein Fest für mich.

Bald nach meiner ersten Beichte sah ich zum erstenmal das Meer. Papa war mit mir am 8. August 1878 nach Trouville gefahren, das etwa dreißig Kilometer nördlich von Lisieux liegt, um dort meine Schwester Marie abzuholen. Onkel Isidor hatte sich in Trouville eine Ferienvilla gemietet. Abwechselnd lud er meine älteren Geschwister ein, unseren Cousinen dort Gesellschaft zu leisten.

Nie werde ich den Eindruck vergessen, den das Meer auf mich machte. Ich konnte mich nicht satt sehen an dem Spiel der Wellen. Sehr beeindruckend fand ich den Sonnenuntergang. Wie eine rote Feuerkugel berührte die Sonne den Meeresrand und warf eine Lichtbahn auf das Wasser. *Ich stellte mir vor, mein Herz sei eine leichte Barke*[1] *mit weißen Segeln, die auf der leuchtenden Bahn des Lichts zur Sonne fährt. Ich faßte den Entschluß, Jesus immer vor Augen zu haben, um leicht und froh an das Ufer des ewigen Lebens zu gelangen.*

Ich möchte dieses Kapitel mit einer kleinen Begebenheit abschließen, die zwar bedeutungslos erscheint, für mich selbst aber die Grundhaltung meines weiteren Lebensweges verdeutlicht. Céline und ich spielten gerade mit unseren Puppen, als uns Marie mit einem Korb voll Puppenkleidern, Stoffresten und bunten Bändern überraschte; denn sie fühlte sich schon zu erwachsen, um noch damit zu spielen. „Hier, meine Schwesterchen", sagte sie wohlwollend, „nehmt, was euch gefällt." Céline wählte sich einige Bändchen aus. Ich nahm kurz entschlossen den ganzen Korb, rannte damit weg und rief meinen völlig verblüfften Schwestern zu: ***„Ich wähle alles!"***

In der Schule bei den Benediktinerinnen

Die ersten drei Jahre in den Buissonnets lassen sich mit folgenden Worten zusammenfassen: „Eine glückliche Zeit, die viel zu schnell verging!"

---

1 Eine Barke ist ein kleines Boot.

Am 3. Oktober 1881 wurde ich mit achteinhalb Jahren in die Abteischule der Benediktinerinnen geschickt, die Léonie zur gleichen Zeit beendete. Ich wurde in die vierte, die „grüne Klasse“[1] eingeschult. Die insgesamt zirka achtzig Schülerinnen waren auf sechs Klassen verteilt mit den Gürtelfarben weiß, orange, rot, grün, blau und violett.

Den Schulweg von eineinhalb Kilometern legte ich mit Céline und meinen Cousinen Johanna und Marie zu Fuß zurück. Das Dienstmädchen der Guérins begleitete uns. Nach dem Unterricht blieben wir bis zum Abend im Halbpensionat, das heißt, wir bekamen zu essen, machten im Studiersaal unsere Hausaufgaben und durften auf dem Pausenhof spielen. Gegen 18 Uhr holte uns Papa oder Onkel Isidor dann ab.

Ich hatte oft gehört, daß die Pensionatszeit die schönste und angenehmste des Lebens sei. Diese Meinung konnte ich absolut nicht teilen. Die fünf Jahre, die ich bis März 1886 in der Abteischule verbrachte, waren die traurigsten meines Lebens. Wäre Céline nicht bei mir gewesen, hätte ich dort nicht einen Monat ausgehalten, ohne krank zu werden.

Durch die Unterrichtsstunden, die mir Marie und Pauline erteilt hatten, war ich meinen Klassenkameradinnen ein Stück voraus. Abgesehen von Mathematik und Rechtschreiben befand ich mich an der Spitze der Klasse, ohne es ehrgeizig angestrebt zu haben. Meine Mitschülerinnen waren deshalb eifersüchtig und ließen mich „links liegen“. Für kurze Zeit hatte ich eine Freundin im Pensionat, mit der ich mich ganz gut verstand. Doch bald merkte ich,

1 So benannt nach der Farbe des Gürtels der einheitlichen Schulkleidung. Jede Klasse hatte eine andere Gürtelfarbe.

daß sie sich lieber den anderen anschloß, um nicht als Außenseiterin zu gelten. Durch diese Erfahrung wurde mir klar, daß Eifersucht und Neid jede Freundschaft und Gemeinschaft zerstören. Einerseits fühlte ich mich dieser

Céline (links) und die achtjährige Therese 1881

Situation machtlos ausgeliefert, andererseits wollte ich mir keine faule Freundschaft erschleichen. Die wilden Spiele auf dem Schulhof machten mir keinen Spaß, ich liebte die Stille. Gern pflückte ich in den Pausen Blumen, begrub tote Vögel, erzählte denen, die mir zuhören wollten, Geschichten oder beschäftigte mich mit den Kindergartenkindern. Zur Klassengemeinschaft fand ich einfach keinen richtigen Zugang. Die meisten Schülerinnen hatten ganz andere Interessen als ich. Durch den Tod meiner Mutter, durch das Zusammenleben mit meinen älteren Geschwistern und durch die Gespräche mit Erwachsenen war ich geprägt und deshalb schon ein bißchen reifer als die Kinder meines Alters.

Welche Befreiung empfand ich, wenn wir am Abend zu den Buissonnets zurückkehrten! Hier lebte mein bedrücktes Herz wieder auf. Ich kletterte auf Papas Knie und berichtete von meinen Noten. Sein Kuß ließ alles Leid vergessen. An den schulfreien Tagen genoß ich es, im Garten zu spielen. Zusammen mit meiner Cousine Marie erfand ich ein neues Spiel: Leben als Einsiedler. Wir bauten kleine Altäre, beteten, übten das Schweigen und dachten über den lieben Gott nach. Eines Tages vertraute ich meiner Ersatzmama Pauline mein Geheimnis an: Gern wäre ich Einsiedlerin und wollte **mit ihr** in eine ferne Wüste ziehen. Mit einem liebevollen Lächeln antwortete sie: „Ich werde auf dich warten, bis du groß genug bist." Diese Aussage nahm ich wörtlich. Ich wußte ja noch nicht, daß es ganz anders kommen sollte.

Meine zweite Mutter verläßt mich

Im Laufe des Sommers 1882 erfuhr ich zufällig durch eine Unterhaltung in unserer Familie, daß Pauline, meine „zweite Mutter", sich auf den Ordenseintritt in das Karmelitinnenkloster in Lisieux vorbereitete. Ich war bestürzt. Ein zweites Mal sollte ich nun Waisenkind werden. Sehr naiv hatte ich mir vorgestellt, daß Pauline auf mich warten würde, um gemeinsam mit mir in ein Kloster zu gehen. Aber Gottes Gedanken sind nicht unsere Gedanken, und seine Wege sind nicht unsere Wege. So hoch der Himmel über der Erde ist, so hoch erhaben sind seine Wege über unseren Wegen.[1] Es war, als hätte sich ein Schwert in mein Herz gebohrt. Ich wußte nicht, was der Karmel war, aber ich begriff, daß Pauline in ein Kloster eintreten wollte und mich dabei im Stich ließ. Wie ich später erfuhr, war Pauline selbst von ihrer Berufung in den Karmel überrascht worden. Es handelte sich um eine plötzliche Eingebung, die sie am 16. Februar 1882 erkannte, als sie vor der Statue „Unsere Liebe Frau vom Berge Karmel" betete. Diese befand sich damals in unserer Pfarrkirche St. Jakobus, wo Abbé Delatroëtte drei Gebetstage hielt. Anlaß war das dreihundertste Todesjahr der heiligen Teresa von Avila, der geistigen Mutter des Karmelordens.

Am gleichen Tag, an dem Pauline ihre Berufung entdeckte, bat sie Papa um seine Zustimmung, die sie unwiderruflich erhielt. Auch die Mutter Priorin des Karmelitinnenklosters stand der Entscheidung positiv gegenüber.

Wie soll ich die Angst beschreiben, die mir damals das Herz zusammenschnürte? Ich hatte den Eindruck, daß das

1 Vgl. Buch Jesaja 55,8–9.

Leben nur Leid und beständige Trennung bedeutet, und vergoß viele Tränen.

Pauline dagegen war überglücklich. Sie versuchte mich zu trösten, indem sie mir erklärte, wie das Leben im Karmel ist. Unter vielen Tränen hörte ich ihr aufmerksam zu. In meinem Herzen fühlte ich, daß der Karmel eine Wüste sein kann, in die der liebe Gott auch mich einmal rufen will ...

Während der letzten Wochen vor ihrem Eintritt überhäufte Pauline mich mit Küssen und Geschenken und stopfte mich voll mit Kuchen. Mit Schrecken dachte ich an den Abschiedstag, Montag, den 2. Oktober 1882, der trotz des strahlenden Sonnenscheins ein Tag voller Tränen war. Papa begleitete Pauline zum Karmel, der Rest der Familie und unsere Angehörigen Guérin nahmen an einem Gottesdienst teil. Wir weinten während der ganzen Messe. Die anwesenden Gläubigen wurden durch unsere Heulerei so in ihrer Andacht gestört, daß sie uns immer wieder mit ihren neugierigen Blicken musterten. Sie konnten ja nicht einmal ahnen, was unsere Herzen bewegte.

Das Unglück war für mich komplett, weil ich nach dem Gottesdienst zur Schule gehen mußte. Gerade an diesem Tag begann ein neues Schuljahr. Da ich eine Klasse überspringen durfte, stieg ich in die dritte auf, wo wir auf die erste heilige Kommunion vorbereitet wurden. Der Religionsunterricht nahm gegenüber den anderen Fächern einen besonderen Platz ein. Außerdem wurde eine Lehrerin beauftragt, sich dreimal in der Woche zusätzlich um die Erstkommunikanten zu kümmern. Die Aussicht auf den Empfang der heiligen Kommunion erfüllte mich in meinem Leid mit tiefem Glück, das bald schon getrübt wurde. Eine

Bestimmung des Bischofs schloß mich von der weiteren Kommunionvorbereitung aus, weil ich zwei Tage zu spät geboren war. Onkel Isidor reiste unverzüglich nach Bayeux, wo der Sitz des Bischofs war, um eine Dispens[1] von ihm zu erbitten. Liebenswürdig, aber entschieden wurde sie ihm verweigert: „Leider können wir keine Ausnahme machen, auch nicht für die Nichte eines ehrenwerten Apothekers von Lisieux. Die Kinder müssen volle elf Jahre alt sein.“ Das war einfach zuviel für meine verwundete Seele – ich hätte ein Meer voller Tränen weinen können.

Die wöchentlichen Besuche bei Pauline waren die reinste Marter für mich. Sie durfte nur eine halbe Stunde ins Sprechzimmer kommen. Marie und meine Tanten redeten wie ein Wasserfall, mir ließen sie am Ende der Sprechzeit höchstens zwei oder drei Minuten. Das bestärkte mich in der Meinung: „Pauline ist für mich verloren!“ Dieser Schock rief den Tod unserer Mutter in mir wach, der bisher im Untergrund meiner Seele verdrängt war.

Eine so seltsame Krankheit

Seit Dezember 1882 fühlte ich mich krank und wußte nicht, warum. Kopfweh, Schmerzen in der Seite und am Herzen wurden meine ständigen Begleiter. Mein Gesicht war so mit Pickeln bedeckt, daß ich mich schämte, in den Spiegel zu schauen, denn ich empfand mich als häßlich. Mir fehlte auch der Appetit, und ich schlief schlecht. Nun übernahm meine Schwester Marie die Mutterrolle. Die Art und Weise, wie sie mit mir umging, reizte mich zum

1 Eine Dispens ist die Befreiung von einer Verpflichtung.

Widerspruch. Zwischen Céline und mir gab es jetzt öfter kleine Reibereien, und wir stritten um Nichtigkeiten. Ich konnte dann stachelig wie ein Kaktus sein.

Von all dem erfuhr meine geliebte Pauline im Karmel. Sie schickte mir viele kleine Zettel mit liebevollen Ermahnungen und guten Ratschlägen, die mir aber nicht halfen. Mutter Priorin Maria von Gonzaga hatte meine mißliche Situation längst durchschaut und schrieb mir:

„Ich habe erfahren, daß meine kleine Tochter Therese nicht viel schläft und krank ist. Ich möchte meinem engelgleichen Kind raten, nicht den ganzen Tag an Pauline zu denken, das könnte ihr kleines Herz ermüden und ihrer Gesundheit schaden."

Gegen diesen Brief lehnte ich mich innerlich auf und sprach zu mir selbst: „Erstens bin ich nicht ihre kleine Tochter, zweitens schon gar keine engelgleiche, und drittens finde ich es gemein, daß sie meine Herzenswunde[1] bloßgelegt hat. Bestimmt hat sie das Pauline und den anderen Schwestern auch gesagt, worunter ich so sehr leide." Ich fühlte mich so ohnmächtig und ausgeliefert und konnte nichts dagegen tun.

Während sich Céline des Lebens erfreute und ein richtiger Wildfang geworden war, zog ich mich immer mehr in mich selbst zurück und wurde weinerlich bis zur Unerträglichkeit für meine Umgebung.

In den Osterferien 1883 hatte Papa beschlossen, die Karwoche mit Marie und Léonie in Paris zu verbringen. Céline und ich wurden zu unseren Verwandten gebracht.

---

1 Mit „Herzenswunde" ist der Verlust ihrer zweiten Mutter Pauline gemeint.

Täglich erlebte ich nun, wie glücklich meine Cousinen mit ihrer Mama waren. Ich sehnte mich so sehr danach, auch eine Mutter zu haben, und sprach meine Tante einfach mit „Mama" an. Eine meiner Cousinen war damit absolut nicht einverstanden und schrie mich an: „Meine Mama ist nicht deine Mama. Du hast keine mehr!" Als dann Onkel Isidor am Ostersonntagabend das Gespräch auf seine allzu früh verstorbenen Schwester – meine Mutter – brachte, war es mit meiner Fassung endgültig vorbei. Ich begann, bitterlich zu weinen. Meine Tante und Céline brachten mich zu Bett. Plötzlich überfiel mich ein starkes Zittern, Frieren und eine ängstliche Unruhe. Der herbeigerufene Arzt stellte eine pessimistische Diagnose: „Sehr schwere Krankheit, von der kein Kind jemals befallen war." Er verordnete eine Kaltwasserkur[1].

Ein Telegramm rief Papa und meine beiden Schwestern zurück. Ich war so schwach, daß man mich nicht zu den Buissonnets transportieren konnte. Dem nervösen Zittern folgten Schreckenszustände und Halluzinationen[2]. Es war unmöglich, mich allein zu lassen. Meine arme Schwester Marie war jetzt gezwungen, zu meinem Onkel zu übersiedeln. Wie dankbar war ich ihr doch für die Pflege, die sie mir mit solcher Uneigennützigkeit zukommen ließ.

Die Krankheit wurde so schlimm, daß ich nach menschlichem Ermessen nicht mehr gesund werden sollte. Trotzdem wollte ich unbedingt am 6. April 1883, dem Einkleidungsfest von Pauline, dabeisein. Gegen alle Erwartungen konnte ich an diesem Tag das Krankenbett verlassen und mit meiner ganzen Familie zum Karmel gehen.

---

1 Statt „Kaltwasserkur" würden wir heute sagen: Kneippanwendung zur Stärkung des Nervensystems.
2 Halluzinationen sind Wahnvorstellungen.

Nach der feierlichen Einkleidung, bei der Pauline den Ordensnamen „Schwester Agnes von Jesus“ erhielt, trafen wir uns im äußeren Sprechzimmer. Ich durfte mich auf die Knie meiner „wiedergefundenen Mutter“ setzen und war den ganzen Tag erfüllt von lebhafter Freude. Alle meinten zu träumen. Als wir nach diesem schönen Tag zu den Buissonnets heimkehrten, brachte man mich trotz meines Einwandes, vollkommen geheilt zu sein, zu Bett.

Schon am folgenden Tag litt ich unter einem schlimmen Rückfall. Ich sagte und tat Dinge, an die ich mich nicht mehr erinnern kann. Wie in einem Wahn stammelte ich Worte, die keinen Sinn hatten; und doch war ich mir ganz sicher, daß ich keinen Augenblick meiner Vernunft beraubt war. Ich schien in Ohnmacht zu liegen, und doch hörte ich alles, was um mich herum gesprochen wurde. Es war ein schrecklicher, trostloser Zustand. Unser Hausarzt und meine Familie fragten sich, ob ich ein Leben lang in diesem Zustand bleiben müsse.

Der Karmel betete mit meiner Familie für meine Heilung. Sie ließen eine Meß-Novene[1] in Notre-Dame-des-Victoires[2], dem Pariser Heiligtum, feiern, das unsere Familie sehr liebte. Das Vertrauen Papas und meiner Geschwister in Gottes Hilfe war so groß, daß sie ein Wunder erhofften.

Du kamst, um mir zuzulächeln

Sechs Wochen waren seit dem Osterfest, dem Ausbruch meiner Erkrankung, vergangen. Der Kalender zeigte mit

---

1 Eine Novene ist ein neuntägiges Gebet in einem besonderen Anliegen.
2 „Notre-Dame-des-Victoires“ („Unsere Liebe Frau vom Sieg“) ist eine Wallfahrtskirche.

roten Zahlen den 13. Mai 1883 an – die Kirche feierte das Pfingstfest. Während in Notre-Dame-des-Victoires für mich die Meß-Novene gehalten wurde und Léonie an meinem Krankenbett saß, soll ich ohne Unterbrechung „Mama“ gerufen haben. Marie hörte es bis in den Garten und eilte herbei. Später wurde mir erzählt, daß ich sie nicht erkannt hatte. Ihre Bemühungen, mich zu beruhigen, waren ohne Erfolg. Da knieten meine drei Schwestern Marie, Léonie und Céline am Fußende meines Bettes nieder, blickten auf die Marienstatue und flehten die Gottesmutter an, doch ihrer kleinen Schwester zu helfen. Da mir auf Erden niemand mehr helfen konnte, schaute auch ich auf meine himmlische Mutter und bat sie von ganzem Herzen, sich endlich meiner zu erbarmen ... Plötzlich erkannte ich im Betrachten der Muttergottes, daß ich nie Schöneres gesehen hatte. Ihr Antlitz war voll unaussprechlicher Güte und Zärtlichkeit, und ihr bezauberndes Lächeln drang mir bis in das Innerste der Seele. Da lösten sich alle meine Leiden wie Nebel in der aufgehenden Sonne; zwei dicke Tränen rollten über mein Gesicht – Tränen ungetrübter Freude. Ich wußte: „Maria hatte mir zugelächelt.“ – Wie glücklich war ich seit diesem Wunder, von dem niemand erfahren sollte.

Schon am folgenden Tag konnte ich wieder am Familienleben teilnehmen und Ende Mai Pauline im Karmel besuchen. In die Schule sollte ich erst wieder nach den großen Ferien gehen. Ich spürte, daß ich seelisch und körperlich noch sehr schwach war. Auch meine Angehörigen erholten sich nur langsam von den Folgen meiner dramatischen Krankheit; ich merkte, daß sie längere Zeit einen Rückfall befürchteten.

Das Zimmer, in dem Therese am 13. Mai 1883 geheilt wurde

Marie wollte unbedingt hinter das Geheimnis meiner plötzlichen Heilung kommen und fragte mich so lange aus, bis ich es ihr anvertraute. Sie hatte nichts Eiligeres zu tun, als es den Schwestern im Karmel preiszugeben, und alle sprachen daraufhin von einem Wunder. Im Sprechzimmer wurde ich als wunderbar Geheilte bestaunt und mit vielen Fragen bedrängt: „Wie sah die Heilige Jungfrau aus? Welche Farbe hatten ihre Kleider? War sie von Licht umgeben?“ Alle diese Fragen verwirrten mich und machten mich traurig. Sie waren doch so unwichtig! Weil ich aber auf keine Frage eine Antwort wußte, wich meine Freude der Angst, vielleicht phantasiert oder gelogen zu haben. Fünf Jahre lang plagten mich Schuldgefühle, obwohl die Tatsache meiner Heilung nicht zu leugnen war und von meinen Angehörigen und dem Arzt bestätigt wurde.

Ich war noch weit davon entfernt, mein seelisches Gleichgewicht wiederzufinden. In den Sommerferien (vom

20. August bis 3. September 1883) erlebte ich soviel Freude, daß ich meinen Kummer vergessen konnte. Zum erstenmal seit unserem Umzug im Jahr 1877 kehrte ich zu den Stätten meiner Kindheit in Alençon zurück. Mit meiner Familie besuchte ich das Grab unserer Mutter. Papa stellte mich stolz seinen Freunden vor. In Semallé überraschten wir die Familie meiner Amme Rose Taillé. Alles, was ich in den Ferienwochen erlebte, erfüllte mich mit Glück und Freude – *ich wurde gefeiert, verwöhnt, bewundert.* Ich gestehe, daß mich das gesellschaftliche Leben reizte. Mit meinen erst zehn Lebensjahren ahnte ich, daß die Welt recht viel zu bieten hat.

Meine Erstkommunion und Firmung

Im Oktober 1883 kehrte ich in die Abteischule zurück und kam in die zweite Abteilung der violetten Klasse, die sich auf die Erstkommunion vorbereitete. Die Stunden des Kommunionunterrichtes waren für mich die schönsten Schulstunden. Pauline hatte ein kleines Buch mit Gebeten und vielen guten Ideen zusammengestellt, womit ich Jesus Freude bereiten konnte. Die Vorbereitungszeit prägte sich ganz besonders in meiner Erinnerung ein. Am Ende faßte ich drei Entschlüsse:

1. „Ich werde mich nie entmutigen lassen."
2. „Ich werde jeden Tag zu Maria beten."
3. „Ich werde versuchen, meinen Stolz abzulegen."

Endlich kam der große Tag, auf den ich seit vier Jahren gewartet hatte, der 8. Mai 1884. In meinem Herzen war die Sehnsucht nach Liebe erwacht, und Jesus beeilte sich, mir den ersten „Kuß" zu geben. *Es war ein „Kuß" der Liebe*

– ich fühlte mich geliebt und sagte zu Jesus: ***„Ich liebe Dich und schenke mich Dir für immer!“*** Meine Verbundenheit mit Jesus glich einem Wassertropfen, der sich im weiten Meer verliert – ich, der Wassertropfen, verlor mich im weiten Meer der Liebe Jesu. Von Jesus brauchte ich keine Trennung, keinen Abschied zu fürchten – ER blieb mir für immer und ewig. Als beim Dankgebet ein Bach aus Freudentränen über mein Gesicht floß, glaubten die anderen Kommunionkinder, ich weine, weil meine Mutter gestorben war. Die Abwesenheit von Mama betrübte mich an meinem Erstkommuniontag überhaupt nicht. Mit Jesus war der Himmel, wo Mama schon lange ihren Platz hatte, in meinem Herzen. So erhielt ich mit dem Besuch von Jesus auch den meiner Mutter.

Am Nachmittag ging ich in Begleitung meiner ganzen Familie zum Karmel, um mich als Kommunionkind vorzustellen. Erst am Abend feierten wir daheim im Familienkreis. Dabei durfte ich die zahlreichen Geschenke auspacken. Zwei begeisterten mich besonders: die schöne Uhr von Papa und ein schickes Kleid aus cremefarbenem Wollstoff.

Fünf Wochen nach der Erstkommunion, am 14. Juni, wurde ich mit meiner Klasse von Bischof Hugonin, dem Bischof von Lisieux und Bayeux, gefirmt. Léonie wurde meine Patin. Wir hatten keine lange Firmvorbereitung, aber das Wesentliche verstand ich gut: **„Die Firmung ist das Sakrament der Liebe. Der HEILIGE GEIST schenkt uns die Kraft, zu lieben und zu leiden.“**

Keiner versteht mich!

Bevor ich nun einen großen Sprung in das Jahr 1885 mache, möchte ich noch erwähnen, daß am 26. Juni 1884 Tom in den Buissonnets angekommen war. Mit diesem schönen weißen Spaniel erfüllte mir Papa einen „heißen" Wunsch. Er war ein ausgezeichneter Wachhund und mein treuer Begleiter auf allen Spaziergängen. Tom was so anhänglich, daß er nicht mehr von meiner Seite wich.

Die Sommerferien 1884 waren herrlich! Mit meinen Geschwistern und Cousinen verbrachte ich sie auf einem Landgut in Saint-Quen-le-Pin, zehn Kilometer von Lisieux entfernt. Der dortige Bauernhof gehörte zum Besitz von Frau Fournet, der Mutter meiner Tante, und war ein Paradies für Kinder. Jeden Abend durfte ich beim Melken der Kühe dabeisein. Meine fürsorgliche Tante bestand darauf, daß ich täglich ein Glas der frisch gemolkenen, kuhwarmen Milch trank. Sie behauptete, das sei ein gutes Heilmittel für meinen Keuchhusten, der mich seit drei Monaten plagte. Im übrigen habe ich das Jahr 1884 in schöner Erinnerung.

In den Osterferien 1885 freute ich mich, das Meer wiederzusehen. Vom 3. bis 10. Mai verbrachten wir erlebnisreiche Tage in Deauville. Nach Lisieux zurückgekehrt, bereiteten wir uns in der Abteischule auf den Jahrestag unserer ersten heiligen Kommunion vor, der feierlich begangen wurde. Abbé Domin hielt uns drei Tage lang Vorträge. Er sprach in einer Weise über die Todsünde und über den Tod, daß von der erbarmenden und erlösenden Liebe Gottes nichts herauszuhören war. Statt Frohe Botschaft Drohbotschaft,[1] die uns damals soviel Ängste einflößte, daß ich von der schrecklichen Seelenkrankheit der Skrupel[2] befallen wurde. Hinter dem kleinsten Fehler, den ich machte, vermutete ich eine Todsünde. Nur Marie konnte ich mich anvertrauen, sie war in dieser qualvollen Zeit meine einzige, unentbehrliche Ratgeberin geworden, aber verstehen konnte sie mich letztlich auch nicht. Trotzdem hörte sie mit bewundernswerter Geduld zu, wenn ich von meinen Nöten erzählte, ohne auch nur einen Hauch von Überdruß zu zeigen. Rückblickend kann ich mir gut vorstellen, daß meine Seelenergüsse manchmal nervtötend waren. Ich drehte mich ja wie im Karussell immer um die eigene Achse.

Sonnenuntergang am Meer

1 Hier wird der Einfluß des Jansenismus, nach dem niederländischen Theologen Cornelius Jansen benannt, deutlich. Seine Vertreter verkündeten einen strengen, strafenden Gott. Der Jansenismus war eine romfeindliche katholisch-theologische Richtung in Frankreich.

2 Skrupel sind Gewissensbisse, übertriebene Bedenken bei den einfachsten Handlungen und Gedanken.

Die großen Ferien brachten zum Glück eine willkommene Ablenkung. Den ersten Teil verbrachten wir wieder in Saint-Quen-le-Pin, danach fuhren wir nach Trouville ans Meer, diesmal ohne unseren Vater. Mit Céline war ich bei unseren Verwandten, den Guérins, in der Villa Rose untergebracht. Wir freuten uns über die gemeinsame Zeit am Strand und über die abwechslungsreichen Vergnügungen, die uns die Tante bereitete. So gab es zum Beispiel Ausflüge auf einem Esel, Angeln und Einkaufen. Meine inneren Leiden verbarg ich gut. Unsere Tante stellte fest: „Therese ist offensichtlich glücklich. Niemals habe ich sie so fröhlich gesehen!"

Unser Vater befand sich unterdessen auf einer großen Reise durch Mitteleuropa bis zum Balkan. Die Hinfahrt führte ihn über München und Wien, die Rückfahrt über Athen, Neapel, Rom und Mailand. Mit Sehnsucht und Spannung erwarteten wir seine Heimkehr am Bahnhof, wo wir alle auf ihn warteten. An den Winterabenden, wenn im Kamin das Feuer knisterte, erzählte er uns von seinen Reiseerlebnissen. Ich liebte diese Abende.

Nach den erlebnisreichen Sommerferien 1885 mußte ich am Montag, dem 5. Oktober, wieder in die Abteischule gehen, was mich dieses Mal besonders hart traf, weil ich von nun an allein gehen mußte. Céline hatte ihre Schulzeit beendet, und meine Cousine Marie Guérin konnte wegen häufiger Erkrankung die Schule nicht mehr besuchen. In meiner Einsamkeit bemühte ich mich, Anschluß in der Klasse und Kontakt zu meiner Lehrerin zu finden. Weil mich aber niemand verstand und sich auch keiner um mich kümmerte, suchte ich Trost bei Jesus. Auf der Empore der Klosterkapelle wartete ich, bis Papa mich abholte.

Anfang März 1886 entschloß sich unser Vater, mich von der Abteischule abzumelden und mich von einer Privatlehrerin unterrichten zu lassen. Mehrmals in der Woche ging ich also zu Madame Papinon, die mit ihrer Mutter und einer Katze am Platz Saint-Pierre, in der Nähe der Guérins, wohnte. Meine Lehrerin war fünfzig Jahre alt, sehr gescheit und liebenswürdig, aber sie hatte ein wenig das Gehabe einer alten Jungfer. Wenn ich in ihrer Wohnung ankam, empfing mich gewöhnlich ihre Mutter. Mit ihren großen hellen Augen musterte sie mich von oben bis unten, dann rief sie mit ruhiger, aber gekünstelter Stimme: *„Frau Paaapinon, Frääääulein Thee … rese ist da! …" Ihre Tochter antwortete ihr sofort mit kindlicher Stimme: „Da bin ich, Mama!"* Und dann begann die Stunde. In dem antik möblierten Zimmer, das vollgestopft mit Büchern und Heften war, entdeckte ich eine Welt, die mit jener in der Abteischule nichts gemeinsam hatte. Häufig unterbrachen Besuche die Unterrichtsstunden. *Die Nase im Buch, hörte ich alles, was gesagt wurde,* auch das, was ich besser nicht gehört hätte. Bei den Klatschereien unter den Frauen wurde auch über mich gesprochen. Eine Dame meinte: „Wer ist dieses hübsche Mädchen!", eine andere: „Was hat sie für schönes Haar!" und so weiter. Diese schmeichelhaften Worte hörte ich sehr gern; sie liefen wie Öl in mir herunter, aber sie hinterließen in meiner Seele nichts als Eitelkeit und Stolz.

Da ich jetzt bezüglich meiner Zeiteinteilung viel freier war, richtete ich mir im zweiten Stock unseres Hauses ein Dachzimmer nach meinem Geschmack ein. Mit seinem großen, voll besetzten Vogelhaus, seinen Pflanzen, einem Aquarium mit Goldfischen, verschiedenen Heiligenstatuen, Schachteln, Körben, Puppen, Büchern …

glich es einem Bazar. In diesem meinem Reich verbrachte ich viele Stunden, studierte, verschlang ganze Stapel Bücher, betete, meditierte …

Abschied von meiner dritten Mutter

Für meine damals noch geschwächte Gesundheit war eine neue Trennung einfach zuviel. Wie ein Blitz vom Himmel traf unsere Familie im August 1886 die Mitteilung Maries, schon am 15. Oktober in den Karmel eintreten zu wollen. Mein Bazar-Zimmer verlor jeden Reiz für mich. Ich wollte mich jetzt keinen Augenblick mehr von meiner geliebten Schwester trennen, die mich schon bald verlassen würde. *Jedesmal, wenn ich an ihrem Zimmer vorbeiging, klopfte ich an* und wartete, bis sie herauskam. Dann umarmte ich sie und gab ihr unzählige Küsse, sozusagen als Vorrat für die Zeit nach unserer Trennung. Ich war nicht mehr Herrin meiner Gefühle und benahm mich trotz meiner dreizehneinhalb Jahre wie ein kleines Kind.

Papa verbarg seine Gefühle. Er hatte gehofft, daß sein „Diamant“ ihn niemals verlassen würde. In der Familie Guérin staunte man nicht wenig über Maries Entschluß. Niemand hatte damit gerechnet, daß sich die unabhängige „Zigeunerin“ (ein anderer Name, den Papa ihr gab) für das Kloster entscheiden würde.

Als Marie in den Karmel eintrat, war ich immer noch ein ängstliches Mädchen, das wegen jeder Kleinigkeit in Tränen ausbrach. Freunde unserer Familie beurteilten deswegen meinen Charakter als schwach. Die Guérins stimmten dieser Meinung zu. Man hielt mich für „ein kleines Dummerchen“ – gut und sanft, mit einem gesunden Urteil, aber lebensuntüchtig.

Das Maß meines Unglücks war voll, als Léonie ohne jede Vorankündigung und ohne sich von uns zu verabschieden bei den Klarissinnen[1] „verschwand". Unsere Mutter hatte die Schwestern gut gekannt, und darum wollten Papa und Léonie nur einen Besuch bei ihnen machen. Im Augenblick der Begegnung fühlte Léonie sich zu diesem strengen Leben so stark hingezogen, daß sie gleich dort blieb. Niemals werde ich die Güte und Verlegenheit vergessen, mit der Papa uns mitteilte, daß Léonie bereits als Klarissin eingekleidet worden sei.

Ich hätte also Grund genug gehabt, den Karmel und alle Klöster zu hassen, da sie mir nacheinander die Stützen meines Lebens geraubt hatten. Und dennoch träumte ich davon, selbst einmal Karmelitin zu werden – nicht um Pauline und Marie wiederzufinden, sondern weil Jesus mich dorthin gerufen hatte. Ich hütete mich aber, mit irgend jemand darüber zu sprechen; man hätte mich für eine Wahnsinnige gehalten.

Die Geborgenheit der Buissonnets, die bisher für mein Leben so unentbehrlich gewesen war, ging langsam dahin. Unserem Vater blieben nur seine zwei Jüngsten: Céline, mit siebzehneinhalb Jahren zur Herrin des Hauses aufgerückt, und ich, sein Nesthäkchen.

Nach dem 15. Oktober 1886 erreichte ich den tiefsten Punkt meiner Niedergeschlagenheit. Ich hatte jede Freude und jeden Lebensmut verloren. Die Hausarbeiten überließ ich Céline, die mich zu allem antreiben mußte, sogar um mein eigenes Bett zu machen. Ich war wie ein hilfloses Kind, das keinen eigenen Willen mehr hatte, sich an den anderen orientierte und sich hin und her schieben ließ.

---

1 Eine Schwesterngemeinschaft, die nach der Ordensstifterin Klara von Assisi benannt ist.

Ein entscheidendes Erlebnis

Der Abschied von Marie hatte mein seelisches Gleichgewicht aufs neue erschüttert. Ich dachte: „Das ganze Leben ist voller Leid und Traurigkeit." Mir machte nichts mehr Spaß, zu nichts hatte ich Lust. Am liebsten hätte ich mich irgendwohin verkrochen und nur noch geheult. *Meine übergroße Empfindlichkeit machte mich wirklich unausstehlich.* Wenn es vorkam, daß ich einen mir lieben Menschen ein bißchen kränkte, konnte ich mir diesen Fehler nicht verzeihen. *Statt mich zu überwinden und nicht zu weinen, ließ ich meinen Tränen freien Lauf.*

Wenn ich mich dann endlich beruhigt hatte, weinte ich darüber, geweint zu haben. Jemand sagte einmal zu mir: *„Du weinst als Kind so viel, daß du später keine Tränen mehr haben wirst!"* Diese Bemerkung kränkte mich sehr. Alle guten Ratschläge waren nutzlos, und selbst konnte ich mich von diesem häßlichen Fehler nicht befreien. Es war wirklich zum Verzweifeln. Ich konnte mich selbst nicht ausstehen.

Aber wie sollte ich herauskommen aus dem Teufelskreis von Empfindlichkeit, Weinen und Schuldgefühlen? Es wurde mir immer klarer: Wenn der liebe Gott mir nicht hilft, kann mir niemand helfen; er muß ein kleines Wunder wirken. Ich verkroch mich oft in mein Zimmer und betete, das heißt, ich erzählte Gott einfach alles, was mich bedrückte. Wem sonst sollte ich meine Not anvertrauen? Marie, mit der ich immer über alles sprechen konnte, war ja seit drei Monaten im Karmel.

Inzwischen stand Weihnachten vor der Tür. Mit Schrecken dachte ich an das erste Weihnachtsfest (1886) ohne Marie.

Am Heiligen Abend ging Papa mit uns drei Geschwistern Léonie (die inzwischen das Kloster wieder verlassen hatte), Céline und mir in die Kathedrale St. Peter zur Mitternachtsmesse, wo ich den starken und mächtigen Gott in der heiligen Kommunion empfangen durfte. Zu meiner Zeit war es nicht üblich, öfter zur heiligen Kommunion zu gehen.

Wir kamen von der Mitternachtsmesse heim. Als wir in den Buissonnets ankamen, freute ich mich darauf, aus dem Kamin meine Schuhe zu holen, die mit Geschenken gefüllt waren. *Dieser alte Brauch in Frankreich hatte uns in unserer Kindheit soviel Freude bereitet, daß Céline damit fortfahren wollte.* Es machte ihr Spaß, mich immer noch wie ein kleines Kind zu behandeln, da ich nun einmal die Jüngste in der Familie war. Ehrlich gesagt gefiel es mir, verwöhnt zu werden, andererseits wollte ich nicht das „große Baby" von Céline spielen.

Papa, der von der Mitternachtsmesse ermüdet war, wurde ärgerlich, als er meine Schuhe im Kamin stehen sah. Als ich die Treppe zu meinem Zimmer hinaufging, um Hut und Mantel abzulegen, hörte ich seine Worte: *„Nun, gottlob, ist es das letzte Jahr!"* Er meinte dann noch, daß ich ja kein kleines Kind mehr sei und langsam erwachsen werden müsse. Seine Worte durchbohrten mir das Herz.

Céline, die meine Empfindlichkeit kannte und schon Tränen in meinen Augen schimmern sah, hätte am liebsten auch geweint, denn sie liebte mich sehr und verstand meinen Kummer. „Ach, Therese", sagte sie, „geh' nicht hinunter, es wäre zu schmerzlich für dich, jetzt gleich in deine Schuhe zu schauen." Aber ich war nicht mehr die gleiche. Jesus hatte mein Herz in dem Augenblick umgewandelt, als ich ihn in der heiligen Kommunion empfing. Ich drängte meine Tränen zurück und eilte die Treppe hinunter. Mein Herzklopfen unterdrückend, nahm ich meine Schuhe, stellte sie vor Papa hin und zog fröhlich alle Gegenstände hervor, glücklich aussehend wie eine Königin. Papa lachte, auch er war wieder fröhlich, und Céline glaubte zu träumen! ... Alle waren wir glücklich, am meisten ich selbst. Es war ein wahres Wunder! Ich, die doch so empfindlich war, so leicht weinte, war mit einem Mal stark, selbstbewußt, von allem Kummer befreit.

In dieser lichtvollen Weihnachtsnacht begann mein dritter Lebensabschnitt, der schönste von allen ... In einem Augenblick hatte Jesus vollbracht, was mir in zehnjähriger Anstrengung nicht gelungen war. Ich fühlte die Liebe in mein Herz einziehen, um anderen Freude zu machen. Von da an war ich glücklich! Jesus verwandelte mich so, daß ich mich selbst nicht wiedererkannte. Ich kam mir vor wie neugeboren.

Am 2. Januar 1887 feierten wir meinen vierzehnten Geburtstag. Im Karmel besuchten wir meine Schwestern Pauline und Marie, die nicht wenig überrascht waren von meiner Verwandlung.

III. Kapitel
Der schönste Abschnitt meines Lebens

Ein Verbrecher bekehrt sich

Um meinen Eifer anzuspornen, zeigte mir Gott, daß es ihm gefällt, wenn ich mich selbst vergesse und an meine Mitmenschen denke.

Ich hörte damals von einem großen Verbrechen, bei dem zwei Frauen und ein Mädchen umgebracht wurden. Außerdem wurde gestohlener Schmuck aufgefunden. Die Polizei verhaftete einen verdächtigen Mann namens Henri Pranzini. Die gesamte französische und ausländische Presse berichtete einige Male über diesen Fall und erwähnte die schmutzigsten Einzelheiten. Pranzini wurde wegen des schrecklichen Verbrechens zum Tod verurteilt. Er zeigte keinerlei Reue und legte kein Geständnis ab. Auch weigerte er sich, mit dem Gefängnisseelsorger zu sprechen.

Alle waren empört über diesen Schuft, wie sie ihn nannten, ich aber wollte ihn um jeden Preis für den Himmel retten. Nein, er sollte nicht verlorengehen!

Es war mir selbstverständlich klar, daß ich ihm nicht sein Leben auf Erden retten konnte, darum sagte ich dem lieben Gott im Gebet immer wieder: „Bitte vergib Pranzini die schwere Sünde! Jesus ist doch für **alle** Sünder am Kreuz gestorben, auch für Pranzini. Laß ihn zu Dir in den Himmel kommen.“ Außerdem bat ich Céline, eine heilige Messe lesen zu lassen. Für wen, wagte ich nicht zu sagen; ich traute mich nicht, selbst darum zu bitten, aus Angst, ich müsse verraten, daß sie für den großen Verbrecher

Pranzini sei. Doch *Céline stellte mir so liebevolle und eindringliche Fragen, daß ich ihr mein Geheimnis anvertraute. Weit davon entfernt, sich über mich lustig zu machen, bat sie mich, mir bei der Bekehrung meines Sünders helfen zu dürfen. Ich nahm das natürlich dankbar an, denn ich hatte gewünscht, daß alle Menschen sich mit mir zusammentun, um für die Rettung Pranzinis zu beten.*

Im Grunde meines Herzens fühlte ich mit Gewißheit, daß Gott meinen Wunsch erfüllen werde. Um mir aber selbst Mut zu machen und nicht aufzuhören, für Pranzini zu beten, sagte ich dem lieben Gott, daß ich fest glaube, daß er Pranzini diese Mordtaten verzeihe, auch wenn dieser nicht beichte und kein Zeichen der Reue gebe. So groß war mein Vertrauen in die unendliche Liebe Jesu. Zu meinem Trost bat ich Gott, mir d o c h ein Zeichen seiner Reue zu geben ... Mein Gebet wurde wörtlich erhört!

Trotz des deutlichen Verbotes, das Papa ausgesprochen hatte, irgendeine Zeitung zu lesen, interessierten mich die Seiten, die von Pranzini handelten. Mußte ich doch auf dem laufenden bleiben.

Am Tage nach seiner Hinrichtung fiel mir die Zeitung „La Croix“ („Das Kreuz“) in die Hand. Beim hastigen Durchlesen erfuhr ich, daß Pranzini nicht gebeichtet hatte. Er bestieg das Schafott und wollte eben seinen Kopf in das grausige Loch stecken, als er sich plötzlich umwendet, das Kreuz ergreift, das ihm der Priester hinhielt, und dreimal die Wunden Jesu küßt – dann wurde er geköpft. Seine Seele aber fand Gnade[1] bei Gott, denn Jesus hat auf Erden verkündet: „Im Himmel ist mehr Freude über einen einzi-

1 Gnade ist die Zuwendung des Heils, sind Heilsgeschenke Gottes.

Therese mit dreizehn Jahren (Februar 1886)

gen Sünder, der Buße tut, als über neunundneunzig Gerechte, die der Buße nicht bedürfen."[1]

Ich hatte das erbetene Zeichen erhalten! Damit niemand

1 Lukasevangelium 15,7.

meine Freudentränen sah, versteckte ich mich. Dieses Ereignis bestärkte mich in meinem Entschluß, Menschenfischer zu werden, das heißt, ich wollte Seelen für den Himmel gewinnen. Der beste Platz dafür schien mir der Karmel zu sein. *Pranzini war mein erstes Kind, das ich für den Himmel geboren hatte.*

Ein traumhaft schönes Jahr (1887)

In kurzer Zeit hatte mich der liebe Gott aus dem engen Kreis meiner Ichbezogenheit herausgeführt. Wenn ich auf den Weg zurückschaue, den er mich geführt hat, ist meine Dankbarkeit sehr groß. Doch ich muß zugeben, wenn auch der erste Schritt getan war, blieben doch noch viele Dinge, die ich aufgeben mußte.

Mit Begeisterung stürzte ich mich jetzt auf alles, was mir Spaß machte, vor allem malte und töpferte ich gern. Ich begnügte mich nicht mehr mit dem Unterricht und den Aufgaben, die mir meine Lehrerin gab, sondern suchte selbst danach, wie ich meinen unersättlichen Wissensdurst stillen konnte. In meinem Zimmer stapelte ich Bücher über Geschichte und Naturkunde. *Die übrigen Fächer ließen mich gleichgültig.* In wenigen Monaten erwarb ich mir mehr Kenntnisse als während meiner Schuljahre.

Ich träumte davon, eines Tages die Stadt zu verlassen, um auf dem Land zu leben, denn ich liebte die Natur über alles. In Gedanken sah ich mich in meinem kleinen, sonnigen Häuschen wohnen: „Aus allen Zimmern will ich aufs Meer hinausschauen. Eine Kuh, ein Esel, Schafe, Hühner und ein Vogelhaus sollen mir Gesellschaft leisten. Das kleine Haus soll nahe bei einer Kirche sein, damit ich jeden Morgen die heilige Messe mitfeiern kann. Auf meinem Esel will ich dann die Armen besuchen und ihnen Verpflegung und Medikamente bringen. Ja, ein Einsiedlerleben will ich führen, erfüllt von Gebet und Liebesdiensten in der schönen normannischen Landschaft."[1]

Meine Gedanken und Träumereien teilte ich Céline mit; sie war meine neue Vertraute. Wir beide unternahmen nun vieles gemeinsam und wurden unzertrennlich. Wir liebten es, an warmem Sommerabenden beim Mondschein lange Gespräche zu führen. Wir träumten von einer herrlichen Zukunft.

Unsere Verwandten und Freunde bewunderten mich, sie fanden mich intelligent und hübsch. Die Gefahr, eingebildet, eitel und stolz zu werden, spürte ich sehr deutlich. Es war da auch die brennende Sehnsucht in mir, von jemandem ganz und gar geliebt zu werden, so wie ich bin. Ich fühlte, daß ich langsam eine Frau wurde.

Inzwischen hatte ich mir viel Wissen angeeignet, aber all die Bücher, die ich verschlungen hatte, ließen mein liebeshungriges Herz kalt. Eines Tages entdeckte ich bei Papa ein neues religiöses Buch und verzog mich damit in mein Zimmer. In allem, was ich las, erkannte ich die große Liebe Gottes zu jedem Menschen und was er im Himmel denen schenken will, die ihn auf Erden über alles lieben. Unaufhörlich wiederholte ich die Worte „Gott liebt mich! Gott liebt mich, wie ich bin!". Da ist endlich jemand, von dem ich unverlierbar geliebt werde. Alle menschliche Zuneigung und Liebe kann man verlieren – das hatte ich ja schon dreimal schmerzlich erlebt –, **GOTT LIEBT MICH IMMER – IMMER – OHNE ENDE!**

---

1 Siehe dazu die Skizze von Frankreich auf Seite 223.

Ich empfand ein unbeschreibliches Glücksgefühl, das über diese Erde hinausging. An diesem Tag entschloß ich mich, **Jesus leidenschaftlich zu lieben.** Noch mehr, ich wollte viele Menschen gewinnen, die Jesus genauso lieben, wie ich ihn lieben will.

Diese wichtigste Entdeckung meines Lebens vertraute ich Céline an. Um ungestört zu sein, trafen wir uns nun Abend für Abend im Belvedere und tauschten unsere Gedanken aus. Bald merkten wir eine große innere Übereinstimmung. Auch Céline war erfüllt von dem Verlangen, **Gott über alles zu lieben.** Wir waren überzeugt, daß Jesus selbst das **Feuer der Liebe** in unseren Herzen entzündet hatte, und nun wollte er, daß es brenne. Jesus wollte, daß wir gemeinsam in der Liebe voranschreiten und seinen Spuren folgen.

In einem kleinen Buch, die „Nachfolge Christi", fand ich viele Hinweise für unser Vorhaben, Gott über alles zu lieben. Im ersten Kapitel über „Das innerliche Leben" las ich:

„Wenn du Christus hast, so bist du reich; er genügt dir. Er wird in allem dein Helfer sein und steht dir bis ans Ende treu zur Seite … Setze dein ganzes Vertrauen auf Gott … Er wird für dich eintreten und alles so fügen, wie es für dich am besten ist … Du hast hier kein bleibendes Haus … Im Himmel soll deine Wohnung sein, und alles auf Erden sollst du nur wie im Vorbeigehen ansehen. Alles vergeht einmal! Wer alles so erkennt, der ist wahrhaft klug!"

Viele Kapitel waren mir so hilfreich, daß ich sie auswendig lernte.

Die Richtung und das Ziel meines Lebens waren mir nun sonnenklar. In meinem Herzen fühlte ich eine mir bis dahin unbekannte Begeisterung. Nein, es war keine verrückte Idee, die mich antrieb, die Liebe zu Jesus in die Tat umzusetzen, es war mir ganz ernst damit.

Der große Kampf

Mein Entschluß, in den Karmel zu gehen, festigte sich immer mehr. Der göttliche Ruf war so drängend in mir, daß ich durchs Feuer gegangen wäre, um ans Ziel zu kommen.

Im Sprechzimmer des Karmel erzählte ich meinen beiden Schwestern Pauline und Marie von meinem Verlangen, auch in den Karmel eintreten zu wollen. Nur Pauline verstand mich. Marie fand mich viel zu jung, und sie tat alles mögliche, um meinen Eintritt zu verhindern.

Céline wollte ich von meinem Wunsch, schon mit fünfzehn Jahren in den Karmel einzutreten, nichts sagen, doch es fiel mir schwer, ihr etwas zu verheimlichen. Es dauerte nicht lange, da erfuhr meine Schwester von meinem Entschluß. Weit davon entfernt, mich davon abzuhalten, nahm sie mutig dieses Opfer an. Man muß wissen, daß wir beide „ein Herz und eine Seele" geworden waren. Seit einigen Monaten war unser Leben so schön und angenehm, wovon junge Mädchen sonst nur träumen können. Papa ließ uns größte Freiheiten. Kurz gesagt, unser Leben war damals ein einziges Glück auf Erden. Doch kaum hatten wir Zeit, das Glück zu genießen, schien es bald schon zu Ende zu sein.

Der Gedanke, wie ich Papa mein Vorhaben beibringen

sollte, beschäftigte mich Tag und Nacht. Er hatte ja schon zwei seiner Töchter ins Kloster gehen lassen. An mir hing er ganz besonders, nun wollte auch ich ihn verlassen. Es kann sich wohl niemand vorstellen, wie viele innere Kämpfe ich durchgemacht habe, bevor ich den Mut hatte, mit Papa über mein Vorhaben zu sprechen. Für meine große Eröffnung wählte ich das Pfingstfest. Den ganzen Tag betete ich, damit mir die richtigen Worte einfielen, die ich sagen sollte …

Erst am Nachmittag ergab sich eine gute Gelegenheit, mit Papa zu sprechen. Er hatte sich im Garten auf den Brunnenrand gesetzt, genoß die warmen Sonnenstrahlen, betrachtete die Wunder der Natur und erfreute sich am Vogelgezwitscher. *Ohne ein einziges Wort setzte ich mich neben ihn. Er sah meine Tränen in den Augen und schaute mich zärtlich an; dann nahm er meinen Kopf, drückte ihn an sein Herz und sagte: „Was hast du denn, meine kleine Königin? … Vertrau' es mir an." Dann stand er auf, um seine eigene Ergriffenheit zu verbergen, und ging langsam mit mir auf und ab, wobei er immerzu meinen Kopf an sein Herz gedrückt hielt. Unter Tränen gestand ich ihm meine Sehnsucht, in den Karmel einzutreten. Da weinte auch er, aber er sagte kein Wort, um mich von meiner Berufung*[1] *abzubringen. Er wies mich nur darauf hin, daß ich noch viel zu jung sei, um einen so schwerwiegenden Entschluß zu fassen. Aber ich verteidigte meine Sache so gut, daß ich Papa schließlich davon überzeugen konnte, daß mein Wunsch auch Gottes Wunsch sei. In seinem tiefen Glauben rief Papa aus: „Gott erweist mir eine große Ehre, daß er meine Kinder ins Kloster ruft." Wir*

1 Berufung bedeutet hier: Gott „ruft" Menschen in einen besonderen Dienst in der Kirche, zum Beispiel in den Priester- oder Ordensberuf.

setzten unseren Spaziergang noch lange fort. Mir fiel ein Stein vom Herzen, weil Papa alles so gut aufgenommen hatte und mich wirklich verstand.

Papa ging zu einer Mauer und zeigte mir kleine weiße Blumen, die wie Lilien aussahen. Vorsichtig pflückte er sie und gab sie mir mit der Erklärung: „Schau, mit welcher Sorgfalt der liebe Gott sie wachsen ließ und bis zum heutigen Tag behütet hat." *Wie ich ihn so reden hörte, glaubte ich, meine eigene Geschichte zu hören, soviel Ähnlichkeit bestand zwischen dem, was Jesus für die kleine Blume*[1] *und für die kleine Therese getan hatte ... Als ich genauer hinsah, bemerkte ich, daß Papa beim Pflücken alle Wurzeln der kleinen Blume mit ausgehoben hatte, ohne sie zu verletzen; sie schien dazu bestimmt, in einem anderen, fruchtbareren Boden weiterzuleben.* Ganz dieselbe Tat hatte Papa soeben für mich vollbracht, als er mir die Erlaubnis gab, in den Karmel einzutreten und dort weiterzuwachsen und zu blühen.

Nachdem ich Papas Einwilligung erhalten hatte, war ich der festen Überzeugung, sofort in den Karmel eintreten zu können. Da hatte ich mich aber gründlich getäuscht.

Mein Onkel, der nach dem Tod von Mama mitverantwortlich war für unsere Erziehung, sprach ein entschiedenes „Nein". Er verbot mir sogar, mit ihm nochmals über den Karmel zu reden, bevor ich nicht siebzehn Jahre alt sei. Es sei völlig unvernünftig, ein fünfzehnjähriges Kind in den Karmel eintreten zu lassen. Außerdem würden alle darüber reden und den Kopf schütteln ... Er sagte sogar, es

---

1 In Indien nennt sich eine Ordensgemeinschaft, die sich Therese zum Vorbild genommen hat, „Little Flowers" („Kleine Blumen").

müsse ein Wunder geschehen, wenn man ihn vom Gegenteil überzeugen wolle. Ich sah, daß alle meine Einwände nutzlos waren, darum ging ich still weg. Mein Herz war in einem Ozean von Traurigkeit und Bitterkeit untergetaucht. *Mein einziger Trost war das Gebet; ich flehte Jesus an, er möge das von Onkel Isidor verlangte Wunder wirken.*

Es vergingen etwa vierzehn Tage, die mir wie eine Ewigkeit vorkamen – eine schreckliche Zeit. In mir war alles schwarz wie die Nacht, ich fühlte mich einsam und verlassen, auch von Gott. Die Natur schien an meiner bitteren Traurigkeit teilzunehmen, denn drei Tage lang ließ sich die Sonne nicht blicken und es regnete stark.

Endlich, am vierten Tag, besuchte ich meinen Onkel. Zu meiner großen Überraschung war er wie umgewandelt. Ganz liebevoll sagte er mir, er habe im Gebet erkannt, *ich sei eine kleine Blume, die der liebe Gott pflücken wolle, und er würde sich nicht mehr dagegen stellen.* Überglücklich machte ich mich auf den Heimweg nach den Buissonnets. Die Wolken am Himmel waren verschwunden, auch in meinem Herzen war es nicht mehr dunkel. Jesus hatte mir die Freude wiedergegeben, und ich glaubte, daß ich meinem Ziel nun ganz nahe war.

Wenige Tage, nachdem ich die Zustimmung meines Onkels erhalten hatte, besuchte ich Pauline im Karmel, um ihr freudestrahlend zu erzählen, daß nun alle Hindernisse beseitigt seien. Wie ein Donnerschlag traf mich die Nachricht des Herrn Superiors[1], die Pauline mir mitteilen mußte, daß er vor meinem einundzwanzigsten Lebensjahr mit

1 Der Superior ist der geistliche Vorgesetzte eines Klosters.

dem Klostereintritt nicht einverstanden sei. Auch ein persönliches Gespräch mit ihm, bei dem ich alle meine Überredungskünste anwandte, stimmte ihn nicht um. *Ich verließ das Pfarrhaus ganz aufgelöst in Tränen. Glücklicherweise konnte ich mich hinter dem Schirm verstecken, denn es regnete wieder einmal in Strömen.* Um mich zu trösten, versprach mir Papa, mich nach Bayeux zum Bischof zu bringen. *Ja, ich war entschlossen, mein Ziel zu erreichen, ich sagte sogar: „Ich fahre bis zum Heiligen Vater nach Rom, wenn der Bischof mir den Eintritt in den Karmel mit fünfzehn Jahren nicht erlaubt."*

Papas Entschluß, mit mir nach Bayeux zu fahren, stand fest. Bis dahin ereignete sich noch vieles. Äußerlich schien mein Leben unverändert. Ich lernte, nahm mit Céline Malunterricht, und meine Lehrerin fand mich recht begabt. Vor allem aber wuchs ich in der Liebe zu Gott und den Mitmenschen.

Vor unserer Reise nach Bayeux schenkte mir der liebe Gott noch eine besondere Freude. Als Nesthäkchen hatte ich nie das Glück gehabt, kleinere Geschwister zu erleben, ein trauriger Umstand verhalf mir dazu: Eine arme Verwandte unseres Dienstmädchens starb und ließ drei ganz kleine Kinder zurück. *Während ihrer Krankheit nahmen wir zwei Mädchen zu uns ins Haus. Ich spielte fast den ganzen Tag mit ihnen; und es war eine große Freude für mich zu sehen, mit welcher Treuherzigkeit sie alles glaubten, was ich ihnen erzählte.* Das älteste Mädchen stellte mir tausend Fragen über das Jesuskind und den Himmel. Um Jesus Freude zu machen, versprach es mir mit Begeisterung, mit seinem Schwesterchen nicht mehr zu streiten. Es fügte noch hinzu: *„Niemals im Leben werde ich ver-*

Therese mit fünfzehn Jahren (April 1888)

gessen, was mir das große Fräulein – so nannte es mich – gesagt hat."

Endlich war der 31. Oktober (1887) gekommen, der für meine Reise zum Bischof nach Bayeux bestimmt worden war. Ich zog mein schönstes Kleid an und steckte meine langen Haare zu einem Knoten zusammen, um älter auszusehen. Mit gemischten Gefühlen machte ich mich mit Papa auf den Weg. Zum erstenmal in meinem Leben sollte ich einen Besuch machen, ohne Begleitung meiner Schwestern, und dazu noch bei einem Bischof. Bis zu diesem Zeitpunkt war ich es nur gewöhnt, über wichtige Dinge mit meiner Familie zu sprechen, und nun sollte ich selber den Zweck meines Besuches erklären, die Gründe darlegen, warum ich schon mit fünfzehn Jahren in den Karmel eintreten wollte. Ach, wie schwer ist mir diese Reise geworden! In der Tat, nur Jesus konnte mir helfen – nur die Liebe zu ihm mir den Mut und die Kraft geben, den Bischof von meiner Berufung zu überzeugen.

Es regnete in Strömen, als wir in Bayeux ankamen. Papa wollte nicht, daß ich in meinem schönen Kleid naß wurde, darum fuhren wir mit dem Omnibus zur Kathedrale[1]. *Hier begann mein Elend.*

Der Bischof und viele Priester nahmen an einer Totenmesse teil. Die Kirche war voll von schwarzgekleideten Frauen, *und alle sahen auf mein helles Kleid und meinen weißen Hut.* Papa störte das alles nicht, er erlaubte sich sogar, mit mir bis nach vorn in den Altarraum der Kathedrale zu gehen. Am liebsten hätte ich die Kirche fluchtartig verlassen, aber wegen des starken Regens war das aussichtslos. Also machte ich „gute Miene zum bösen Spiel“ und verhalf den Einwohnern von Bayeux, deren Bekanntschaft ich lieber nie gemacht hätte, zu dieser Abwechslung im lange dauernden Totengottesdienst.

---

1 Eine Kathedrale ist die Bischofskirche, in Deutschland meist Dom genannt.

Zu guter Letzt konnte ich in einer Kapelle hinter dem Hochaltar aufatmen. Es war ein willkommenes Versteck, in dem ich lange blieb und aus tiefem Herzen für das bevorstehende Gespräch mit dem Bischof betete. Als der Regen endlich nachließ, war die Kathedrale menschenleer geworden, und so ließ mich Papa die vollendete Schönheit des Bauwerkes bewundern, bevor wir dann geradewegs zu Abbé Révérony[1] gingen. Der war aber leider nicht da, obwohl er von unserem Kommen wußte; er hatte ja selbst den Reisetag festgesetzt. So gingen wir in Bayeux spazieren, bis wir schließlich wieder in die Nähe des bischöflichen Palais[2] kamen. Papa ging mit mir in ein schönes Gasthaus. Ich allerdings hatte auf absolut nichts Appetit. *Ich solle mir bloß keine Sorgen machen, meinte Papa ganz liebevoll, ganz sicher würde der Bischof meine Bitte erfüllen.*

Wir starteten zum zweiten Versuch und hatten Glück. Als wir im Hof des bischöflichen Palais ankamen, öffnete der Himmel alle Schleusen, es goß schon wieder in Strömen. Der Herr Generalvikar Révérony empfing uns äußerst liebenswürdig, aber er war doch sehr erstaunt über den Zweck unseres Besuches. *Nachdem er mich lächelnd von oben bis unten betrachtet hatte, stellte er mir einige Fragen, und als er Tränen in meinen Augen sah, sagte er: „Oh, ich sehe ja Diamanten!* Die brauchen sie dem Hochwürdigsten Herrn aber nicht zu zeigen!“ Wie peinlich war mir das, am liebsten wäre ich im Erdboden versunken. Schließlich bat uns der Generalvikar, ihm zu folgen. Auf unserem Weg zum Bischof gingen wir durch große Empfangssäle, an deren Wänden riesige Bilder von früheren

1 Abbé Révérony war der Generalvikar (= Vertreter) des Bischofs.
2 Palais (= Palast) ist die Bezeichnung für einen prachtvollen herrschaftlichen Wohnsitz.

Bischöfen hingen. Ich kam mir vor wie eine winzige Ameise.

Plötzlich sahen wir den Bischof, der, mit zwei Priestern im Gespräch vertieft, in einer Galerie auf und ab ging. Während der Herr Generalvikar einige Worte mit dem Bischof wechselte, warteten wir in seinem Arbeitszimmer. Hier standen drei riesige Lehnsessel vor dem Kamin, in dem ein helles Feuer flackerte. Als der Bischof eintrat, knieten Papa und ich uns nieder, um den Segen zu empfangen. Dann bat er uns, Platz zu nehmen. Abbé Révérony, der ebenfalls an dem Gespräch teilnahm, wies mir den Sessel in der Mitte zu. Ich lehnte höflich ab, doch er bestand darauf und sagte, ich solle beweisen, daß ich gehorchen könne, und er setzte sich dann neben mich. Zu meiner Beschämung sah ich, wie der Hochwürdigste Herr sich selber einen Stuhl nahm, während ich in dem Sessel versank, worin von meinesgleichen gemütlich vier Platz gehabt hätten.

Ich hoffte, Papa werde nun sprechen, statt dessen forderte er mich auf, selbst dem Bischof mein Anliegen vorzubringen. Mit möglichst großer Überredungskunst versuchte ich ihn davon zu überzeugen, warum ich schon mit fünfzehn Jahren in den Karmel eintreten wolle. Der Bischof schien von meinen Gründen nicht sonderlich beeindruckt zu sein. Er fragte, ob ich schon lange wünschte, in den Karmel einzutreten. *„O ja, Hochwürdigster Herr, schon sehr lange!“* Lachend mischte sich der Generalvikar ein und sagte: „Das kann doch wohl noch keine fünfzehn Jahre her sein!“ – „Das stimmt zwar“, erwiderte ich ebenfalls lächelnd, „aber ich brauche nicht viele Jahre abzuziehen, denn bereits seit meinem dritten Lebensjahr hatte ich das Verlangen, mich Gott ganz zu schenken.“

Der Bischof war der Meinung, er tue Papa einen Gefallen, als er sagte: „Bleib ruhig noch eine Zeitlang bei deinem Vater zu Hause.“ Er war daher sehr erstaunt und beeindruckt, als Papa für mich Partei ergriff und nun selbst den Bischof bat, mich doch mit fünfzehn Jahren in den Karmel eintreten zu lassen. In seiner gütigen Art fügte er noch hinzu, daß wir an der Pilgerreise nach Rom teilnehmen würden, um dort dem Heiligen Vater mein Anliegen vorzutragen, falls ich die erbetene Erlaubnis vorher nicht erhielte. Alle Worte schienen vergeblich, der Bischof sagte, ehe er sich entscheide, sei ein Gespräch mit dem Superior des Klosters unerläßlich. Etwas Traurigeres hätte er mir nicht sagen können, denn dieser hatte mir ja bereits eine Absage erteilt. Alles schien aus zu sein! Ungeachtet der Ermahnung des Generalvikars Révérony schenkte ich dem Bischof nun doch jede Menge meiner Diamanten. Der Hochwürdigste Herr war gerührt, er zog meinen Kopf an seine Schulter und versuchte mich mit folgenden Worten zu trösten: „Es ist noch nicht alles verloren, ich bin sehr damit einverstanden, daß du mit deinem Vater eine Romreise machst, deine Berufung wird dadurch nur noch fester. Statt zu weinen, solltest du dich freuen“. Weiter sagte er noch, er werde in der nächsten Woche nach Lisieux fahren, um dort mit dem Pfarrer der Kirche von St. Jakobus über mich zu sprechen. Ich würde seine Antwort bestimmt in Italien erhalten. Es war mir klar, daß es vergeblich war, weitere Bitten an den Bischof zu richten. Außerdem fielen mir auch keine Argumente mehr ein, alle Quellen meiner Redekunst waren erschöpft.

Der Bischof begleitete uns bis zum Garten. Er amüsierte sich köstlich, als Papa ihm erzählte, ich hätte mir die Haare hochgesteckt, um älter auszusehen. Mir wäre es lieber gewesen, wenn mein Geheimnis nicht verraten worden wäre, denn immer, wenn der Bischof später von mir sprach, erzählte er diese Geschichte.

Der Generalvikar führte uns bis zum Ausgang. Als wir auf der Straße waren, begannen meine Tränen wie Bäche zu fließen. *Meine Zukunft schien mir für immer vernichtet. Meine Seele war in Bitterkeit getaucht, aber trotzdem war auch Frieden in meinem Herzen, weil ich nur den Willen Gottes erfüllen wollte.* Sobald wir in Lisieux ankamen, besuchte ich meine Schwestern im Karmel und erzählte ihnen ausführlich über den – wie mir schien – mißglückten Besuch beim Bischof. Pauline und Marie trösteten mich mit lieben Worten.

Oh, was war das für ein Reise!

Drei Tage nach meiner Rückkehr aus Bayeux traten wir eine viel längere Reise an: zur **Ewigen Stadt Rom.** Das erste Treffen der Pilger war für Sonntag, den 6. November, in Paris auf dem Montmartre[1] um 9 Uhr in der Krypta der Basilika Sacre Cœur[2] festgesetzt. Da wir aber Paris besichtigen wollten, brachen wir schon zwei Tage früher auf.

Am 4. November (1887) um drei Uhr morgens durchquerten Papa, Céline und ich das noch schlafende Lisieux. Wie soll ich beschreiben, was ich fühlte? Ich ging Unbekanntem entgegen und ahnte, daß Großes auf mich war-

---

1 Der Montmartre ist der Berg der Märtyrer, heute ein Stadtteil von Paris.
2 Die Basilika Sacre Cœr ist eine Sühne- und Pilgerkirche (Sacre Cœur = Heiligstes Herz).

tete … Papa war gut aufgelegt. Als der Zug losfuhr, sang er einen alten Kehrvers fröhlich vor sich hin: *„Rolle, rolle, meine Kutsche, wir sind auf großer Fahrt."*

Im Laufe des Vormittags kamen wir in Paris an und begannen gleich mit der Besichtigung. Papa vergaß seine Müdigkeit und zeigte uns zwei Tage lang alle *Wunderwerke* dieser Stadt: das Marionettentheater auf dem Champs-Elysées[1], die Tuilerie-Gärten[2], den Triumphbogen am Etoile[3], die Bastille[4], das Palais Royal[5], das Louvre-Museum[6], den Invalidendom[7] und so weiter.

All die schönen Dinge, die ich in Paris sah, waren zwar großartig und bewundernswert, aber für mich war letztlich nur eines wichtig: „Notre-Dame-des-Victoires." Unsere ganze Familie liebte dieses Heiligtum, besonders seit dem 13. Mai 1883, dem Tag, an dem ich durch das Lächeln der Gottesmutter geheilt worden war. Allerdings quälten mich vier Jahre lang Zweifel, ob ich mir das Lächeln nicht nur eingebildet hatte. Mit niemandem sprach ich über dieses geheime Leiden. Während der heiligen Messe am Samstag, den 5. November, in unserem geliebten Heiligtum wurde ich von meinen Zweifeln völlig befreit. Maria schenkte mir in meinem Herzen die Gewißheit, daß wirklich sie es war, die mir zugelächelt und mich geheilt hatte.

---

1 Der Champs-Elysées ist eine Prachtstraße mitten durch Paris.

2 Die Tuilerie-Gärten bilden eine wunderschöne Gartenanlage im Herzen von Paris.

3 Von hier aus laufen die Straßen sternförmig weg (étoile = Stern). Heute heißt der Ort „Place Charles de Gaulle".

4 Die ~~Basilika~~ war das Staatsgefängnis zur Zeit Ludwigs XIII.

5 Der Palais Royal war der Königspalast zur Zeit Ludwigs XIII.

6 Der Louvre ist das größtes Museum der Welt.

7 Der Invalidendom ist die Königs- und Soldatenkirche in Paris mit dem Grabmal Napoleons.

4 Bastille

Ich erkannte, daß sie mich als ihr Kind angenommen hatte, und so sprach ich sie nur noch mit „Mama“ an, denn das klingt zärtlicher als „Mutter“.

Eine so lange und weite Reise bringt allerlei Verlockungen und Gefahren für meine Berufung zum Ordensleben mit sich, dachte ich mir, besonders da ich das Böse nicht kannte und fürchtete, es zu entdecken. Darum flehte ich Maria an, alles Böse von mir fernzuhalten und mein Herz rein zu bewahren.

Am nächsten Tag, es war Sonntag, versammelten sich die Pilger auf dem Montmartre zur Einteilung in Gruppen und zur ersten gemeinsamen Messe in der Basilika, die dem Heiligsten Herzen Jesu geweiht ist. Hoch über dem Altar konnte man eine Herz-Jesu-Darstellung in Mosaikarbeit bestaunen. Sie war wirklich einmalig schön und beeindruckend und zog Pilger und Touristen aus der ganzen Welt an.

Nachdem wir uns dem Heiligsten Herzen Jesu geweiht hatten, blieben wir noch bis zum nächsten Morgen in Paris. Pünktlich um 6.35 Uhr verließen wir mit einem Sonderzug den Gare de l’Est[1] und fuhren Richtung Rom. Hundertsiebenundneunzig französische Pilger, darunter fünfundsiebzig Priester, nahmen an der Wallfahrt teil. Anlaß war das goldene Priesterjubiläum von Papst Leo XIII. Diese Pilgerfahrt sollte auch noch eine Solidaritätsbekundung der monarchietreuen[2] französischen Katholiken mit Rom sein, wie ich im Laufe der Reise erfuhr. Ich dagegen hatte nur ein Ziel: für meine Berufung einzutreten, das

---

1 Der Gare de l’Est ist, wie der Name sagt, der Ostbahnhof von Paris.

2 Die Monarchie ist die Staatsform, bei der der König Repräsentant des Volkes ist.

heißt, mit dem Papst über meinen frühen Klostereintritt zu sprechen. Daheim in Lisieux, so erfuhren wir später, verbreitete sich wie ein Lauffeuer die Meinung, Papa habe mich mit auf diese Fahrt genommen, damit ich meine Klostergedanken vergesse. Es war genau das Gegenteil: Papa unterstützte mein Vorhaben, und ich war bereit, wie ein Löwe dafür zu kämpfen.

Jede Pilgergruppe hatte ihr eigenes Abteil erhalten, das jeweils nach dem Namen eines Heiligen benannt war. Und siehe da: im Beisein aller Pilger wurde vorgelesen, daß unser Abteil „Sankt Martin"[1] hieß. *Papa war sehr gerührt und dankte sofort dem Leiter des Pilgerzuges, Generalvikar Legoux von der Diözese Contances*[2]*. Von da an nannten manche Pilger Papa nur noch „Herrn Sankt Martin".*

Daß die Pilgerreise nicht gerade billig war, sah man an der großen Anzahl adeliger Teilnehmer. Papa hatte sicher lange für diese Reise gespart.

Céline und ich waren die Jüngsten und ziemlich lebhaft. Schnell hatten wir die Sympathien der Mitreisenden gewonnen. *Papa war stolz auf uns, und wir auf ihn, denn es gab im ganzen Pilgerzug keinen schöneren und würdigeren Herrn als meinen geliebten König*[3]. Wir ließen uns nicht blenden von all den vornehmen Adelstiteln „von und zu …", mit denen sich vor allem die Damen hofieren ließen. Von weitem betrachtet sah zuerst alles glanzvoll aus, von nahem aber erkannte ich, daß „nicht alles Gold

1 „Martin" lautet ja der Familienname Thereses.

2 Siehe dazu die Skizze von Frankreich auf Seite 223.

3 „Mein geliebter König": das war der Kosename Thereses für ihren Vater (siehe auch Seite 38 f.).

ist, was glänzt", und ich begriff, daß Kleider und Titel die Menschen zwar groß erscheinen lassen, aber daß der Mensch seine wahre Größe, das heißt seinen Wert und seine Würde, allein von Gott hat und dabei sogar bettelarm sein kann. Ja, gerade die Armen haben oft ein liebevolles und gütiges Herz. Im Himmel, so dachte ich, wird es solche Adelstitel nicht mehr geben. Dann wird jeder von Gott das Lob erhalten, das ihm zusteht, und wer auf Erden aus Liebe zu Jesus der Ärmste, der Vergessenste war, wird bei ihm der Erste, der Edelste und der Reichste sein! – Wie wertvoll war für mich diese Reiseerfahrung!

Zu meinem Schrecken war auch Generalvikar Révérony von Bayeux unter den Pilgern. Er hatte sich wohl zum Ziel gesetzt, all mein Tun und Lassen sorgfältig unter die Lupe zu nehmen. Ich sah, wie er mich beobachtete. Auch wenn ich nicht in seiner Nähe war, fand er Mittel und Wege, sich – wie er meinte – unauffällig vorzubeugen, um mich zu sehen und zu hören. Sicher wollte er mich kennenlernen, um meine Eignung als Karmelitin zu prüfen.

Bevor wir die „Ewige Stadt" erreichten, sahen wir noch viele Naturschönheiten. Auf der Zugfahrt durch die Schweiz konnte ich mich nicht satt sehen an den hohen Bergen, deren schneebedeckte Gipfel in den Wolken verschwanden. Dann die Wasserfälle, die mit brausendem Tosen in die tiefen Täler stürzten, die wiederum bedeckt waren von riesigen Farnkräutern und rosafarbigem Heidekraut. Viadukte[1] geleiteten unseren Zug über die senkrecht abstürzenden Schluchten. „Welch eine verschwenderische Fülle an Naturschönheiten hat uns Gott doch ge-

1 Ein Viadukt ist eine Talbrücke.

schenkt!“ Dann fuhren wir durch ein malerisches Dorf mit seinem herausragenden Kirchturm. Dort breitete sich ein weiter See mit seinem klaren blauen Wasser aus, über dem die Sonne blutrot unterging. Ich hatte nicht Augen genug, um alles auf einmal zu betrachten, am liebsten wäre ich auf beiden Seiten des Zuges zugleich gewesen. Beim Anblick all dieser Schönheiten drängte es mich, Gott zu danken. Es war mir, als begriff ich schon jetzt, wie groß Gott ist und wie wundervoll der Himmel.

Plötzlich stand mir auch das Klosterleben vor Augen. Ich dachte daran, daß ich all das Schöne nie mehr sehen würde. Der Alltag hinter den Klostermauern wird eintönig sein: ohne Abwechslung, ohne Spaziergänge durch blumenbedeckte Wiesen oder am Meer. Ich werde nur noch ein kleines Stück Himmel sehen, viele kleine Opfer des Verzichtes und des Gehorsams werde ich bringen müssen, meine Freiheit wird sehr eingeschränkt sein. Noch viele andere Gedanken gingen mir durch den Kopf, während all die Wunderwerke Gottes wie ein Traum an mir vorüberzogen.

Wie leicht kann man doch seine Berufung vergessen, und ich sagte mir: Später, wenn es im Karmel manchmal schwer sein wird und ich nur noch ein Stückchen vom Sternenhimmel sehe, dann will ich mich an all das Schöne erinnern, was ich heute sehe, und Gott dafür loben. Ich will mein Herz nicht an äußere Dinge hängen, Gott allein will ich lieben. Nein, ich will mich nicht an Strohhalme klammern, sondern auf Gottes Wort mein Leben bauen, denn in der Heiligen Schrift heißt es: „Was kein Auge gesehen und kein Ohr gehört hat, was keinem Menschen in den Sinn gekommen ist: das Große, das Gott denen [im

Himmel] bereitet hat, die ihn lieben!"[1] Ja, das soll mein großes Ziel sein!

Endlich Italien!

Unser Pilgerzug hatte bereits die Grenze erreicht. Nach der Zollkontrolle war ein allgemeines Aufatmen zu hören. Endlich Italien!

Die erste Stadt, die wir besuchten, war Mailand. Nach der Messe um 7 Uhr am Grab des heiligen Karl Borromäus im Dom bestiegen wir den Turm. Vierhundertvierundachtzig Stufen mußten überwunden werden, um das letzte Glockentürmchen zu erreichen. Von hier aus hatten wir das Vergnügen, die ganze Stadt Mailand zu überblicken. Die Menschen auf den Straßen kamen uns vor wie winzige Ameisen. Der Dom selbst war aus weißem Marmor gebaut und hatte nicht weniger als sechstausend Statuen.

Im Anschluß an die Dombesichtigung fuhren wir Pilger mit Wagen von einer Sehenswürdigkeit zur anderen. Mehr noch als der Dom beeindruckte mich der Campo Santo, ein Friedhof, dessen Standbilder aus weißem Marmor wie zufällig über dem weiten Gelände zerstreut schienen. Fast war man versucht, diese Gestalten zu trösten, denn ihr schmerzlicher Gesichtsausdruck war so echt und lebendig. Besonders ausdrucksstark war die Statue eines Kindes, das Blumen auf das Grab seines Vaters streut. Wir fanden kaum Worte, um unsere Bewunderung auszudrücken.

Ein älterer schlecht gelaunter Herr aus unserer Pilger-

1 Erster Brief an die Korinther 2,9.

gruppe, der uns überallhin folgte, jedoch unsere Gefühle nicht teilen konnte, sagte laut und deutlich: *„Ach, was sind die Franzosen doch für Schwärmer!"* Dieser arme Mann wäre besser zu Hause geblieben. Statt sich über die Reise zu freuen, meckerte er andauernd: er war unzufrieden mit dem Wagen, den Hotels, den Städten, den Leuten, kurzum mit allem ... Papa dagegen war mit allem zufrieden. In seiner liebenswürdigen Art versuchte er, den Mann aufzuheitern: er bot ihm überall den besten Platz an und wies ihn immer wieder auf die guten Seiten der Dinge und der Menschen hin – leider vergeblich. Wie lehrreich ist es doch, die Menschen und die Welt zu studieren!

In Venedig, der zweiten Station unserer Reise durch Italien, veränderte sich das Bild vollständig. Statt des Lärms der großen Stadt hörte man hier, inmitten der Stille, nur die Rufe der Gondolieri[1] und das Plätschern des Wassers bei jedem Ruderschlag. Diese Stadt besitzt zwar viele Reize, aber ich fand sie deswegen traurig, weil hier viele Menschen in den unterirdischen, schrecklichen Gefängnissen ihr Leben lassen mußten.

Von Venedig aus ging unsere Fahrt weiter nach Padua, wo wir den heiligen Antonius verehrten, der so gern bei verlorenen Gegenständen um Hilfe angerufen wird. Dann kamen wir nach Bologna, um dort vor dem Sarkophag[2] der heiligen Katharina zu beten. Die Legende[3] erzählt, daß man auf ihrem Gesicht noch die Spur des Kusses sieht, den das Jesuskind ihr gegeben haben soll.

---

1 Ein Gondoliere ist der Führer einer Gondel, einem schmalen Boot, das als „Verkehrsmittel" auf den Kanälen Venedigs eingesetzt wird.

2 Ein Sarkophag ist ein meist steinerner Sarg.

3 Eine Legende ist eine Erzählung aus dem Leben der Heiligen, eine fromme Sage.

Ich könnte noch viele Einzelheiten über jede Stadt erzählen und über tausend kleine Begebenheiten unserer Reise berichten, aber ich käme zu keinem Ende und will darum nur das niederschreiben, war für mich wichtig war.

Mit Freuden verließ ich Bologna, das ich wegen eines kleinen Abenteuers nie vergessen werde. Als wir dort den Zug verließen, hatten sich auf dem Bahnhof eine Menge Italiener, darunter viele Studenten, versammelt. Die vornehmen adeligen Damen unseres Pilgerzuges wurden mit Pfiffen und witzigen Lästereien begrüßt. Als Jugendliche unter den vielen Erwachsenen fielen meine Schwester und ich natürlich auf. Céline schrieb in ihr Reisetagebuch: „Wir befanden uns auf dem Bahnsteig und warteten auf Papa, um mit ihm zusammen in einem Wagen durch die Stadt zu fahren. Therese war sehr hübsch, und sehr oft hörten wir bewunderndes Geflüster von den Leuten, die an uns vorbeigingen. Plötzlich stürzt ein Student auf sie, nimmt sie in die Arme und sagt ihr irgendeine Schmeichelei, die ich nicht verstand. Und schon trug er sie weg." Aber ich warf ihm einen solchen Blick zu, daß er Angst bekam, mich sofort losließ und sich beschämt aus dem Staub machte.

Ich war glücklich, als wir uns auf dem Weg nach Loretto befanden. Eine fromme Legende erzählt, daß die Gottesmutter diesen einfachen und armen Ort ausgewählt hat, um das Haus, in dem sie in Nazaret mit Jesus und dem heiligen Josef gelebt hatte, hierher bringen zu lassen. Es ist ein Ort des Friedens und der Freude, alles ist schlicht und ungekünstelt. Die Frauen tragen ihre einfache italienische Tracht und nicht die Pariser Mode wie die Frauen in den Städten. Kurz gesagt: *Loretto hat mich entzückt!* Vor allem auch darum, weil Céline und ich durch einen glücklichen

Zufall allein mit einem Priester im Haus der Heiligen Familie einen Gottesdienst feiern durften. Die anderen Pilger und auch Papa feierten die Messe am Altar der Basilika, die über der Santa Casa[1] erbaut war.

Beim Abschied von diesem heiligen Ort tröstete ich mich mit dem Gedanken: „Jesus will uns nicht ein bleibendes Haus auf Erden schenken. Die Wohnung, die er für uns bereit hält, ist der Himmel, wo wir ihn nicht mehr verborgen sehen wie in der Hostie, sondern so wie ER ist, von Angesicht zu Angesicht."[2]

Nach der eindrucksvollen Loretto-Wallfahrt erreichten wir am späten Sonntagabend, dem 13. November, das Ziel unserer Reise. Durch die vielen Eindrücke des Tages waren wir todmüde im Zugabteil eingeschlafen und wurden von den Rufen der Bahnhofsbeamten geweckt: *„Roma, Roma!" Es war kein Traum, ich war in Rom.* Das „Hotel Süd" war für zehn Tage unser Quartier, Céline und ich bezogen gemeinsam ein Zimmer.

Den ersten Tag verbrachten wir außerhalb der Mauern Roms, wo alle Denkmäler ihr antikes Gepräge bewahrt haben. Die modernen Geschäfte und großartigen Hotels im Zentrum Roms dagegen erinnerten mich an Paris. An die Spazierfahrt in der Campagna[3] denke ich besonders gern zurück. Ich will nicht über all die Stätten berichten, die wir besichtigten, es gibt genug Bücher, die sie ausführlich beschreiben, aber ich möchte die wichtigsten Eindrücke wiedergeben, die sich mir tief eingeprägt haben.

---

1 So wird in Italien das „Heilige Haus" genannt.

2 Vgl. Johannesevangelium 14,2; erster Brief an die Korinther 2,9 und 13,2.

3 Die Campagna ist die Ebene um Rom, eine ländliche Gegend.

Das Kolosseum in Rom

An erster Stelle möchte ich das Kolosseum[1] erwähnen. Endlich sah ich die Arena, in der so viele Märtyrer ihr Blut für Jesus vergossen hatten. Es war mein brennender Wunsch, an dieser geheiligten Stelle niederzuknien und den Boden zu küssen, aber die ursprüngliche Arena lag etwa acht Meter tiefer als der Boden, auf dem wir standen, und eine unübersteigbare Schranke versperrte den Zugang. In das Innere dieser baufälligen Ruine hinunterzusteigen, war sicher nicht ungefährlich. Und dennoch: Sollte ich nach Rom gekommen sein, ohne in das Kolosseum hinabzusteigen? Nein, das war unmöglich! Die Erklärungen des Führers hörte ich schon gar nicht mehr, ein einziger Gedanke beherrschte mich: hinab in die Arena – gleich wie! Da ging gerade ein Arbeiter mit einer Leiter an mir vorüber. Das wäre das ideale Hilfsmittel, dachte ich mir. Glücklicherweise gab ich den Gedanken auf, denn der

1 Das Kolosseum war das Amphitheater im alten Rom. Während der Christenverfolgung wurden hier Tausende Christen den wilden Tieren vorgeworfen.

Arbeiter hätte mich sicher für verrückt erklärt. Plötzlich entdeckte ich einen Schutthaufen, von dem aus es möglich war, über die Absperrung zu klettern und in die Arena hinabzusteigen. Ich stieß einen Freudenschrei aus und rief Céline zu: „Komm, schnell! Hier kommen wir durch!" Sofort stiegen wir über den Zaun und kletterten vorsichtig die Ruine hinunter, die unter unseren Füßen abbröckelte. Unser besorgter Vater erkannte die Gefahr und rief uns zurück, wir jedoch überhörten seine Worte.

Am Ziel unserer Wünsche angekommen, suchte Céline das Kreuz im Boden der Arena, das die Stelle bezeichnet, an der die Märtyrer gekämpft hatten. Als wir es fanden, knieten wir nieder und beteten. Mein Herz klopfte heftig, als ich den Boden küßte, auf dem die ersten Christen getötet worden waren. Ich bat um die Gnade, auch eine Märtyrerin für Jesus werden zu dürfen. Unsere Unternehmung nahm nur ganz kurze Zeit in Anspruch. Wir sammelten noch einige Steinchen auf und kletterten vorsichtig die verfallene Mauer wieder hinauf. Als Papa uns so glücklich sah, konnte er nicht schimpfen, er war sogar ein bißchen stolz auf seine mutigen Töchter. Der liebe Gott stand offensichtlich auch auf unserer Seite, denn die Pilger hatten unsere Abwesenheit nicht bemerkt, sie waren weitergegangen und ganz versunken im Anblick der wunderbaren Steinbögen des Kolosseums, in denen Statuen heidnischer Liebesgötter standen.

Nach dem Kolosseum besuchten wir die Katakomben[1], die genauso aussahen, wie ich sie mir nach der Beschreibung in einem Buch vorgestellt hatte. Ohne Führer würde

---

1 Katakomben sind die unterirdischen Gänge zur Zeit der Christenverfolgung mit Gräbern der ersten Christen.

man sich in dem Labyrinth der kilometerlangen Gänge verlaufen. Als sich unsere Pilgergruppe ein wenig entfernt hatte, schlich ich mit Céline ins Innere der alten Grabstätte der heiligen Cäcilia und nahm als Andenken ein wenig von der Erde mit. Vor meiner Romreise wußte ich nicht viel von dieser Heiligen, die als Patronin der Kirchenmusik verehrt wird, aber nicht wegen ihres musikalischen Talentes, sondern weil ihr ganzes Leben wie eine schöne Melodie der Liebe zu Gott und den Mitmenschen war. Von diesem Tag an wurde sie meine Lieblingsheilige.

Auch der Besuch in der Kirche der heiligen Agnes freute mich sehr, weil unsere Schwester Pauline mit Klosternamen Schwester Agnes heißt. Ich wollte ihr unbedingt ein Andenken von ihrer Namenspatronin mitbringen. Mir kam es so vor, als hätte die heilige Agnes selbst mir dazu verholfen, denn aus einem Mosaikbild, das aus ihrer Zeit stammt, löste sich ein rotes Steinchen und fiel genau vor meine Füße. Ich habe mir erlaubt, es als Geschenk der heiligen Agnes für Pauline mitzunehmen.

Sechs Tage besichtigten wir die wichtigsten Sehenswürdigkeiten Roms. Abends im Hotelzimmer setzte ich mich mit Céline auf den Fußboden, und wir erzählten bis Mitternacht ziemlich laut über die Erlebnisse des vergangenen Tages. Unser Zimmernachbar klopfte heftig an die Wand, um uns zum Schweigen zu bringen. Leider hatte der arme Pater nur wenig Verständnis für die Begeisterung junger Menschen, vielleicht war er auch nur übermüdet von den Anstrengungen der Reise.

Überhaupt machte ich durch die Begegnung mit den fünfundsiebzig Priestern unserer Pilgergruppe die entscheidende Entdeckung: Priester sind weder Engel noch Götter; sie sind einfach schwache und fehlerhafte Menschen wie wir. Bisher war ich ihnen nur im Gottesdienst, beim Religionsunterricht, im Beichtstuhl und bei anderen priesterlichen Aufgaben begegnet; jetzt erlebte ich sie im Zug, im Hotel, bei Tisch …, ich hörte ihre Unterhaltungen und sah ihr Benehmen. Durch diese Erfahrung verstand ich, warum die Schwestern im Karmel nicht nur für die Bekehrung der Sünder, sondern ganz besonders für die Priester beten. Das bestärkte mich in meiner Berufung und in meinem brennenden Wunsch, so schnell wie möglich Karmelitin zu werden.

Das „Fiasko" in Rom

Den eigentlichen Zweck meiner Romreise hatte ich trotz der vielen faszinierenden Erlebnisse nicht vergessen. Und nun war er da, der lang ersehnte und zugleich gefürchtete Sonntag, der 20. November, von dem meine Berufung abhing. Bischof Hugonin aus Bayeux hatte die versprochene Antwort nicht geschickt. Durch einen Brief meiner Schwester Pauline erfuhren wir, daß er nicht mehr so ganz auf meiner Seite stand. Jetzt war der Heilige Vater mein einziger Rettungsanker … Um die Erlaubnis zum Eintritt in den Karmel von ihm zu erhalten, mußte ich ihn selbst darum bitten. Vor allem mußte ich es in aller Öffentlichkeit wagen, ihn anzusprechen. Pauline hatte mir geschrieben, wie ich es anstellen solle, und meine Cousine Marie Guérin ließ mich wissen, daß man in Lisieux für mich betete, „bis die Kniebänke brechen".

Zu meiner Zeit gab es für die Teilnahme an einer Papstaudienz[1] noch strenge Vorschriften: Mädchen und Frauen

1 Unter Audienz versteht man den Empfang bei hohen Persönlichkeiten.

trugen schwarze Kleider und als Kopfbedeckung einen Spitzenschleier. Außerdem schmückten wir uns mit einem blau-weißen Band, an dem eine Medaille von Papst Leo XIII. hing. Als wir uns so festlich auf den Weg zum Vatikan[1] machten, regnete es in Strömen. Das ist ein schlechtes Vorzeichen, dachte ich mir, denn bei allen wichtigen Ereignissen meines Lebens war die Natur ein Abbild meiner Seele gewesen: An traurigen Tagen weinte der Himmel mit mir, an frohen Tagen schien die Sonne.

Um 7.30 Uhr versammelten sich die Pilger in der päpstlichen Kapelle. Wir waren alle tief ergriffen, als der Heilige Vater eintrat und uns segnete. Bald darauf feierten wir mit ihm die heilige Messe. Mein Herz schlug heftig und meine Gebete waren glühend, als Jesus bei der heiligen Wandlung in den Zeichen von Brot und Wein auf den Altar kam. Ich hatte die innere Gewißheit: Jesus versteht mich, er steht auf meiner Seite.

Im Anschluß an die Papstmesse wurde mit den Pilgern noch eine Dankmesse gefeiert, und dann endlich betraten wir den großen Audienzsaal. Der Papst saß etwas erhöht auf einem Thronsessel, mit einer einfachen weißen Soutane[2] und einem gleichfarbigen Schulterumhang bekleidet, auf dem Kopf trug er nur ein weißes Käppchen, nicht die Tiara[3], wie gewöhnlich. Er war umgeben von Kardinälen und Bischöfen, die dem Heiligen Vater ihre Diözese[4] vorstellten. Unsere Diözese wurde von Generalvikar

---

1 Der Vatikan ist der Wohnsitz des Papstes.

2 Die Soutane ist ein langes, meist gegürtetes Gewand der katholischen Geistlichen unter den liturgischen Gewändern, beim Papst weiß.

3 Die Tiara ist eine mit drei Kronen geschmückte Kopfbedeckung des Papstes. Seit 1964 ist sie außer Gebrauch.

4 Eine Diözese ist der Amtsbezirk eines regierenden Bischofs.

Révérony vertreten. Als Geschenk erhielt der Papst einen wunderschönen Chorrock[1] aus Spitzen, der in achttausend Arbeitstagen gefertigt worden war.

Dann zog unsere Pilgergruppe vorbei: zuerst die Frauen, anschließend die Priester und Männer. Den Vorschriften entsprechend kniete einer nach dem anderen vor dem Heiligen Vater nieder, küßte ihm Fuß und Hand als Ausdruck der Ehrfurcht und empfing seinen Segen. Zunächst hatte der Papst für jeden ein freundliches Wort, doch die Zeit drängte. Abbé Révérony, der zu meinem Unglück neben dem Heiligen Vater stand, hatte streng verboten, den übermüdeten Papst anzusprechen. Mein Mut begann zu sinken. Ich schaute Céline fragend an, und mein Herz klopfte zum Zerspringen. „Rede!“ sagte sie entschieden. Schon im nächsten Augenblick kniete ich vor dem Papst. Nachdem ich seinen Fuß geküßt hatte, reichte er mir die Hand hin. Aber statt sie zu küssen, legte ich die meine hinein. Unter Tränen sagte ich: *„Heiliger Vater, ich möchte sie um eine große Gnade bitten!“ Da neigte der Papst seinen Kopf zu mir herab, so daß sein Gesicht das meine fast berührte. Seine schwarzen Augen schienen bis auf den Grund meiner Seele zu schauen. „Heiligster Vater“, wiederholte ich, „erlauben sie mir, zu Ehren ihres Jubiläums mit fünfzehn Jahren in den Karmel einzutreten!“* Überrascht und ärgerlich zugleich griff Generalvikar Révérony ein: *„Heiligster Vater, das ist ein Kind, das mit fünfzehn Jahren in den Karmel eintreten möchte, die Vorgesetzten prüfen zur Zeit diese Frage.“ – „Nun gut, mein Kind“, sagte der Heilige Vater zu mir, „tue, was die Verantwortlichen entscheiden werden!“* Da faltete ich meine Hände,

1 Der Chorrock dienst als Übergewand des katholischen Geistlichen beim Gottesdienst.

stützte sie auf seine Knie und wagte einen letzten Versuch, indem ich mit flehender Stimme bat: *„Oh, Heiligster Vater, wenn Sie ja sagen, werden alle einverstanden sein!“... Er sah mich fest an und entgegnete: „Schon gut ..., schon gut ..., du wirst eintreten, wenn der liebe Gott es will!“ Seine Worte waren sehr eindringlich. Die Güte des Heiligen Vaters gab mir Mut, und ich wollte noch weitersprechen, doch da forderten mich zwei Nobelgardisten*[1] *zum Aufstehen auf. Als ich ihrer Aufforderung nicht nachkam, faßten sie mich bei den Armen, und Abbé Révérony half ihnen, mich aufzurichten, denn ich hatte noch immer meine gefalteten Hände auf den Knien des Papstes aufgestützt. In dem Augenblick, als man mich auf die Füße stellte, legte der Heilige Vater seine Hand auf meine Lippen und erhob sich, um mich zu segnen. Meine Augen füllten sich mit Tränen, als mich die beiden Gardisten zum Ausgang trugen.*

Céline war Zeugin der bewegenden Szene. Danach kniete sie vor dem Heiligen Vater nieder und brachte den Mut auf, ihn um einen besonderen Segen für den Karmel von Lisieux zu bitten. Abbé Révérony war sehr wütend und entgegnete mit lauter Stimme: „Er ist schon gesegnet, der Karmel!“

Papa, der sich bei der Männergruppe befand, hatte von dem Fiasko nichts mitbekommen. Als er zum Papst kam, stellte ihn der Generalvikar als Vater von drei Ordensfrauen vor, er sagte aber nicht, daß Céline und ich auch seine Töchter seien. Der Heilige Vater legte seine Hand auf Papas Kopf und segnete ihn.

---

1 Mit Nobelgardisten sind Mitglieder der Schweizergarde, der päpstlichen Leibgarde im Vatikan, gemeint.

Vor der Audienzhalle trafen wir unseren lieben Papa wieder. Als er mich in Tränen aufgelöst sah, versuchte er vergeblich, mich zu trösten. Alles schien aus zu sein, diese große Reise war zu nichts nütze.

In einem ausführlichen Brief teilte ich Pauline meinen Kummer mit:

„Oh, Pauline, ich kann dir nicht sagen, was ich empfand. Ich war wie vernichtet und fühlte mich verlassen, und dann bin ich auch noch so weit, so weit weg ... Während ich diesen Brief schreibe, möchte ich weinen, das Herz ist mir so schwer. Und doch kann mir der liebe Gott keine Prüfungen schicken, die über meine Kräfte gehen. Er hat mir den Mut geschickt, diese zu ertragen. Oh, sie sind sehr groß ... Aber, Pauline, *ich habe mich dem Jesuskind als kleines Spielzeug angeboten. Ich habe ihm gesagt, es solle mich nicht wie eine Kostbarkeit behandeln, das ein Kind nur anschauen darf, sondern wie einen kleinen Ball, den es auf den Boden werfen, mit dem Fuß stoßen, in einer Ecke liegen lassen oder an sein Herz drücken kann* ... Ja, ich will gern alles tun, was es will!“[1]

Im Innersten meines Herzens spürte ich einen tiefen Frieden, weil ich alles getan hatte, was mir möglich war, um dem Ruf Gottes zu entsprechen. ER aber schien weit weg zu sein, und nichts verriet mir seine Nähe. *An diesem Tag wagte die Sonne nicht zu scheinen. Der sonst so schöne blaue Himmel Italiens hing voller dunkler Wolken, die nicht aufhörten, mit mir zu weinen. Für mich hatte die Reise keinen Reiz mehr, und doch ging sie weiter.*

---

1 Therese will mit dem Bild vom kleinen Ball aussagen, daß sie Gottes Willen erfüllen will, ganz gleich, was er von ihr fordert.

Die Reise geht weiter

Am Tag nach der aufregenden Audienz fuhren wir schon morgens nach Neapel und Pompeji, um diese weltweit berühmten Städte zu besichtigen. Auf dem Weg dorthin konnten sich die Pilger im Speisewagen am reichhaltigen Buffet die Zeit vertreiben. Céline und ich waren allein im Abteil geblieben. Plötzlich wurde die Tür geöffnet. Monsignore[1] Legoux, der Generalvikar der Diözese Contances, sah mich lächelnd an und sagte: *„Nun, wie geht es unserer kleinen Karmelitin?" ... Da wurde mir klar, daß der ganze Pilgerzug mein Geheimnis kannte; zum Glück redete niemand mit mir darüber.* An den sympathischen und liebevollen Blicken der Mitreisenden konnte ich erkennen, daß mir niemand böse war, eher war das Gegenteil der Fall.

In Pompeji ließ der Vesuv[2] „uns zu Ehren" einen mächtigen Kanonendonner los, und aus seinem Krater stieg eine lichte Rauchwolke auf. Die Spuren, die er auf den Ruinen der Stadt hinterlassen hatte, waren erschütternd. Neapel hingegen war voll von pulsierendem Leben. Von hier aus machten wir mit einem zweispännigen Pferdewagen einen Ausflug zum Kloster San Martino, hoch auf einem Hügel, der uns einen herrlichen Blick auf die ganze Stadt ermöglichte. Auf der Rückfahrt gingen dem Kutscher die Pferde durch, und nur dem Schutz unserer heiligen Engel schrieb ich es zu, daß wir wohlbehalten in unserem Hotel ankamen. Es war, wie alle anderen, ein fürstliches Hotel. Niemals zuvor war ich von solchem Luxus umgeben gewe-

---

1 Monsignore ist der Ehrentitel für Priester, die sich besondere Verdienste in der Kirche erworben haben.

2 Der Vesuv ist ein Vulkan.

sen. Gerade hier wurde mir bewußt, daß Reichtum nicht alles ist. Ich hätte mich tausendmal glücklicher unter einem Strohdach gefühlt, in der Hoffnung, bald in den Karmel eintreten zu dürfen, als mit Bitterkeit im Herzen inmitten der vergoldeten Täfelungen an den Wänden, der Marmortreppen und der Seidenteppiche. Aus dieser Erfahrung gewann ich die nützliche Erkenntnis: ***DIE FREUDE STECKT NICHT IN DEN DINGEN, SONDERN IM INNERSTEN UNSERER SEELE,*** man kann sie ebenso in einem Gefängnis wie in einem Palast besitzen.

In Assisi erlebte ich ein kleines Abenteuer. Nachdem wir die Stätten des heiligen Franziskus und der heiligen Klara besucht hatten, verlor ich im Kloster meine Gürtelschnalle. Wegen der Zeit, die ich zum Suchen und Befestigen am blau-weißen Band brauchte, verfehlte ich die Stunde der Abfahrt. Als ich zur Klosterpforte kam, sah ich nur noch den Wagen des Generalvikars Révérony! Sollte ich nun den Wagen nachlaufen, die ich bereits nicht mehr sah, und mich der Gefahr aussetzen, den Zug zu verpassen, oder sollte ich um einen Platz im Wagen des Herrn Révérony bitten? Ich entschied mich für die letztere und klügere Lösung. Um meine Verlegenheit zu verstecken, erklärte ich ihm selbstsicher die kritische Lage, in der ich mich befand. Da der Wagen mit hohen Persönlichkeiten voll besetzt war, brachte ich ihn nun selbst in Verlegenheit. Doch einer der Herren stieg sofort aus, bot mir seinen Platz an und setzte sich bescheiden neben den Kutscher. Ich glich einem Eichhörnchen, das man in einer Falle gefangen hatte. Mir gegenüber saß der Gefürchtete, Abbé Révérony. Er war jedoch sehr zuvorkommend und unterbrach ab und zu sein Gespräch mit den anderen, um mit mir über den Karmel zu reden. Zu meinem großen Erstaunen versprach er mir sogar, alles zu tun, damit mein Herzenswunsch in Erfüllung ginge.

Später erfuhr ich den Grund seines Gesinnungswandels: Papa hatte in Rom einen bekannten und einflußreichen Mann besucht, Bruder Simeon, den Gründer und Direktor des Schulbrüderkollegs St. Joseph. Hier traf er zufällig mit dem Generalvikar Révérony zusammen. Im Beisein von Bruder Simeon warf Papa ihm in seiner liebenswürdiger Art vor, mich beim Heiligen Vater nicht unterstützt zu haben. *Dann erzählte er dem lieben Bruder die ganze Geschichte. Mit großem Interesse hörte dieser zu und machte sich einige Notizen.* Abschließend sagte er ganz gerührt: *„So etwas hat man in Italien noch nicht erlebt!“* Offensichtlich war Abbé Révérony von dieser Begegnung sehr beeindruckt und dachte über die ganze Angelegenheit noch einmal nach.

Der liebe Gott versteht es einmalig, auch die kleinsten Dinge zu nutzen, um aus ihnen etwas Gutes für uns zu machen. So war die verlorene Gürtelschnalle der Anlaß zu dem glücklichen Zusammentreffen mit dem Herrn Generalvikar. Sein Versprechen war Balsam auf meine Wunde.

Bei der Ankunft am Bahnhof zogen alle ihren Geldbeutel hervor, um dem Kutscher ein Trinkgeld zu geben. Abbé Révérony ließ nicht zu, daß auch ich etwas gab, er schenkte für uns beide eine große Münze.

Auf unserem weiteren Reiseprogramm stand Florenz, eine wirklich prachtvolle Stadt. Mein lebhaftes Interesse galt dem dort ansässigen Karmelitinnenkloster. Mitten im

Chor[1] stand ein Sarkophag mit dem Leib der heiligen Magdalena von Pazzi. Alle Pilger wollten ihre Rosenkränze am Grab der Heiligen berühren, aber nur meine Hand war klein genug, um sie durch die Öffnung des Chorgitters hindurchzureichen. Ich war recht stolz, daß mir diese ehrenvolle Aufgabe übertragen wurde.

Nachdem wir am 26. und 27. November Pisa und Genua besichtigt hatten, fuhren wir auf einer der prächtigsten Zugstrecken entlang des Meeres nach Frankreich zurück. Der Sturm peitschte das Wasser so sehr, daß die Wellen fast unseren Zug erreicht hätten; in der Abenddämmerung war dies ein eindrucksvolles Schauspiel. In den vielen kleinen Meereshäfen brannten Tausende Lichter, und am dunkelblauen Himmel funkelten die ersten Sterne. All dies sah ich zum ersten- und letztenmal in meinem Leben. Ohne Bedauern freute ich mich an allem, mein Herz aber sehnte sich nach den *Schönheiten des Himmels.*[2]

Papa schlug mir sogar noch eine Reise nach Jerusalem vor. Das war natürlich ein verlockendes Angebot, d i e Stätten zu besuchen, an denen unser Herr und Heiland Jesus Christus die Frohe Botschaft verkündet, Kranke geheilt und sein Leben für uns hingegeben hatte. Aber nein, ich wollte keine Pilgerfahrten mehr unternehmen, mein einziges Ziel sollte nur noch der Karmel sein. Ach, ich fühlte es: Ehe sich seine Türen zum Eintritt öffneten, mußte ich weiter kämpfen und leiden. Mit grenzenlosem Vertrauen hoffte ich, am 25. Dezember eintreten zu dürfen, dem ersten Jahrestag meiner großen Bekehrungsgnade.

---

1 Der Chor ist der abgesonderte Altarraum einer Kirche. Hier ist es der Gebetsraum der Schwestern, der der Kirche angeschlossen ist.

2 Therese bezieht diese Aussage auf das Leben im Karmel.

Inzwischen hatten wir die letzte Station unserer Pilgerfahrt erreicht, die Stadt Fourvière. In der Basilika feierten wir eine Dankmesse für die reichen Gnaden, die wir empfangen, und für all das Großartige, das wir erlebt hatten. In der Nacht des 2. Dezembers kamen wir in Paris, am Gare de Lyon, an. Ohne weiteren Aufenthalt kehrten wir eilig nach Lisieux zurück. Die Zeit drängte, es waren ja nur noch dreiundzwanzig Tage bis Weihnachten.

Warten, immer nur warten

Kaum waren wir in Lisieux angekommen, galt unser erster Besuch dem Karmel. Was war das für ein Wiedersehen! Nach einem Monat der Trennung, die mir viel länger erschien, hatten wir uns viel zu erzählen. Es tat mir so gut, Pauline alle Erlebnisse, vor allem die Begegnung mit dem Heiligen Vater, ausführlich erzählen zu dürfen. Sie verstand mich am besten und fand die richtigen Worte, um meine arme, verwundete Seele zu trösten. Dann gab Pauline mir den Rat, dem Bischof zu schreiben und ihn an sein Versprechen zu erinnern. Daheim setzte ich mich sofort hin und schrieb, so gut ich es konnte, aber Onkel Isidor fand meine Ausdrucksweise etwas zu simpel und verfaßte einen neuen Brief. Zugleich ging auch Post an Generalvikar Révérony ab, um auch ihn an sein Versprechen zu erinnern. Kaum hatte ich die Briefe weggebracht, wartete ich schon ungeduldig auf die Antwort mit der Erlaubnis. Jeden Tag nach der heiligen Messe begleitete mich Papa zum Postamt in der Hoffnung, die ersehnte Nachricht zu erhalten! Nichts … Jeder Tag war mir eine neue Enttäuschung!

Der Pater Superior des Karmels war über meine Audienz beim Papst schon längst informiert und offensichtlich verärgert. Am 8. Dezember antwortete er Mutter Genoveva[1], die ihn um meinen Eintritt zu Weihnachten gebeten hatte, sehr energisch: „Sprechen Sie mir nicht mehr von diesem Eintritt! Man könnte meinen, das Heil der ganzen Kommunität[2] hängt vom Eintritt dieses Kindes ab. Sie soll bei ihrem Vater bleiben, bis sie volljährig ist. Ich bitte, daß man mit mir nicht mehr über diese Affäre spricht!"

Onkel Isidor, der inzwischen ganz auf meiner Seite stand, verwendete sich für mich. Ein Zusammentreffen mit Pater Superior, der unbeugsam an seinem Standpunkt festhielt, scheiterte ebenfalls. Es blieb nichts mehr übrig, als zu warten, immer nur zu warten!

Das Weihnachtsfest 1887 war gekommen. Jesus hatte mich scheinbar vergessen, *er ließ seinen kleinen Ball am Boden liegen, ohne ihn auch nur eines Blickes zu würdigen. Auf dem Weg zur Mitternachtsmesse war mein Herz gebrochen, ich hatte doch so sehr damit gerechnet, sie im Karmel mitzufeiern. Diese Prüfung stellte meinen Glauben auf eine harte Probe.* Ich weinte den ganzen Tag.

Am Nachmittag des strahlenden Festes besuchte ich die Karmelitinnen, die mir im Sprechzimmer eine ganz liebevolle Überraschung bereitet hatten: Da lag ein wunderschönes Jesuskind, das einen kleinen Ball in der Hand hielt, worauf mein Name stand. Die Karmelitinnen sangen

1 Mutter Genoveva war die stellvertretende Priorin (Oberin) des Karmelitinnenklosters von Lisieux.
2 Mit Kommunität ist hier die Klostergemeinschaft gemeint.

mir ein Lied, das Pauline eigens für mich gedichtet hatte. Jedes Wort spendete meiner Seele Trost.

Langsam begriff ich, daß die Glaubensprüfung meine Seele stark machte und meinen Glauben festigte. In der Heiligen Schrift fand ich dafür einige Beispiele:

Als die Mutter Jesu bei der Hochzeit von Kana ihrem Sohn sagte: „Sie haben keinen Wein mehr!“, wirkte er nicht sofort das Wunder, sondern prüfte ihren Glauben mit den Worten: „Meine Stunde ist noch nicht gekommen!“ Welche Belohnung folgte auf diese Prüfung! Jesus verwandelte zwölf Krüge Wasser in Wein.[1]

Im elften Kapitel des Johannesevangeliums las ich, daß Jesus seinen Freund Lazarus sterben ließ, obwohl Maria und Marta ihm mitgeteilt hatten, daß er krank sei. Jesus wollte ihren Glauben prüfen und stärken. „Ich bin die Auferstehung und das Leben. Wer an mich glaubt, wird leben, auch wenn er stirbt, und jeder, der lebt und an mich glaubt, wird auf ewig nicht sterben. Glaubst du das? Marta antwortete ihm: Ja, Herr, ich glaube, daß du der Messias bist, der Sohn Gottes …“[2] Als sie dann mit Jesus zum Grab ihres Bruders ging, kamen ihr noch einmal Zweifel, weil er doch schon vier Tage tot war. Jesus sagte zu ihr: „Habe ich dir nicht gesagt: Wenn du glaubst, wirst du die Herrlichkeit Gottes sehen?“[3] Ja, und dann durften Marta und ihre Schwester Maria erleben, daß Jesus, der Sohn Gottes, Macht hat, Tote zum Leben zu erwecken.

So wollte Jesus auch meinen Glauben prüfen. Ich setzte ihm keine Termine mehr!

---

1 Vgl. Johannesevangelium 2.
2 Johannesevangelium 11,25–27.
3 Johannesevangelium 11,40.

Die gute Nachricht

Endlich! Am 1. Januar 1888, einen Tag vor meinem fünfzehnten Geburtstag, teilte mir die Mutter Priorin, Maria von Gonzaga, brieflich mit, daß Bischof Hugonin sein Jawort zu meinem Eintritt gegeben hat. Diese positive Antwort hatte sie bereits am 28. Dezember, dem Fest der „Unschuldigen Kinder", erhalten, mir aber verheimlicht, weil sie mich erst am Ende der strengen Fastenzeit ins Kloster aufnehmen wollte. Das genaue Datum verriet sie mir jedoch noch nicht. Also nochmals warten! Drei Monate, das schien mir wie eine Ewigkeit.

Nachdem ich meinen Schmerz hinausgeweint und meine Enttäuschung einigermaßen überwunden hatte, erkannte ich den Wert der Zeit, die mir noch geschenkt wurde, und beschloß, mich durch allerlei Bußübungen auf das Klosterleben einzustellen. Papa und meine Geschwister hatten mich als Jüngste ziemlich verwöhnt. In der Klostergemeinschaft würde ich keine Vorrangstellung mehr haben.

Wenn ich von Bußübungen spreche, dann meine ich keineswegs die der Heiligen. Ich übte mich darin, meinen Eigenwillen zu beugen, ein Wort des Widerspruchs zurückzuhalten, kleine Dienste zu erweisen, ohne sie herauszustellen, mich beim Sitzen nicht anzulehnen[1] ... Durch diese Kleinigkeiten bereitete ich mich vor, eine Braut Jesu zu werden. Auf diese Weise verflog die Wartezeit im Nu, und ich wuchs in der Liebe und in der Demut, die für ein Leben in Gemeinschaft notwendige Eigenschaften sind.

---

1 Im Karmel gab es nur Hocker.

Ende März erhielt ich aus dem Karmel die Nachricht, daß ich am Montag, dem 9. April, dem Fest Maria Verkündigung[1], eintreten dürfe. Ich liebte dieses Fest besonders; es erinnert an den Tag, an dem der Engel Maria die Botschaft brachte, daß sie Mutter Gottes wird. Der große Gott hat sich ganz klein gemacht, um für uns Mensch zu werden. Mein Herz jubelte vor Freude über diesen schönen Eintrittstag.

1 Heute wird das Fest Maria Verkündigung am 25. März gefeiert, genau neun Monate vor Weihnachten.

IV. Kapitel
Im Karmelitinnenkloster von Lisieux

Mein Abschied von den Buissonnets

Am Abend vor meinem Eintritt in den Karmel versammelten sich meine engsten Angehörigen um den großen Familientisch im Wohnzimmer, wo ich zum letzten Mal meinen Platz einnahm. Wie herzzerreißend ist doch ein solcher Abschied! Gerade dann, wenn man sich am liebsten ins eigene Zimmer zurückziehen möchte, um den Abschiedsschmerz zu verbergen, wird man mit Liebkosungen und zärtlichen Worten überschüttet, die das Opfer der Trennung nur noch schwerer machen. Papa war sehr wortkarg, aber sein Blick hing voller Liebe an mir … Meine Tante weinte immer wieder, und Onkel Isidor sagte tausend Liebenswürdigkeiten. Auch meine Cousinen Jeanne und Marie schenkten mir allerlei liebe Worte. Marie nahm mich beiseite und bat mich um Verzeihung für allen Kummer, den sie glaubte, mir bereitet zu haben. Meine Schwester Léonie überhäufte mich mit Küssen. Am schwersten fiel mir der Abschied von meiner geliebten Schwester Céline. In der letzten Nacht, die wir miteinander verbrachten, gab es noch viel zu sagen. Vor allem beteten wir um die Kraft, die uns den Abschied erleichtern sollte.

Am Morgen des ersehnten Tages, Montag, den 9. April 1888, warf ich einen letzten Blick auf die Buissonnets, das schöne Nest meiner Kindheit, das ich nie mehr wiedersehen sollte. Dann machte ich mich mit Papa, Léonie und Céline auf den Weg zum Karmel.

Der Eingang zum Karmel von Lisieux

Nun bin ich hier für immer

Zur heiligen Messe um 7 Uhr in der Karmelkapelle versammelten sich wie am Vorabend noch einmal alle meine Angehörigen. Nachdem Jesus bei der heiligen Kommunion in unser Herz eingekehrt war, hörte ich um mich herum nur Schluchzen. Ich war die einzige, die keine Träne vergoß, doch mein Herz klopfte so heftig, daß ich meinte, es werde jeden Moment zerspringen. Auch hatte ich das Gefühl, völlig gelähmt zu sein, und glaubte, mich keinen Schritt vorwärts bewegen zu können. Als man uns das Zeichen gab, zur Klausurtür[1] zu gehen, schritt ich trotzdem voran. Welch ein Augenblick! Welch eine Todesangst! Man muß es erlebt haben, um zu wissen, was so ein Schritt bedeutet.

Äußerlich merkte mir niemand an, wie aufgeregt ich war. Der Reihe nach umarmte ich alle meine Angehörigen und

1 Klausur (lat. Einschließung) heißen die für Fremde unzugänglichen Klosterräume.

kniete mich zum Schluß vor meinen geliebten Vater nieder, um seinen Segen zu empfangen. Auch er kniete sich nieder, und mit Tränen in den Augen segnete er mich. Was mag wohl in seinem Herzen vorgegangen sein? Was für ein unsagbar großes Opfer muß es für einen Vater sein, wenn er sein Kind, das noch im Frühling des Lebens steht, ganz Gott schenkt.

Langsam öffnete sich die Klosterpforte. Die ganze Kommunität hatte sich versammelt, um mich in ihre Gemeinschaft aufzunehmen. Auch der Spiritual der Schwestern, Abbé Delatroëtte, war anwesend. Er hatte sich immer noch nicht damit abgefunden, daß ich die Erlaubnis zum Eintritt in den Karmel trotz meines jugendlichen Alters erhalten hatte. Seine Worte brachten die ganze Versammlung zum Erstarren: „Nun gut, meine verehrten Mütter, jetzt können Sie ein ‚Te Deum'[1] singen! Als Vertreter des Bischofs übergebe ich Ihnen dieses Kind von fünfzehn Jahren, dessen Eintritt Sie gewollt haben. Ich hoffe, daß es Ihre Erwartungen nicht enttäuscht, doch erinnere ich Sie daran, falls es anders kommen sollte, daß Sie allein die Verantwortung dafür tragen." Alle meine Angehörigen brachen in Tränen aus. Ein paar Augenblicke später überschritt ich die Türschwelle, und die Klosterpforte wurde geschlossen. In mütterlicher Freude umarmten mich zuerst meine Schwestern Pauline und Marie und danach herzlich alle Schwestern, die nun meine neue Familie bildeten.

Wie alle Postulantinnen[2] wurde ich sogleich in den Chor

---

1 Das „Te Deum" ist ein christlicher Lob-, Dank- und Bittgesang, nach dem Anfang des Lobgesangs „Te Deum laudamus" („Herr Gott, dich loben wir").

2 Eine Postulantin ist die Bewerberin um Aufnahme in einen katholischen Orden während der Probezeit, dem sogenannten „Postulat".

Die Zelle Thereses

geführt. Wegen der Aussetzung des Allerheiligsten war es halbdunkel. Ich kniete zu einem kurzen Dankgebet nieder. Mutter Maria von Gonzaga zeigte mir anschließend die verschiedenen Räume des Klosters: den Kapitelsaal (Vortragsraum), das Refektorium (Speiseraum), den Rekreationsraum (Erholungsraum), die Küche und so weiter, dann führte sie mich in den ersten Stock in meine Zelle, einen Raum von 2,10 Meter Breite und 3,70 Meter Länge. Die Einrichtung ist schnell aufgezählt: eine Liege mit brauner Decke, eine kleine Bank ohne Rückenlehne, eine Petroleumlampe, eine Sanduhr. An der Wand hing ein Holzkreuz ohne Christus und ein Weihwasserkesselchen, und es gab einen Kleiderhaken. Durch das Fenster sah ich ein Schieferdach und den Himmel. Ich glaubte mich in eine Wüste versetzt, trotzdem war ich glücklich, besonders über meine einfache Zelle. Mit Freude wiederholte ich die Worte: ***„Nun bin ich hier für immer, für immer!“***

Meine schönen Kleider mußte ich eintauschen gegen ein langes blaues Kleid mit einer schwarzen Pelerine[1], wie es für Postulantinnen üblich war. Meine langen blonden Haare verschwanden unter einer dunklen Haube.

Meine ersten Schritte im Kloster

Der liebe Gott hat mir die Gnade gegeben, bei meinem Eintritt in den Karmel KEINE EINZIGE Illusion zu haben. Ich fand das Klosterleben so, wie ich es mir vorgestellt hatte; kein Opfer überraschte mich.

Schrittweise wurde ich in das Klosterleben eingeführt, das sich in einem immer gleichen Rhythmus vollzog: sechs Stunden Gebet im Chor (heilige Messe, Stundengebet der Kirche, Meditation), fünf Stunden Handarbeit (Bereitung von Hostien, Gestaltung von religiösen Bildern, Nähen, Haushalt, Gartenarbeit …), zwei Mahlzeiten und zwei

---

1 Die Pelerine ist ein ärmelloser, kurzer Umhang.

Stunden gemeinsame Erholungszeit, in der aber auch kleine Arbeiten verrichtet wurden. Außerhalb der Erholungszeit galt strenges Stillschweigen, die Arbeiten verrichteten wir meistens in der Einsamkeit unserer Zelle.

Schon bald kamen innere und äußere Prüfungen auf mich zu: Meine Seele war ausgebrannt und hinterließ einen vertrockneten Boden, auf dem nichts mehr wuchs. Von dem anfänglichen Glücksgefühl war nichts mehr zu spüren, und das Beten war für mich wie eine mühsame Arbeit. Gott ließ es zu, daß unsere Mutter Priorin mich sehr streng behandelte, obwohl sie sich darüber gar nicht bewußt war. Nie begegnete sie mir, ohne irgendeinen Tadel zu erteilen. Ich erinnere mich, wie ich eines Tages ein Spinnengewebe im Kreuzgang übersehen hatte. Vor versammelter Klostergemeinschaft sagte sie zu mir: „Man sieht wohl, daß ein fünfzehnjähriges Kind den Kreuzgang fegt. Es ist wirklich ein Jammer! Nehmen Sie das Spinnengewebe sofort weg, und verrichten Sie künftig Ihre Arbeit sorgfältiger!“

In der Zeit meines Postulates schickte mich unsere Novizenmeisterin täglich um halb fünf nachmittags in den Garten, um Unkraut zu jäten. Das kostete mich große Überwindung, weil ich fast sicher war, unterwegs Mutter Maria von Gonzaga zu begegnen. Einmal sagte sie zu mir: „Ach ja, dieses Kind tut rein gar nichts! Was ist das für eine Novizin, die man täglich spazieren schicken muß!“ Und so ging es mit allem, nichts konnte ich ihr recht machen.

Alle diese Prüfungen nahm ich mit Liebe an, obwohl es oft ein großer innerer Kampf war, zu den Anschuldigungen zu schweigen, keine Widerworte zu geben oder beleidigt zu sein. Was wäre aus mir geworden, hätte man mich zum Spielzeug der Klostergemeinschaft gemacht, wie manche Leute in Lisieux meinten. Ich danke dem lieben Gott für die strenge Erziehung durch unsere Mutter Priorin, denn ich bin ja nicht in den Karmel gekommen, um mit meinen Schwestern Pauline und Marie zusammenzuleben und von ihnen weiterhin verwöhnt zu werden; ich bin ausschließlich dem Ruf Jesu gefolgt. *Ja, ich bin in den Karmel gekommen,* ***um Seelen zu retten*** *und besonders* ***für die Priester zu beten.*** Wenn man sich ein so hohes Ziel gesetzt hat, kann man kein bequemes Leben führen, sondern muß die geeigneten Mittel einsetzen. Jesus ließ mich erkennen, daß er mir durch das Kreuz Seelen schenken werde, und darum wollte ich alles Unangenehme und Leidvolle annehmen. Ohne Übertreibung kann ich sagen, daß meinen ersten Schritten im Kloster mehr Dornen als Rosen begegneten.

Mit niemandem sprach ich über meine inneren Leiden. Was in mir vorging, konnte ich nicht ausdrücken, die Worte fehlten mir einfach. Die geistigen Aussprachen mit unserer Novizenmeisterin wurden mir zur Qual, zu einem wirklichen seelischen Martyrium. Obwohl ich sie sehr liebte und für eine Heilige hielt, konnte ich ihr meine Seele nicht öffnen.

Am 8. Mai 1888 schrieb ich zum erstenmal einen Brief aus dem Karmel an meine geliebte Schwester Céline:

„Liebe Céline!

Ich schicke Dir, meine Céline, zwei Tüchlein, um sie auf der Maschine zu sticken. Ich weiß, daß Du viel zu tun hast, aber diesen Gefallen wirst Du Deiner Therese nicht abschlagen. Ich denke, zwei Stiche wären gut. Bei einem ist der Saum zu schmal, würdest Du da bitte den zweiten weglassen. Ich hätte sie gern morgen nach dem Mittagstisch, denn am Donnerstag ist Himmelfahrt.

Heute vor vier Jahren bin ich zur Erstkommunion gegangen. Denkst Du daran? … Welche Gnaden hat mir der liebe Gott seitdem geschenkt.

Meine geliebte Céline, es gibt Augenblicke, da ich mich frage, ob es denn wirklich wahr ist, daß ich im Karmel bin. Manchmal kann ich es nicht glauben. Was habe ich denn für den lieben Gott getan, daß er mich mit Gnaden überhäuft?

Morgen ist es ein Monat, daß ich von Dir weg bin, aber es scheint mir, als seien wir gar nicht getrennt: Was liegt daran, an welchem Ort wir uns befinden? … Auch wenn der Ozean uns trennte, wir blieben dennoch vereint, denn unsre Wünsche sind die gleichen, und unsere Herzen schlagen gemeinsam … Ich bin sicher, daß Du verstehst. (Was liegt schon daran, ob das Leben lächelt oder traurig ist, wir werden darum nicht weniger an das Ziel unserer irdischen Reise gelangen.) Ein Tag ohne Leiden ist für eine Karmelitin ein verlorener Tag. Für Dich ist es dasselbe, denn Du bist Karmelitin im Herzen.

Umarme für mich Léonie.

Deine kleine Therese vom Kinde Jesus“

Um sie nicht zu beunruhigen, teilte ich auch Céline nichts Konkretes von meinen inneren Prüfungen und Leiden mit. Zudem wollte ich weder bedauert noch bewundert werden. Jesus ließ mich immer mehr begreifen, daß der wahre Ruhm darin besteht, vor den Menschen unbekannt und für nichts gehalten zu werden.[1] Wie das göttliche Antlitz Jesu in dieser Welt nicht erkannt wurde, so will auch ich auf Erden von niemandem erkannt und geehrt werden.

Im Wonnemonat Mai mit seiner überquellenden Frühlingspracht in unserem Klostergarten feierten wir die Profeß[2] meiner Schwester Marie. Pater Pichon, ein mit unserer Familie befreundeter Jesuit[3], nahm die Gelübde entgegen. Einem Ordensbrauch entsprechend, durfte ich Marie eine Krone aus Rosen aufsetzen.

Nach diesem strahlenden Fest hielt Pater Pichon in unserer Gemeinschaft mehrtägige Exerzitien[4]. Als erfahrener Seelsorger erkannte er die Leiden und Kämpfe in meinem jungen Ordensleben und meine Angst vor der Sünde. Pater Pichon war nicht wenig überrascht von meinem Seelenzustand. Er hatte mich für ein Kind ohne Probleme gehalten. Jetzt aber sagte er mir die trostreichen Worte: „Im Angesicht Gottes, der Seligsten Jungfrau und aller Heiligen, ERKLÄRE ICH, DASS SIE NIE EINE EINZIGE SCHWERE SÜNDE BEGANGEN HABEN.“ Dann fügte er hinzu: „Danken Sie dem lieben Gott für das, was er an Ihnen getan hat, denn verließe er Sie, so würden Sie, statt ein kleiner Engel zu sein, ein kleiner Teufel werden.“ Das zu glauben, fiel mir nicht schwer. Im Zusammenleben mit sechsundzwanzig Mitschwestern verschiedenster Temperamente und Charaktere erkannte ich immer

---

1 Vgl. Nachfolge Christi: 1,2,3.
2 Die Profeß ist das Versprechen der drei Gelübde: Armut, Gehorsam, Ehelosigkeit.
3 Jesuiten sind ein katholischer Orden, auch unter dem Namen „Gesellschaft Jesu“ bekannt.
4 Exerzitien sind besondere Tage im Jahr mit religiösen Vorträgen, Beichte und Aussprache.

wieder meine eigenen Schwächen. Schwester St. Vincent von Paul gab ich wegen ihrer bissigen Kritik den Namen „das große Zicklein". Sie war eine hervorragende Stickerin und konnte es nicht unterlassen, unserer Mutter Priorin zu sagen: „Die junge Postulantin hat kein Geschick für manuelle Arbeiten, sie wird für die Kommunität niemals nützlich sein." Das war ein Volltreffer in meine übergroße Empfindlichkeit. Nicht genug damit, Schwester St. Vincent von Paul unterließ selten eine Gelegenheit, eine unangenehme Bemerkung über mich zu machen. Trotzdem bemühte ich mich jedesmal um ein Lächeln. Jesus allein weiß, welch inneren Kampf mich das kostete.

Meine beiden Schwestern Pauline und Marie versuchten wiederholt, sich meiner liebevoll anzunehmen – so wie in den Buissonnets. Das löste in der Gemeinschaft Spötteleien und Eifersucht aus. Als meine Patin Marie mir wieder einmal ihre mütterliche Fürsorge schenken wollte, antwortete ich ihr freundlich, aber entschieden: „Ich danke dir. Ich wäre froh, bei dir bleiben zu können, aber es ist besser, daß ich darauf verzichte, denn wir sind nicht mehr zu Hause."

Diese Situation war äußerst schwierig für mich. Ich war für Jesus in den Karmel gekommen und mußte nun darum kämpfen, von meinen beiden Schwestern unabhängig zu werden, um meinen eigenen Weg zu finden. Die abschließenden Worte des Beichtgesprächs bei Pater Pichon halfen mir dabei: „Mein Kind, der Herr sei stets dein Vorgesetzter und Novizenmeister." Seit dieser Begegnung war ich innerlich befreit und überließ mich der Führung Gottes.

Nach der strahlenden Profeßfeier von Marie und den segensreichen Exerzitien traf uns die Nachricht von Papas schlechtem Gesundheitszustand wie ein Blitz aus heiterem Himmel. Bereits am 1. Mai 1887 hatte er einen ersten Schlaganfall erlitten. Beide Beine waren gelähmt, aber die kräftige Konstitution meines geliebten Königs gewann bald wieder die Oberhand. Vor ein paar Monaten hatte er ja mit mir und Céline die große Italienreise unternommen, die ihn gesundheitlich leider ziemlich geschwächt hatte. Céline teilte mir Folgendes brieflich mit:

„Dieses arme Väterchen scheint mir jetzt so alt, so verbraucht. Wenn Du ihn sehen würdest, wie er sich jeden Morgen an der Kommunionbank niederkniet, so gut er kann, dann bringt einen das zum Weinen. Mein Herz ist zerrissen, und ich stelle mir vor, daß er bald sterben wird."

Eine fortschreitende Verkalkung mit Schwindelanfällen, Gedächtnisverlust und Fluchtwünschen versetzten uns alle in große Sorge um unseren geliebten Vater.

Wie viele Opfer hat er doch schon bringen müssen! Er war bereit, alle seine Töchter Gott zu schenken. Céline hatte erst kürzlich einen Heiratsantrag abgelehnt und Papa mitgeteilt, daß auch sie sich zum Karmel berufen fühlte. Spätestens jetzt war ihm bewußt, daß sein Lebensabend sehr einsam sein würde. Aber sein Glaube und seine Großherzigkeit hielten allen Prüfungen stand. Einen Tag nach meinem Eintritt ins Kloster schrieb Papa an einen Freund: „Gestern ist Therese, meine kleine Königin, in den Karmel eingetreten. Ein solches Opfer kann nur Gott fordern. Aber er steht mir so machtvoll bei, daß mein Herz inmitten der Tränen vor Freude überfließt."

Der 23. Juni 1888 war für uns alle ein schrecklicher Tag.

In den Buissonnets herrschte Panik: Léonie und Céline suchten, unterstützt vom Dienstmädchen, überall unseren Vater. Er war verschwunden. Onkel Isidor und unsere übrigen Verwandten hatten ihn weder in der Apotheke noch sonst irgendwo gesehen. Es folgte eine Nacht voller Angst. Am 24. Juni Tag kam ein Telegramm aus Le Havre, in dem Papa um Geld bat. Am folgenden Tag reisten Céline und Onkel Isidor dorthin, um unseren Vater zu suchen, denn sie hatten keine Anschrift von ihm.

Tags darauf gab es eine neue Aufregung für Léonie, die allein in den Buissonnets zurückgeblieben war: Das Nachbarhaus wurde von einem Feuer völlig zerstört. Zum Glück wurde unser Haus nur wenig beschädigt; die Feuerwehrleute konnten das Dach rechtzeitig löschen.

Nach vier Tagen zermürbender Unruhe wurde Papa im Postamt von Le Havre gefunden. Er hatte einen zweiten unbemerkten Schlaganfall erlitten. Sein Denken war wieder klar, aber eine fixe Idee verfolgte ihn: er wollte sich in die Einsamkeit zurückziehen, um dort als Eremit zu leben.

Diese Ereignisse verwundeten meine Seele zutiefst. Gerade jetzt, wo Papa mich am Nötigsten hatte, war ich eine „Gefangene". Die indiskreten Fragen mancher Mitschwester und die Schwätzereien in Lisieux, die bis zu uns ins Kloster drangen, verstärkten meinen Schmerz noch mehr. Aus dem Gesagten konnte ich heraushören: Wenn Papa „verrückt" würde, sei das auf den Eintritt seiner Töchter ins Kloster zurückzuführen. Mein Weggehen hatte ihn sehr geschmerzt, weil er mich besonders liebte. Der liebe Gott gab mir die Seelenstärke, alle diese inneren Leiden zu ertragen. Um Papa zu erfreuen und ihm zu zeigen, daß ich ihn nach wie vor liebte, schrieb ich ihm fröhliche Briefe. Humorvoll erinnerte ich ihn an die schönen Augenblicke unserer Italienreise, an unsere Verbundenheit in so manchen Schelmereien, die Céline und ich uns geleistet hatten. Papa stand immer auf unserer Seite.

In einem Brief an Céline teilte ich ihre Sorgen und ließ sie etwas von meinem inneren Kampf wissen: *„Das Leben ist so niederdrückend, welche Bitterkeit ... aber auch welche Freude. Ja, das Leben kostet etwas. Es ist mühsam, einen Arbeitstag zu beginnen ... wenn man Jesus doch fühlte, oh! man würde gerne alles für ihn tun. Aber nein, er scheint tausend Meilen entfernt zu sein. Jesus verbirgt sich.“* – Ja, ich litt viel, aber ich fühlte, daß ich noch größere Prüfungen würde ertragen müssen.

Die große Prüfung

Ich mußte nicht lange warten, bis eine neue, viel größere Prüfung mir ihre Arme entgegenstreckte.

Inzwischen war ich sechs Monate im Kloster. Nach dieser Zeit der Einführung in das Ordensleben erhält man normalerweise das Ordensgewand. Mit Erlaubnis von Bischof Hugonin und dem Einverständnis der Vorgesetzten sollte im Oktober meine Einkleidung gefeiert werden. Papa schickte uns zum Schmuck meines Brautkleides Alençon-Spitzen. Bald darauf erlitt er einen schweren Rückfall. Die Einkleidung mußte verschoben werden. Weil der Bischof erst wieder im Januar einen freien Termin hatte, wurde meine Einkleidung auf Mittwoch, den 9. Januar 1889, festgesetzt. Das bedeutete für mich WARTEN, wieder einmal WARTEN – WARTEN in der Ungewißheit, ob Papa bis dahin fähig sein würde, an der Feier teilzunehmen.

Wider Erwarten besserte sich im Dezember sein Zustand. Nachdem der Pfarrer der Kathedrale St. Peter in Lisieux eine Unterschriftensammlung zum Bau eines neuen Hochaltars gestartet hatte, brachte Papa die notwendigen 10 000 Franken[1] auf. Diese hochherzige Tat blieb leider nicht verborgen. Onkel Isidor fand die Freigebigkeit übertrieben. Vielleicht hatte er im Hinterkopf den Gedanken, Papa solle aus einer gewissen Vorsorge heraus das Geld für seine Töchter sparen, denn man konnte ja nie wissen, ob sie im Kloster bleiben werden. Papa dagegen hatte ein großes Gottvertrauen. Der von ihm gestiftete Altar war ein sichtbares Zeichen seiner Bereitschaft, alle seine Kinder und schließlich sich selbst Gott ganz zu schenken.

Die drei Monate Wartezeit sollten meine Liebe zu Jesus erneut auf die Probe stellen. Am Abend des 5. Januar 1889 – drei Tage nach meinem sechzehnten Geburtstag – begann ich mit den Exerzitien zur Vorbereitung auf die Einkleidung. Man könnte glauben, daß mich das bevorstehende Fest mit dem Wiedersehen von Papa, Céline, Léonie und den übrigen Verwandten in Hochstimmung versetzte. Das Gegenteil war der Fall: alle meine Gefühle schienen seit Monaten wie eingetrocknet. Die Exerzitientage, die ich in der Stille und Einsamkeit meiner Zelle oder im Chor verbrachte, verschärften die Situation. Es waren traurige Tage ohne Freude und Trost im Herzen. *Jesus schien* ***zu schlafen,*** *so wie damals, als er mit seinen Jüngern im Boot über den See Genezareth fuhr. Ich sagte mir: „Wenn Jesus schlafen will, warum sollte ich ihn daran hindern?" Ich war froh, daß er mir das zumutete. Ich*

1 10 000 Franken sind nach heutigem Kurs zirka 3 300 DM. Damals lag der Wert jedoch noch viel höher.

wollte ihn so sehr lieben! … Ihn mehr lieben, als er jemals geliebt worden war. Es war unglaublich, wie groß mir mein Herz erschien. Alle Sünder der Welt wollte ich bekehren, und alle Seelen aus dem Fegefeuer retten.

Jesus, der bald mein Bräutigam werden sollte, ließ nicht zu, daß ich mich an IRGEND ETWAS Geschaffenes hing, auch nicht an schöne Gefühle. Er weiß genau, hätte er mir nur einen Schatten von äußerem Glück geschenkt, so würde ich mich mit aller Energie, mit der ganzen Kraft meines Herzens, daran gehängt haben. Jesus allein wollte mein einziges Glück sein. Die Liebe zu IHM gab mir die Kraft, die Prüfungen und Leiden der ersten neun Monate durchzustehen und die tausend Nadelstiche des Gemeinschaftslebens zu ertragen. Hinzu kamen die ungewohnte Ernährungsweise, der Mangel an Schlaf und die Kälte[1]. All das wäre „nichts“ gewesen ohne die Krankheit meines geliebten Vaters. Es blieb nur die Sorge, ob er die gemütsmäßige Belastung der bevorstehenden Feier ertragen könne. Wir Geschwister im Karmel hatten Angst vor irgendeinem Zwischenfall während der Feier. Pauline flehte am Vorabend des Festes den lieben Gott an, daß nichts Unangenehmes geschehen möge.

Mitten in den Exerzitien erfuhr ich, daß die Einkleidungsfeier wegen eines Todesfalles vom 9. auf den 10. Januar verschoben werden mußte; also ein Wüstentag mehr. Was liegt schon daran?! Jesus war bei mir, auch wenn ich nichts von seiner Gegenwart spürte.

---

1 Im Karmel wurde nur ein Raum geheizt, das sogenannte Wärmezimmer.

Ich heiße nun „Schwester Therese vom Kinde Jesus“

Am Morgen des 10. Januar 1889 verließ ich zum letzten Mal in meinem Leben die Klausur. Bevor ich von unserer Mutter Priorin mit dem Gewand des Karmels bekleidet wurde, trug ich ein hochzeitliches Kleid aus weißem Samt mit langer Schleppe. Die Haare fielen unter einer Krone aus Lilien auf meine Schultern herab. Geschmückt als Braut Christi schritt ich zur Klausurpforte, wo mich Papa schon erwartete. Mit Tränen in den Augen kam er auf mich zu, drückte mich an sein Herz und rief: „Oh, da ist ja meine kleine Königin!“ Dann bot er mir seinen Arm, und wir hielten unseren feierlichen Einzug in die Karmelkapelle. Dieses Fest war sein Triumphtag, alle Kinder hatte er dem lieben Gott geschenkt. Niemals habe ich meinen „geliebten König“ schöner und würdiger gesehen als an diesem herrlichen Festtag. Es sollte sein letztes Fest auf Erden sein.

Nach der beeindruckenden Ansprache von Bischof Hugonin folgte die eigentliche Zeremonie der Einkleidung, die von Gesängen und Gebeten der Klostergemeinschaft umrahmt war. Brautkleid und Krone durfte ich nun ablegen und trug von dieser Stunde an mit Freude das Kleid des Karmels: ein braunes Gewand mit Skapulier[1], eine weiße Kopfhülle mit weißem Schleier, ein brauner Ledergürtel mit Rosenkranz, Leinenstrümpfe und Sandalen, aus Kordel gearbeitet. Nun war ich Karmelitin und wurde mit dem Ordensnamen „Schwester Therese vom Kinde Jesus“ angesprochen.

---

1 Das Skapulier ist Teil der Tracht und wird über dem Hauptgewand getragen. Es besteht aus zwei bis an die Knöchel reichenden Stücken Tuch, die Brust und Rücken bedecken.

Am Ende der Zeremonie stimmte der Bischof das „Te Deum“ an. Ein Priester machte ihn darauf aufmerksam, daß dieses Lied nur bei den Profeßfeiern gesungen werde, aber es war nun einmal angestimmt und der Lobgesang wurde

Therese nach ihrer Einkleidung im Innenhof des Klosters

bis zum Ende fortgesetzt. Mußte dieses Fest nicht durch den mächtigen Lobpreis Gottes vollendet werden, da es doch alle anderen Feste einschloß?!

Nachdem ich meinen „geliebten König“ ein letztes Mal umarmt hatte, kehrte ich in die Klausur zurück. Mein Blick fiel zuallererst auf die Statue des Jesuskindes, das mir inmitten von Blumenschmuck und brennenden Kerzen zuzulächeln schien. In Zukunft durfte ich sie schmücken.

Wie soll ich meine Begeisterung ausdrücken, als ich dann entdeckte, daß der Klosterhof mit Schnee bedeckt war. Welch eine zarte Aufmerksamkeit meines Jesus. Denn es war so sehr mein Wunsch, daß die Natur, so wie ich, ein weißes Festgewand trug. Schon als kleines Kind entzückte mich der Schnee. Eines meiner größten Vergnügen war es, unter den weißen Flocken spazierenzugehen. Woher hatte ich nur diese Freude am Schnee? Vielleicht daher, daß ich eine kleine Winterblume bin, und meine Kinderaugen die Natur zuerst in ihrem weißen Schmuck erblickten. Wie dem auch sei, der liebe Gott hatte meinen Wunsch erfüllt.

Die ganze Stadt wunderte sich über den Schnee und betrachtete es als ein kleines Wunder, weil die Temperatur so mild war, daß mit Schnee nicht zu rechnen war. Viele meinten, ich hätte einen sonderbaren Geschmack mit meiner Vorliebe für Schnee. Ja, ich liebte die Natur in ihrer zauberhaften Vielfalt. Sie war mir stets ein Bild und Gleichnis für unsichtbare Wirklichkeiten.

Ich möchte noch von dem köstlichen Ausklang meines Festes berichten. Nach der Feierlichkeit kam Bischof Hugonin in unsere Klausur. Er überschüttete mich geradezu mit allen möglichen Beweisen seiner väterlichen Güte und nannte mich öffentlich „seine kleine Tochter". Ich hatte den Eindruck, daß er stolz darauf war, daß ich mein Ziel erreicht hatte. Vor allen Priestern und Schwestern erinnerte er an meinen Besuch bei ihm in Bayeux und an meine Romreise und vergaß natürlich nicht, mein damals aufgestecktes Haar zu erwähnen. Dann nahm der Hochwürdige Herr meinen Kopf zwischen seine beiden Hände und streichelte mich. Dabei ließ Jesus mich an die Liebkosungen denken, mit denen er mich einmal im Himmel überhäufen würde. So wurde mir diese trostreiche Geste inmitten der Leiden, die hinter mir und noch vor mir lagen, ein Vorgeschmack auf die himmlische Herrlichkeit.

Mein erstes Jahr im Noviziat

Am Tag nach dem glanzvollen Fest begann wieder der Alltag. Ich wurde nun eingereiht in die verschiedenen Gemeindschaftsdienste, die von Zeit zu Zeit wechselten. Gemeinsam mit Schwester Agnes von Jesus, meiner leiblichen Schwester Pauline, übernahm ich die Verantwortung für den Speisesaal. Einerseits gab mir ihre Nähe Trost, andererseits litt ich darunter. Die Versuchung, miteinander zu sprechen, war für uns beide groß. Wie gern hätte ich bei Pauline mein Herz ausgeschüttet, meine Gedanken mit ihr ausgetauscht, aber ich wollte treu die Ordensregel beachten, die uns das Stillschweigen gebot. Ich war ja doch im Karmel und nicht mehr in den Buissonnets. Jesus war mein Viel-Geliebter, dem ich in allem Freude bereiten wollte.

Das erste Noviziatsjahr dient vor allem der Vorbereitung auf das Ablegen der drei Gelübde. Dazu bot der klösterliche Alltag genügend Gelegenheiten.

Seit meiner Einkleidung hatte ich schon viele Gelegenheiten, die Armut einzuüben. Während meines Postulats freute ich mich über die hübschen Dinge, die mir zum Gebrauch zur Verfügung standen. Eines Abends suchte ich vergeblich meine kleine Lampe auf dem Wandbrett, die ich dringend in der Zelle brauchte. Das große Stillschweigen nach der Komplet[1] verbot mir, danach zu fragen. Eine Schwester hatte wohl versehentlich danach gegriffen. Ich erkannte die Belehrung, die Jesus mir erteilen wollte: daß die Armut darin besteht, nicht nur die angenehmen Dinge zu entbehren, sondern selbst die unentbehrlichen. So ging mir in der äußeren Finsternis innerlich ein Licht auf ... Nach dieser wichtigen Erkenntnis legte ich mich schlafen, denn ohne Lampe konnte ich nichts mehr tun.

Damals erfaßte mich eine wahre Liebe zu den häßlichsten und unbequemsten Gegenständen. Ich freute mich darüber, daß der hübsche kleine Wasserkrug aus meiner Zelle entfernt wurde und man mir statt dessen einen häßlichen, ziemlich beschädigten hinstellte.

Ich gab mir auch viel Mühe, mich nicht zu rechtfertigen, was mir jedoch sehr schwer fiel. Von meinem ersten Sieg will ich an dieser Stelle berichten. Es war zwar kein großer, aber er kostete mich viel: Eine Schwester fand eine kleine Vase, die hinter einem Fenster gestanden hat-

---

1 Bis zur Komplet (das kirchliche Abendgebet) durfte das Notwendigste gesprochen werden. Nach der Komplet begann das absolute Stillschweigen; unvermeidliche Mitteilungen wurden durch Gesten oder schriftlich gemacht.

te, in Scherben. Unsere Novizenmeisterin glaubte, ich hätte sie herumstehen lassen, und mahnte mich, in Zukunft besser achtzugeben. Ich versprach ihr, künftig mehr Ordnung zu halten. Die kleinen Übungen der Demut waren heilsam für meinen Stolz, aber sie bereiteten mir viel Mühe.

Es boten sich viele Gelegenheiten, mich von meiner ungesunden Eigenliebe und Bequemlichkeit loszureißen. Im Grunde waren es kleine, unscheinbare Dinge: Ich faltete gern die Chormäntel[1] zusammen, die die Schwestern vergessen hatten, und räumte sie stillschweigend auf. Ich leistete ihnen unzählige kleine Dienste, wo immer ich konnte. So nahm ich mich der alten Schwester Petra an, die durch ihre vielen Krankheiten sehr schwierig geworden war. Am liebsten ging man ihr aus dem Weg, denn niemand konnte es ihr recht machen. Wenn ich sie allabendlich zum Speisesaal führte, mußte das nach einem ganz bestimmten Ritual geschehen. Dabei schenkte ich ihr mein fröhlichstes Lächeln, selbst dann, wenn sie nörgelte, weil ich entweder zu langsam oder zu schnell mit ihr gegangen war. Diese für viele Menschen bedeutungslosen Dinge nutzten mir mehr als die körperlichen Bußwerke[2], die mich höchstens stolz machten. Ich war mir sicher, daß der liebe Gott so etwas von mir nicht wollte. Er ließ mich erkennen, daß die Liebe sich hinter den geringfügigsten Handlungen verstecken muß.

---

1 Zur heiligen Messe und zum Stundengebet an Sonn- und Festtagen tragen die Schwestern über dem Ordensgewand einen weißen Umhang, den sogenannten Chormantel.

2 Unter Bußwerke versteht man zum Beispiel das Tragen eines Nagelkreuzes oder Nagelgürtels auf dem Körper und das Geißeln mit der Peitsche, wie es vor hundert Jahren in den strengen Klöstern üblich, aber nicht streng verpflichtend war.

Damals ahnte ich noch nichts von dem Leid, das meine Seele „wie ein Schwert" durchdringen würde. Man hatte mir noch nicht gesagt, daß unser geliebter Vater bereits vier Wochen nach meiner Einkleidung am 12. Februar 1889 eine so große gesundheitliche Krise erlitten hatte, daß er in das „Sanatorium vom Guten Hirten" in Caen eingeliefert werden mußte. In seiner Wahnvorstellung sah er schreckliche Bilder von Kriegsschauplätzen und Blutbädern, hörte Kanonendonner und Trommelschläge. Um seine Kinder zu verteidigen, griff er sogar zum Revolver. Es war unmöglich, ihn auch nur einen einzigen Augenblick allein zu lassen. Außerdem brauchte er ständige ärztliche Betreuung. In Caen wurde Papa Schwester Costard anvertraut, die eine Abteilung von geistig verwirrten Menschen leitete.

Für unsere Familie war sein Aufenthalt eine tiefe Demütigung, weil es in der Öffentlichkeit als Schande angesehen wurde, in die Heilanstalt eingeliefert zu werden.[1]

Einige Wochen nach seiner Einlieferung in die Heilanstalt bezogen Léonie und Céline vom 19. Februar bis 5. Mai 1889 ein Zimmer bei den „Barmherzigen Schwestern des heiligen Vinzenz von Paul", ganz in der Nähe des „Guten Hirten". Täglich gingen sie hin, um Neuigkeiten zu erfahren. Unseren Papa durften sie aber nur einmal in der Woche besuchen.

Ach, an diesem Tag der Hiobsbotschaft sagte ich nicht mehr, daß ich noch mehr leiden könne! Worte können meine Herzensangst nicht wiedergeben.

1 Seinerzeit waren Krankheiten wie zum Beispiel Alzheimer noch nicht bekannt.

Unsere Familie war nun zerstört. Das mitleidsvolle – auch böswillige – Gerede in Lisieux ging weiter und wurde bis zu uns in den Karmel getragen. Das verstärkte die seelische Qual, die Pauline, Marie und mich nun Tag und Nacht begleiteten. Der „böse Feind“[1] wollte uns Schuldgefühle einreden, uns verantwortlich machen für den jammervollen Zustand unseres Vaters. Für die inneren Leiden, die wir durchmachten, finde ich keine Worte, und ich werde auch nicht versuchen, sie zu beschreiben.

Wir standen mit Léonie und Céline in ständigem Briefkontakt; so erfuhren wir, daß Papa in einem lichten Augenblick Folgendes zu einem Arzt sagte: „Ich war immer gewohnt zu befehlen und sehe mich nun gezwungen zu gehorchen; das ist hart. Aber ich weiß, warum der liebe Gott mir diese Prüfung geschickt hat: Ich hatte nie in meinem Leben eine Demütigung zu ertragen; eine wenigstens mußte ich haben.“ Papa war in seinem Herzen ganz eins mit Jesus geworden, der am Ölberg gebetet hatte: „Vater, wenn du willst, nimm diesen Kelch von mir! Aber nicht mein, sondern dein Wille soll geschehen.“[2] Auch wir, seine Kinder, waren bereit, mit ihm diesen „bitteren Kelch“ zu trinken. Im Himmel werden wir einmal erkennen dürfen, daß die Leidenszeit mit Papa die fruchtbarste unseres Lebens war. Prüfungen und Leiden reinigen unser Herz von Eigenliebe, Egoismus und Stolz, sie machen uns innerlich ganz frei.

In dieser Zeit tauchte ich ein in Schweigen und erforschte das Wort Gottes. Aus allen bisher gemachten Erfahrungen

---

1 Der „böse Feind“ ist ein anderer Begriff für Teufel.
2 Lukasevangelium 22,42.

verstand ich die Worte des heilige Paulus: „Ihr seid zur Freiheit der Kinder Gottes berufen.“[1] Tief in meinem Herzen war ich glücklich, obwohl ich in dieser Zeit viele Tränen vergoß.

Von allem, was mich mit Zuhause und meiner Kindheit verband, mußte ich mich trennen. Der Pachtvertrag von „Les Buissonnets“ war abgelaufen und wurde nicht mehr erneuert. Unsere Familie war ja auseinandergerissen. Onkel Isidor hatte seine Apotheke in Lisieux verkauft und ein anderes Haus in Lisieux erworben. Er nahm Léonie und Céline, die von Caen zurückgekehrt waren, in sein Haus auf. Die Sommermonate verbrachte die Familie Guérin in dem geerbten Schlößchen „La Musse“. Sie luden Céline und Léonie ein, auch dort mit ihnen zu leben. Papa mußten sie im Sanatorium zurücklassen.

Eine Krankenschwester aus der Heilanstalt schrieb am 17. Juli 1889 an unsere Mutter Priorin:

„Lange haben wir mit ihm über seine beiden Töchter Léonie und Céline geplaudert. Als er hörte, daß sie sich auf dem Lande, auf ‚La Musse‘ befänden, rief er aus: ‚Gut so! Sagen Sie ihnen, sie sollen dort so lange bleiben, wie ihr Onkel es für richtig hält. Ich will nicht, daß sie meinetwegen zurückkommen. Mir geht es gut, sehr gut.‘ Diese ehrwürdige Persönlichkeit ist eine lebendige Predigt zur großen Ehre Gottes. Er ist ein wirklich bewundernswerter Mann. Nicht nur, daß er keine Klage äußert, sondern er findet alles, war wir ihm bieten, ausgezeichnet. Ergreifend ist es, wie er an seinen Kindern hängt.“

---

1 Vgl. Brief an die Galater 5,1.13.

Die familiäre Bindung an meine beiden leiblichen Schwestern im Karmel mußte immer mehr einer allgemeinen Beziehung zu den Mitschwestern im Kloster weichen. Darum war es auch notwendig, daß ich Marie und Pauline in Zukunft nur noch mit ihren Ordensnamen ansprach. Marie hatte ihren Taufnamen behalten und hieß „Schwester Marie vom Heiligsten Herzen Jesu", und Pauline hatte den Namen „Schwester Agnes von Jesus" erhalten. Jede von uns mußte als Ordensfrau ihren persönlichen Weg finden und in Treue gehen. **ES BLIEB MIR WIRKLICH NICHTS ALS JESUS ALLEIN!**

Nach Monaten der Trennung besuchte mich Céline. Als Geschenk brachte sie mir ein Efeublatt mit, das sie bei ihrem letzten Rundgang durch den Garten in „Les Buissonnets" für mich gepflückt hatte. Unser bevorzugtes Gesprächsthema war: Alle Leiden für Jesus anzunehmen! Wir trösteten uns gegenseitig auch mit Gedanken über den Himmel. Dort wird unsere zerrissene Familie endgültig und für immer wieder vereint sein. Was „Les Buissonnets" betraf, sagte ich ihr: *„Das Leiden vergeht rasch. Im Himmel wird es gleich sein, ob die Überbleibsel aus den Buissonnets da oder dorthin wandern, was liegt uns schon an dieser Welt? Wir müssen die Dinge so betrachten, als hätten wir nichts. Wir durften uns an allem erfreuen, aber nicht festhalten. Nur dann erlangen wir die wahre Freiheit."*

Was ich bisher niedergeschrieben habe, ist nur ein Bruchteil dessen, was ich in meinen ersten beiden Klosterjahren erlebte, wo ich die Gnade Gottes erkennen durfte; ich könnte noch viele Seiten füllen.

Eine lange „Verlobungszeit"

Die Zeit zwischen der Einkleidung und Profeß nennt man Noviziat. Man kann sie mit der Verlobungszeit von zwei Verliebten vergleichen, die sich danach sehnen, durch ihr Jawort bei der Trauung endlich miteinander verbunden zu werden. Gewöhnlich dauert das Noviziat ein Jahr. So konnte ich also hoffen, mich ab dem 11. Januar 1890 endgültig an Jesus im Karmel zu binden. In freudiger Erwartung sehnte ich mich nach diesem Tag. Da erschien am Ende meines Noviziatjahres unsere Mutter Priorin, um mich daran zu hindern, die Ablegung der Gelübde zu erbitten. Sie nahm an, der Superior würde meine Bitte bestimmt ablehnen. Sie hatte Recht! Abbé Delatroëtte hielt mich für viel zu jung für eine endgültige Bindung. Ein anderes Hindernis war die Krankheit unseres Vater. Niemand wagte es, das auszusprechen.

Ich war tief enttäuscht: Warten, warten …, das war mein Los! Im ersten Augenblick fiel es mir **sehr** schwer, dieses große Opfer anzunehmen. Ich flüchtete mich ins Gebet. Eines Tages erkannte ich, daß in meinem Verlangen nach der Profeß ein großes Stück Selbstsucht steckte. Ich hatte mich doch Jesus geschenkt, um IHM Freude zu machen, also durfte ich ihn nicht zwingen, meinen Willen zu tun! Auch mußte ich mich fragen, ob ich für das so wichtige Ereignis einer endgültigen Bindung überhaupt genug vorbereitet war! Ich durfte jetzt keine Zeit mehr verlieren mit egoistischen Wünschen und mich schon gar nicht selbst bedauern, sondern ich mußte mich mit Eifer auf meine Hochzeit vorbereiten. Ich sagte darum zu Jesus: *„O mein Gott, ich bitte Dich nicht, meine Gelübde ablegen zu dürfen,* ***ich werde warten, solange DU willst,*** *nur möchte ich nicht, daß durch meine Schuld meine Vereinigung mit Dir* *hinausgeschoben wird. Ich will mich eifrig bemühen, mir ein schönes, mit Edelsteinen[1] reich verziertes Hochzeitskleid zu machen; und wenn Du dann findest, daß der Schmuck reich genug ist, so bin ich sicher, daß alle Menschen zusammen Dich nicht hindern können, um mich für immer mir Dir zu vereinen, o mein Viel-Geliebter! …*

Seit diesem Tag ließ ich mir keine noch so kleine Möglichkeit entgehen, Jesus Freude zu bereiten. Das Gemeinschaftsleben bot mir viele Gelegenheiten, Edelsteine zu sammeln.

Jesus legte mir die Sehnsucht ins Herz, nicht mehr beachtet zu werden, und das nicht nur von meinen Mitmenschen, sondern auch von mir selbst. Ich möchte in nichts mehr um mich selbst kreisen. Die Ehre meines Jesus, das ist alles, was ich wünsche; meine eigene übergebe ich ihm.

In die Zeit meines Wartens fielen die jährlichen Exerzitien unserer Klostergemeinschaft. In einem Gespräch vertraute ich unserem Exerzitienleiter Pater Blino[2] meine Hoffnung an, eine große Heilige zu werden, und daß ich Jesus so lieben wolle, wie unsere heilige Ordensmutter Teresa von Avila ihn geliebt habe. Pater Blino war von meiner Äußerung total schockiert; er fand sie stolz und anmaßend: „Mäßigen Sie Ihre Wünsche!" – „Warum, Herr Pater? Unser Herr hat doch gesagt: ‚Seid vollkommen, wie Euer himmlischer Vater vollkommen ist!'" Ich wollte doch nur eines: **JESUS DEN ERSTEN PLATZ IN MEINEM LEBEN GEBEN!** Nicht mehr ich, **sondern**

---

1 Das ist ein Bild für die vielen kleinen Opfer, die sie bringen will.
2 Pater Blino war ein Mitbruder des Jesuitenpaters Pichon aus Paris.

ER sollte in mir leben! – Der Pater kannte doch das Wort Gottes viel besser als ich. Warum verstand er mich nicht?

Die Einwände unseres Exerzitienmeisters verwirrten mich keineswegs, und ich war mir auch sicher, daß ich meine Meinung nicht zu ändern brauchte. Céline verstand mich zutiefst, denn sie hatte das gleiche Verlangen. So konnte ich ihr sagen: *„Ach, Céline, unser unendliches Verlangen nach Heiligkeit ist also weder Traum noch Hirngespinst, weil Jesus selbst uns diese Weisung gibt. Du weißt, ich betrachte die Liebe des Herzens Jesu anders als die meisten Menschen. Ich denke, das Herz meines Bräutigams Jesus ist ganz mein und das meine ist ganz sein … Ich spreche mit ihm von Herz zu Herz,*[1] *bis ich ihn einmal von Angesicht zu Angesicht schauen darf.“* Wann diese glückliche Stunde sein wird, weiß Jesus allein. Jetzt kann ich sein heiliges Antlitz nur auf einem Bild anschauen, und das tue ich seit zwei Monaten täglich. Das Gesicht des Herrn zeigt deutliche Spuren der Geißelung, seine Augen sind gesenkt. Die biblischen Texte der Fastenzeit, in der wir gerade stehen, sind mir wie ein Schlüssel zu diesem Bild. Sie zeigen mir Jesus als den leidenden Gottesknecht:

„Viele haben sich über ihn entsetzt, so entstellt sah er aus, nicht mehr wie ein Mensch … [Er war] ein Mann voller Schmerzen, mit Krankheit vertraut. Wie einer, vor dem man das Gesicht verhüllt, war er verachtet …“[2]

---

1 Therese liebte das persönliche Gespräch mit Jesus und tat sich schwer mit fest formulierten Gebeten.

2 Buch Jesaja 52,14 und 53,3.

Das Heiligste Antlitz Christi (gemalt von Céline im Jahre 1905)

Die Worte des Propheten Jesaja warfen auch ein Licht auf die schrecklichen Prüfungen unseres verbannten, einsamen Vaters. Einige Gedanken darüber teilte ich Céline in einem Brief mit:

„… Papa! Ach, Céline, ich kann Dir nicht alles sagen, was ich denke … Jesus hat uns das bestausgesuchte Kreuz geschickt, das er in seiner unermeßlichen Liebe fand … Wie sollten wir uns beklagen, da Papa Jesus so ähnlich geworden ist. Auch sein Antlitz ist vor den Menschen entstellt und gedemütigt. Das ist ein Geheimnis der Liebe Gottes, das wir mit unserem Verstand niemals durchdringen können. Wir sind Waisen geworden, liebe Céline, aber wir können in Liebe beten: ‚Vater unser im Himmel!' Ja, er ist und bleibt **UNSER ALLER VATER!"**

Nach achtmonatiger Verlängerung meines Noviziates kam endlich ein Brief von Abbé Delatroëtte. Er ließ mich wissen, daß ich jetzt ein Gesuch um die Zulassung zur Profeß an den Bischof schreiben solle. Die Schwesterngemeinschaft war einverstanden. Anfang August 1890 schickte Bischof Hugonin seine Zustimmung.

Dem Brauch entsprechend wurde die Profeß zweimal gefeiert. Die erste Feier fand am 8. September 1890 innerhalb der Klausur im Kapitelsaal statt. Die zweite in Anwesenheit der Verwandten, Freunde und Bekannten – genannt „Schleierfest"[1] – am 24. September.

Vom 28. August bis 7. September 1890 bereitete ich mich durch Einzelexerzitien auf das große Fest meiner Vermählung mit Jesus vor. In diesen zehn Tagen hatte ich wirklich keinerlei erhabene Gefühle. Wie in den vorausgegangenen Exerzitien fühlte ich mich innerlich ausgetrocknet und verlassen. Jesus schien mich nicht zu hören. Bei der

1 Am „Schleierfest" legt die Novizin den weißen Schleier ab und erhält als Zeichen der vollen Eingliederung in die Gemeinschaft den schwarzen Schleier.

Betrachtung[1] schlief ich fast regelmäßig ein, aber ich tröstete mich mit der Gewißheit, daß die schlafenden Kinder von ihren Eltern genauso geliebt werden wie die wachen. Sollte der liebe Gott sein schlafendes Kind[2] nicht ebenso lieben? Er kennt ja alle meine menschlichen Schwächen!

Es verging kein Exerzitientag, an dem ich nicht an meinen geliebten Vater denken mußte. Für die öffentliche Feier meiner Profeß hatte ich mit Céline ein Komplott geschlossen: Papa sollte von Caen kommen. Céline schlug vor, ihn wegen seines angegriffenen Zustandes erst am Ende der Feier teilnehmen zu lassen. Am Gitter des Sprechzimmers sollte er mir seinen Segen geben.

Am Vorabend meiner Profeß quälten mich unbekannte Zweifel. Man kann sie mit einem Sturm vergleichen, der plötzlich über ein Land braust und alles mitreißt. Als ich den Kreuzweg betete, stellte ich meine Ordensberufung in Frage: War sie nicht eine Einbildung, ein Traum, eine Flucht …? Ich fand das Leben im Karmel trotz aller Prüfungen und Leiden sehr schön. Nun wollte mir der Teufel einreden, daß ich gar nicht ins Kloster paßte und daß ich den Bischof und die Schwestern getäuscht hätte, wenn ich auf einem Weg weiterginge, zu dem ich nicht berufen war. Die Finsternis in meiner Seele war so groß, der Sturm so heftig, daß ich nichts mehr sah und nichts mehr verstand als nur das eine: „Du hast keine Berufung."

Wie sollte ich meine Ängste beschreiben, was in meiner Ausweglosigkeit tun? Wenn ich meine Ängste der Novi-

1 Eine Betrachtung ist das Nachdenken über ein Wort Gottes oder einen anderen religiösen Text, das zum Gespräch mit Gott führt (= Inneres Gebet).

2 Therese will vor Gott Kind sein, das heißt sich ihm ganz anvertrauen.

zenmeisterin mitgeteilt hätte – so meinte ich –, wäre ich zu den Gelübden nicht zugelassen worden. Andererseits wollte ich den Willen Gottes tun und lieber in die Welt zurückkehren als meinem Willen folgen und im Karmel bleiben. Ich entschied mich, unverzüglich zu meiner Novizenmeisterin zu gehen. Ich bat sie, aus dem Chor zu kommen, und voller Beschämung berichtete ich ihr von meinem Seelenzustand. Zum Glück sah sie die Dinge klarer als ich, und es gelang ihr, mich zu beruhigen. Durch mein offenes Bekenntnis waren alle Zweifel in einem Augenblick verschwunden.

Der darauffolgende Tag war der 8. September 1890, der Geburtstag der Gottesmutter Maria. Mein Herz war überflutet von einem Strom des Friedens. In diesem Frieden, „der alles Verstehen übersteigt“[1], gelobte ich in die Hände unserer Mutter Priorin und vor allen Schwestern, arm, gehorsam und ehelos zu leben. Meine Vereinigung mit Jesus war dadurch besiegelt. Ich fühlte mich als die KÖNIGIN des einzig wahren KÖNIGS JESUS CHRISTUS und bat ihn an diesem Tag um viele Gnaden für die Menschen. Niemanden vergaß ich. Vor allem wollte ich, daß sich an diesem Tag alle Sünder bekehrten und keine einzige Seele im „Fegefeuer“ bleiben sollte. Ich betete auch für meine ganze Familie, besonders für Papa, daß er, wenn es Gottes Wille sei, wieder gesund werden solle. Auf meinem Herzen trug ich einen kleinen Zettel, auf dem stand, was ich mir selbst erbat:

„O Jesus, mein göttlicher Bräutigam, gib, daß das Kleid meiner Taufe nie befleckt werde …

1 Brief an die Phillipper 4,7.

Laß mich nur Dich suchen und nur Dich allein finden! Mögen die Geschöpfe ein Nichts für mich sein und ich nichts für sie! Möge keines der Dinge dieser Welt meinen Seelenfrieden stören!

O Jesus, ich bitte Dich nur um den Frieden! … Um den Frieden und ganz besonders um die Liebe ohne Grenzen und Ende! …

Hilf mir, daß ich mein Versprechen vollkommen erfülle; daß niemand mich beachtet und ich einem kleinen Sandkörnchen gleiche, über das man einfach hinweggeht …

Ich gebe mich Dir hin, mein Viel-Geliebter, **damit Du Deinen Willen in mir vollbringen kannst.“**

Am Ende dieses herrlichen Tages legte ich meinen Brautschmuck – einen Kranz aus Rosen – zu Füßen unserer Marienstatue nieder.

Ein Fest voller Tränen

Kurz vor meinem Schleierfest verfaßte ich halb im Scherz, halb im Ernst eine Hochzeitsanzeige:

**„Einladung zur Hochzeit
von Schwester Therese vom Kinde Jesus
und vom Heiligsten Antlitz:**

Gott der Allmächtige,
Schöpfer des Himmels und der Erde,
alleiniger Herrscher der Welt,
und Maria, die Königin des Himmels,
geben Ihnen die Vermählung ihres
Sohnes Jesus Christus, des Königs der Könige …,
mit Fräulein Therese Martin bekannt.

Da wir Sie nicht zur Vermählungsfeier am
8. September 1890 einladen konnten –
nur die Schwesterngemeinschaft war zugelassen –,
werden Sie gebeten, zum Gastmahl am 24. September
zu kommen."

Mit Spannung erwartete ich das große Fest. Die Zeit bis zu diesem Tag kam mir wie eine Ewigkeit vor. Natürlich freute ich mich auch riesig auf das Wiedersehen mit Papa, Céline, Léonie und meinen übrigen Angehörigen. Es sollte doch für alle ein unvergeßliches Erlebnis werden.

Dann traf mich wie ein Blitz die Nachricht, daß Onkel Isidor einer Reise Papas nach Lisieux nicht zugestimmt hatte. Die Krankheit war weiter fortgeschritten. Wie ein schwerer, dunkler Traum lag sie über ihm und unserer ganzen Familie. Wohl hätte ihn das Wiedersehen zu sehr erschüttert. Der Schmerz, auf Papas Segen zu verzichten und ihn vielleicht nie mehr wiederzusehen, durchbohrte mein Herz. In meinem Leid schrieb ich an Céline:

„Papa kommt morgen nicht. Ich gestehe Dir, ich habe geweint. Und während ich Dir jetzt schreibe, stehen die Tränen in meinen Augen, so daß ich kaum den Federhalter führen kann. Du weißt, wie ich mich danach gesehnt habe, unseren Vater wiederzusehen ... Jesus will mich als Waisenkind sehen ..."

Und dann war er endlich da, der lang ersehnte Hochzeitstag. Im letzten Augenblick mußte auch Bischof Hugonin wegen Erkrankung absagen, und Pater Pichon hielt sich in Kanada auf. Außerdem kamen noch einige andere unangenehme Dinge hinzu. Alle diese Ereignisse erfüllten mein Herz mit Trauer und Bitterkeit, und ich konnte meine Tränen nicht mehr zurückhalten: sie liefen unaufhörlich wie zwei Bäche über mein Gesicht. Niemand verstand meinen Gefühlsausbruch, nicht einmal Schwester Agnes (Pauline). Ich begegnete ihr auf dem Weg zum Chor, wo in Kürze die Zeremonie des Schleierfestes stattfinden sollte. Heftig fuhr sie mich an: „Ich begreife nicht, warum Sie weinen. Wie konnten Sie nur hoffen, unseren armen Vater zu Ihrer Feier wiederzusehen. Wenn er da wäre, hätten wir weit größere Schwierigkeiten als durch seine Abwesenheit." Das war zuviel für meine verwundete Seele. Wie man in einen Abgrund fallen kann, so stürzte ich in eine tiefe innere Einsamkeit. Dennoch wundere ich mich über den befreienden Frieden auf dem Grunde des Kelches.[1] Jesus ließ mich spüren, daß ich aus eigener Kraft nichts vermochte, nicht einmal meine Tränen zurückzuhalten.

Als ich den Chor betrat, waren alle meine Angehörigen – außer meinem geliebten Vater – in der Klosterkirche[2] versammelt. Ich kniete am Chorgitter[3] nieder, um aus der Hand des bischöflichen Stellvertreters den von ihm geweihten schwarzen Schleier zu empfangen. Unsere Mutter Priorin legte mir dann den Profeß-Schleier um den Kopf und entfernte vorsichtig den weißen Novizinnen-Schleier. Diese schlichte, aber so bedeutungsvolle Zeremonie wurde von Gebeten und Braut-Gesängen der Schwesterngemeinschaft umrahmt. Sie ist ein Ausdruck

---

1 Therese denkt in dieser Situation an das Gebet Jesu im Garten Getsemani auf dem Ölberg (vgl. Matthäusevangelium 26,39).

2 Die Klosterkirche ist vom Chor der Schwester durch ein Gitter getrennt.

3 Die übrigen Schwestern konnten von der Klosterkirche aus nicht gesehen werden.

dafür, daß Gelübde keine private Angelegenheiten sind, sondern eine endgültige Bindung an Jesus Christus in seiner Kirche. Durch die Anwesenheit des Bischofs oder seines Stellvertreters werden die Gelübde offiziell besiegelt. Die Schwestern und die Angehörigen sind sozusagen die Trauzeugen.

Therese in einem Ausschnitt aus einem Gemeinschaftsfoto (15. April 1895)

Nach dieser Zeremonie hielt der Priester mit uns ein Hochamt[1]. Ich durfte es am Chorgitter mitfeiern und so in Blickkontakt mit meinen Angehörigen sein. Natürlich habe ich Papa sehr vermißt. Immer wieder waren meine Augen voller Tränen, und ich sah alles verschleiert.

Am Ende dieses wunderschönen, wenn auch tränenreichen Festes konnte ich glücklich sagen: **„CHRISTUS IST MEINE LIEBE – ER IST MEIN GANZES LEBEN!“**

Acht Tage nach meinem Schleierfest heiratete unsere Cousine Johanna Guérin. Bald darauf kam sie uns im Karmel besuchen. Ein Blinder hätte gesehen, wie sehr sie verliebt war. Mit strahlendem Gesicht erzählte sie uns von den tausend Aufmerksamkeiten, mit denen sie ihren Franz verwöhnte. Sie wollte ihm jeden Wunsch von den Augen ablesen. Ich hörte ihr aufmerksam zu und wurde belehrt, mit welchen Zärtlichkeiten eine Braut ihren Bräutigam umgeben soll, und so nahm ich mir vor, für meinen vielgeliebten Jesus nicht weniger zu tun als Johanna für ihren Franz. Von ihrem Eifer angesteckt, bemühte ich mich, mehr als zuvor in allen meinen Handlungen Jesus Freude zu bereiten. Niemand sollte es merken.

Der „abtrünnige“ Priester

Der Winter 1890/91 nach meiner Profeß war sehr hart. Unter der Kälte habe ich sehr gelitten, denn es wurde nur ein Raum im Kloster zum Aufwärmen geheizt. Am lieb-

1 Das Hochamt ist ein festlicher Gottesdienst mit lateinischen Gesängen und Weihrauch.

sten hätte ich mich den ganzen Tag hinter dem Ofen verkrochen, aber meine Pflichten ließen das nicht zu. Damals ernannte man mich zur Gehilfin der Sakristanin Schwester Stanislav. Ich half ihr beim Reinigen der Kerzen und des Weihrauchfasses und beim Herrichten der Kelch-Gefäße für die Eucharistiefeier. Diese Arbeit tat ich gern. Den Speisekelch füllen, das ist ein heiliger Dienst. Ich freute mich darüber, so eng mit dem Dienst des Priesters verbunden zu sein. Die gute alte Schwester Stanislav war erfreut darüber, daß ich meine Arbeiten sorgfältig verrichtete, ohne jedoch ein Lob an mich weiterzugeben. Nachdem ich nicht mehr im Refektorium tätig war, sah ich meine Schwester Agnes nur noch im Chor und in der allgemeinen Erholungszeit. Diese gewonnene Einsamkeit hatte ich mir ja gewünscht, um für Jesus Seelen zu retten, besonders die der Priester.

In dieser Zeit füllte ein ehemaliger Ordenspriester die Schlagzeilen der Presse. Pater Hyazinth Loyson war der Reihe nach Priester, Dominikaner-Novize, dann Karmelit und Provinzial[1] seines Ordens. Als glänzender Prediger von Notre-Dame in Paris hatte er sich einen Namen gemacht. Im Jahre 1869 verließ er die katholische Kirche, und drei Jahre später heiratete er eine Protestantin, mit der er einen Sohn hatte. 1879 gründete er die „katholisch-gallikanische Kirche“. Er stellte sich unter anderem gegen das Papsttum und den Zölibat des Priesters. Bei zahlreichen Konferenzen in ganz Frankreich verbreitete er seine liberalen Ideen. Céline schickte mir mehrere Artikel aus der Lokalzeitung „La Croix“, die ausführlich und auf-

---

1 Der Provinzial ist der Obere einer geistlichen Ordensprovinz (Vereinigung mehrerer Ordensniederlassungen).

reißerisch darüber berichtete. Überall sprach und schrieb man von dem „abgefallenen Mönch" und ließ kein gutes Haar an ihm. Darüber schrieb ich Céline:

„Ich bete für meinen Bruder. Kann Gott das, was er für den Mörder Pranzini getan hat, nicht auch an ihm tun? Lassen wir nicht nach im Gebet, das Vertrauen wirkt Wunder. Ich werde bis zu meinem letzten Atemzug[1] *nicht aufhören, für ihn zu beten. Auch für Margarete-Marie*[2] *und ihren Mann will ich beten, damit sie im Glauben neu gefestigt wird und er zu Gott findet. Ach, Céline, vergessen wir die Seelen nicht, sondern vergessen wir uns selbst um ihretwillen. ‚Ich möchte tausend Leben hingeben, um* ***eine einzige*** *Seele zu retten.' "*[3]

Überall herrscht der Tod

Im Winter 1891/92, der nicht weniger hart als der vergangene war, stürzte sich der Tod auf unseren Karmel: Mutter Genoveva, deren Leben am Samstag, dem 5. Dezember 1891, im Alter von siebenundachtzig Jahren, nach einem harten Todeskampf erlosch, war die Gründerin unseres Karmels in Lisieux und wurde von allen Schwestern als Heilige betrachtet. Seit 1884 hatte sie große körperliche und seelische Leiden durchmachen müssen, die sie mit bewundernswerter Geduld und Opferbereitschaft ertrug.

---

1 Ihre letzte Kommunion opferte Therese am 19. August 1897 für Pater Hyazinth auf.

2 Mit Margarete-Marie ist eine Cousine der Guérins gemeint, die einen atheistischen Richter, René Tastain, geheiratet hatte. Therese hat die letzten achtzehn Monate ihres Lebens für ihn aufgeopfert.

3 Ein Zitat der heiligen Teresa von Avila aus ihrem Buch „Der Weg der Vollkommenheit", Kapitel I.

Ich empfand es als eine unschätzbare Gnade, unsere heiligmäßige Mutter Genoveva gekannt zu haben. Der liebe Gott wollte, daß ich drei Jahre mit einer Schwester zusammen war, die durch ganz gewöhnliche und verborgene Taten ihr Leben geheiligt hatte. Ihr Vorbild war mir Ansporn und Hilfe für meinen eigenen Weg im Kloster.

Mehr als einmal hatte mich unsere gute Gründerin getröstet. Als ich sie an einem Samstag im Krankenzimmer besuchte, waren schon zwei Mitschwestern bei ihr. Ich sah sie lächelnd an und wollte wieder fortgehen, da es nicht erlaubt war, zu dritt bei einer Kranken zu sein. Sie sah mich an und sagte: „Töchterchen, ich möchte Ihnen nur ein Wort sagen: Dienen Sie Gott mit **Frieden** und mit **Freude;** denken Sie daran, mein Kind, **unser Gott ist der Gott des Friedens.“** Ich dankte ihr und ging hinaus. Meine Augen füllten sich mit Tränen. Hatte der liebe Gott sie den Zustand meiner Seele spüren lassen? Gerade an jenem Tag war ich äußerst bedrückt, beinahe traurig, denn ich wußte nicht mehr, ob Gott mich noch liebte. Genau in dieser Situation sprach sie das befreiende Wort vom Gott des Friedens: **eine absolute Wahrheit, die nie täuscht!** In einem Buch der heiligen Teresa von Avila fand ich dazu eine treffende Erläuterung. Sie schreibt, daß es ganz normal sei, unter Gefühlsschwankungen zu leiden, dies sei vom Wetter, von der Gesundheit, von bestimmten Ereignissen abhängig. Einmal sind wir himmelhoch jauchzend, dann wieder zu Tode betrübt. Darum ist es unbedingt notwendig, nicht um sich selbst zu kreisen, sondern sich an die einfachen Wahrheiten zu halten: **Jesus liebt mich, ER ist mein Friede,** gleich, wie ich mich fühle. Und wenn die ganze Welt und ich selbst „auf dem Kopf steht“, wenn ich nichts mehr von dem verstehe, was in mir und um mich herum geschieht, wenn mir alles so verrückt vorkommt, dann kann ich mich an das Wort des heiligen Paulus halten: „JESUS CHRISTUS IST DERSELBE GESTERN, HEUTE UND IN EWIGKEIT.“[1] Er liebt mich also immer gleich!

An dem Tag, als sich die Seele von Mutter Genoveva auf den Weg in den Himmel machte, versammelte sich die ganze Schwesterngemeinschaft um ihr Sterbelager. Ich war besonders ergriffen, denn es war das erste Mal, daß ich jemanden sterben sah. Zwei Stunden stand ich am Fußende ihres Bettes und konnte jede geringste Bewegung beobachten. Im Augenblick ihres Sterbens erfüllte mich eine unaussprechliche Freude. Es war, als hätte Mutter Genoveva mir Anteil geschenkt an der Glückseligkeit, die sie nun für immer bei Gott genießen durfte. Mit Gebeten und Gesängen begleiteten wir sie in den Himmel.

Die Nachricht vom Tod unserer Gründerin verbreitete sich rasch in Lisieux. Mir wurde die Aufgabe übertragen, die zahlreichen Blumengebinde und Kränze an ihrem Sarg zu ordnen. Schwester Vincent beobachtete mich dabei und rief tadelnd: „Sie verstehen es sehr gut, die Kränze, die von ihren Angehörigen geschickt wurden, nach vorn zu legen, während die Sträuße der Armen hinten liegen.“ Ohne Zweifel hatte sie den Strauß ihres Bruders Louis entdeckt, der damals bei der Errichtung des Gebäudes für die Pfortenschwestern mitgearbeitet hatte. Ganz ruhig erwiderte ich ihr: „Ich danke Ihnen, meine Schwester; Sie haben recht. Ich werde das Mooskreuz, das von den Arbeitern gebracht wurde, nach vorn stellen. Dort wird es einen würdigen Platz haben. Ich dachte nicht daran!“

---

1 Brief an die Hebräer 13,8.

Kaum war Mutter Genoveva beigesetzt, breitete sich in unserem Karmel eine schwere Grippe aus, die damals in ganz Frankreich wütete und viele Menschenopfer forderte. Zuerst starb die älteste Schwester unserer Kommunität am 2. Januar 1892, meinem neunzehnten Geburtstag. Zwei Tage später folgte ihr unsere Subpriorin[1]. Außer mir gab es nur noch zwei andere Schwestern, die nicht im Bett lagen. Es ist unmöglich, sich den trostlosen Zustand vorzustellen, in dem sich unser Karmel in den Tagen der Trauer befand. Die Schwerkranken wurden von jenen Mitschwestern gepflegt, die sich selbst kaum auf den Beinen halten konnten. Überall herrschte der Tod. Damals hatte ich allein die Sakristei zu versorgen, weil meine Vorgesetzte sehr schwer erkrankt war. Der liebe Gott gab mir in dieser Zeit viel Kraft, und ich war weit davon entfernt, mich von der allgemeinen Panik bedrücken zu lassen. Mit Gelassenheit verrichtete ich alle notwendigen Arbeiten. Neben der Krankenpflege hüllte ich die Toten ins Leichentuch und bereitete die Beerdigungen vor. Inmitten dieser wochenlangen Prüfung unseres Kloster schenkte Jesus mir den Trost, ihn täglich in der heiligen Kommunion empfangen zu dürfen. Mit ihm war ich stark. Ohne Angst konnte ich alle diese Dienste an den Kranken und Sterbenden verrichten.

Pater Superior Delatroëtte, der ja gegen meinen Eintritt in den Karmel gewesen und mir stets reserviert begegnet war, änderte jetzt seine Meinung. Er war überzeugt, daß ich mich in dieser schweren Zeit als „starke Frau“ bewährte.

Unsere Gemeinschaft, die um vier Ordensfrauen ärmer

---

1 Eine Subpriorin ist die stellvertretende Oberin in einem Kloster.

geworden war, erholte sich nur langsam von den schweren Schicksalsschlägen.

Eine andere große Prüfung sollte auch bald zu Ende sein: Am 10. Mai 1892 holte Onkel Isidor unseren Vater aus der Heilanstalt in Caen ab, wo er drei Jahre und drei Monate verbringen mußte. Zwei Tage später, am 12. Mai, durfte Papa uns im Sprechzimmer besuchen. Vier Jahre hatten wir uns nicht mehr gesehen. Er war in seinem Wesen sehr verändert und körperlich abgemagert. An diesem Tag jedoch war er bei klarem Verstand, obwohl er mit uns nichts sprach. Unter vielen Tränen deutete er im Augenblick des Abschieds mit den Zeigefinger nach oben und stammelte: „Im Himmel …" („… sehen wir uns wieder!" brachte er nicht mehr heraus). Es war die letzte Begegnung mit unserem gedemütigten Vater.

Papa wurde zunächst bei den Guérins untergebracht. Im Juli 1892 bezog er dann mit Léonie und Céline eine Wohnung in der Rue Labbey. Ein Dienstmädchen unterstützte sie bei der Arbeit und der Fürsorge um Papa. Da er ohne fremde Hilfe nicht mehr gehen konnte, mußte er in der Wohnung von einem Ort zum anderen geführt werden. Man durfte ihn keinen Augenblick aus den Augen lassen. Wir drei Schwestern im Karmel waren glücklich, daß Papa nun so liebevoll umsorgt wurde. Céline opferte sich ganz für ihn auf. Im Herzen dachte sie daran, auch einmal in den Karmel einzutreten, aber ihre Aufgabe hielt sie noch zurück. In dieser Zeit, und auch schon vorher, erhielt sie von verschiedenen Seiten Heiratsanträge. Würde sie ihrer Berufung folgen?

Mein Idol „Johanna von Orleans“

1894 war für ganz Frankreich ein Jubeljahr. Zwanzig Jahre lang hatte Bischof Bopanlomp von Orleans für die Heiligsprechung des Mädchens aus Lothringen gekämpft. 1869 ließ Papst Pius IX. die Vorbereitungsarbeiten in Angriff nehmen. Am 27. Januar 1894 gab Papst Leo XIII. die Erlaubnis zur Einleitung der Seligsprechung von Jeanne d'Arc. Von da an erhielt sie den Titel „Dienerin Gottes“. Man durfte sie nun verehren und offiziell zu ihr beten.

Am darauffolgenden 8. Mai fanden in ganz Frankreich große nationale Feierlichkeiten statt. Der Pfarrer von St. Peter in Lisieux plante mit einer Gruppe junger Mädchen den Schmuck für die Kirche. Céline war eines der aktiven Mitglieder. Mit unserer Cousine Marie Guérin nähte sie zwölf Fahnen von 6,50 Meter Länge, um die Kirche von außen zu schmücken. Am 8. Mai drängten sich fünftausend Menschen in die Kathedrale, um die heilige Märtyrerin mit einem feierlichen Gottesdienst zu ehren.

Unser Volk hatte nach 409 Jahren die geschichtliche Bedeutung der Jeanne d'Arc[1] für unser Land entdeckt. Der Historiker Jules Michelet hatte bereits 1841 in seinem Werk „Die Geschichte Frankreichs“ den Ruhm der Jungfrau von Orleans verherrlicht. Als die Engländer 1429 Frankreich eroberten und König Karl VIII. stürzen wollten, führte Johanna das königliche Heer an und befreite am 8. Mai die Stadt Orleans aus der Hand der Feinde. Die Engländer brachten Johanna in ihre Gewalt und lieferten

---

1 Papst Pius XII. ernannte Jeanne d'Arc 1944 zur zweiten Patronin Frankreichs.

sie der Inquisition[1] aus. Sie konnten Bischof Pierre Cauchon[2] auf ihre Seite ziehen und ihm einreden, sie sei mit dem Teufel im Bunde, der den Sieg herbeigeführt habe. Niemand erkannte die göttliche Berufung und Sendung dieses einfachen Hirtenmädchens. Und so wurde sie im jugendlichen Alter von neunzehn Jahren in Rouen auf dem Scheiterhaufen verbrannt. Sterbend flüsterte sie den Namen **„JESUS“.**

Seit meiner Kindheit liebte ich Johanna wie eine leibliche Schwester. Begierig las ich von ihren Heldentaten und fühlte in meinem Herzen ein großes Verlangen, sie nachzuahmen. Ich dachte, daß auch ich für den Ruhm geboren sei. Gott ließ mich in meinem Innern ahnen, daß mein Ruhm vor den Menschen verborgen bleiben werde. Er solle einzig darin bestehen, eine große Heilige zu werden! Ich fühlte mich im Herzen tief verwandt mit der neunzehnjährigen Märtyrerin und wollte wie sie kämpfen!

Es war mein Wunsch, auch im Karmel auf unsere Weise an den Festen zu Ehren von Johanna teilzunehmen. Die gemeinsamen Erholungszeiten unserer Gemeinschaft schienen mit dafür geeignet, den Schwestern Gedichte und Lieder vorzutragen, die ich über mein großes Vorbild verfaßt hatte. Außerdem schrieb ich zwei Theaterstücke, eines

---

1 Inquisition (lat. Untersuchung), ehemals in der katholischen Kirche das geistliche Gericht zum Aufsuchen und Bestrafen der Ketzer. Außer rein kirchlichen Strafen wie Auferlegung von guten Werken gab es zahlreiche leibliche Strafen, die von der weltlich-staatlichen Obrigkeit vollstreckt wurden: körperliche Züchtigungen, Kerker, Feuertod.

2 Von 1432 bis 1442 war Pierre Cauchon Bischof von Bayeux und Lisieux. Sein Sarg wurde 1931 in der Sakramentskapelle der Kathedrale St. Peter in Lisieux entdeckt, wo Therese als Mädchen die Werktagsmesse mitfeierte.

über „Die Berufung der Jeanne d'Arc", das andere über „Die Erfüllung ihrer Sendung". Ihr Sterben und ihre Verherrlichung im Himmel bildeten den krönenden Abschluß. Um möglichst nahe am geschichtlichen Hintergrund zu bleiben, studierte ich genau das fünfhundertfünfzig Seiten umfassende Buch von Henri Wallon[1]. Ich löste mich von den allgemein üblichen Darstellungen und legte der Gestalt von Johanna mein eigenes Ideal als Karmelitin zugrunde. Im ersten Stück beschrieb ich sie als ein schwaches und ängstliches Kind, das sich von der Einsamkeit angezogen fühlte, vom Schweigen, von der Vertrautheit mit Maria und einer innigen Liebe zu Jesus. In einem Traumbild sieht es den Erzengel Michael, der ihm ein Schwert geben will. Nach langem Widerstreben nimmt das zutiefst erschrockene Mädchen das Kampfwerkzeug an und folgt dem Befehl „Du mußt aufbrechen!". Dem inneren Ruf folgend, wird sie ins Schloß von Chinon geführt, um dort den König zu treffen und mit ihm die bedrohliche Lage für ihn und das Königreich Frankreich zu besprechen. Sie sieht[2] ganz klar, was zu tun ist.

Am 21. Januar 1894, am ersten Namenstag von Mutter Agnes als Priorin[3], führte ich mit einigen jungen Schwestern das Stück auf. Selbst spielte ich die Rolle der Johanna und fühlte mich vollkommen identisch mit ihr.

---

1 Als Geschichtswissenschaftler und Abgeordneter setzte Henri Wallon sich dafür ein, daß die Nationalversammlung das Gesetz billigte, den 8. Mai zum Nationalfeiertag zu Ehren von Jeanne d'Arc zu erklären.

2 „Man sieht nur mit dem Herzen gut, das Wesentliche ist für die Augen unsichtbar" (Antoine de Saint-Exupéry).

3 Am 20. Februar 1893 ist Schwester Agnes von Jesus (Pauline) von der Gemeinschaft für drei Jahre zur neuen Priorin gewählt worden. Therese war als dritte aus einer Familie nicht stimmberechtigt.

Im Laufe des Sommers 1894 schrieb ich das zweite Stück. Es zeigt Johanna als eine mutige und starke Frau, die bereit ist, zur Rettung ihres Königs und seines Reiches ihr Leben einzusetzen. Tapfer wie ein Krieger zieht sie dem königlichen Heer voran. Alle folgten ihren klaren Anweisungen. Der Sieg gegen die Feinde ist gewiß! Orleans ist erobert, König Karl VIII. wird zum König gesalbt, das Königreich Frankreich ist gerettet. Dann folgt die große Bedrängnis, Verhöre, Einsamkeit, Unverstandensein und schließlich die Hinrichtung auf dem Scheiterhaufen. Es war ein Sterben aus Liebe! Am Ende des Stückes wird Johanna im Himmel mit einem Kranz aus weißen Rosen gekrönt.

Unsere kleine Theatergruppe bereitete ich einige Monate für die Aufführung am 21. Januar 1895 vor. Wir scheuten keine Mühe bei der Herstellung von Kostümen und anderen Utensilien: Schild, Schwert, Fahne, Schmuck, Perücken, Scheiterhaufen und so weiter.

Als der große Tag kam, schlüpfte ich nicht nur in die Rolle meiner geliebten Schwester, ich war identisch mit ihr. Die Rolle war mir auf Leib und Seele zugeschnitten. Vielleicht wird es am deutlichsten durch einen Vergleich zwischen uns beiden:

Johanna war ein schwaches, ängstliches Kind.
Auch ich war schwach und ängstlich; davon habe ich ja schon ausführlich berichtet.

Johanna lebte mit Gott verbunden und konnte darum seinen inneren Ruf wahrnehmen.
Auch mir schenkte Gott schon als Kind diese Gnade.

Johanna folgte gehorsam ihrer Berufung, König und Land aus der Gewalt der Feinde zu retten.
Ich bin dem Ruf Gottes in den Karmel gefolgt, um für meinen König Jesus Christus zahllose Seelen zu retten, die in der Gewalt des Teufels sind.

Johanna war bereit, Leib und Leben für ihre Berufung hinzugeben.
Ich möchte tausend Leben sterben, um eine einzige Seele für den Himmel zu retten.

Johanna kämpfte auf einem Kriegsschauplatz.
Ich will auf dem Schlachtfeld der Liebe kämpfen. Ja! **ICH WILL GOTT LIEBEN WIE EIN KLEINES KIND! ICH WILL KÄMPFEN WIE EIN TAPFERER KRIEGER!**

Johanna geriet nach ihrem Sieg in die Gewalt ihrer Feinde und wurde in einem Gefängnis eingesperrt.
Ich bin eine Gefangene meines Jesus und habe mich freiwillig einsperren lassen hinter den Mauern und Gittern des Karmels.

Johanna mußte viele Verhöre über sich ergehen lassen.
Ich werde von den zahllosen Fragen meiner Mitschwestern gequält, die eifersüchtig in mein verborgenes Innenleben eindringen wollen.

Johanna wurde auf dem Scheiterhaufen verbrannt.[1]
Ich möchte ein *BRANDOPFER DER BARMHERZIGEN LIEBE GOTTES* sein!

---

1 Papst Pius XI. sprach Jeanne d'Arc im Jahre 1920 heilig.

Therese in der Rolle von Jeanne d'Arc im Gefängnis

Unser Theaterstück kam bei den Schwestern gut an, sie schenkten uns viel Beifall und lobende Worte. Natürlich freuten wir uns darüber, aber mein Glück war mehr als vergängliche Bewunderung. Meine Mitschwestern ahnten nicht, daß ich mich mit Johanna identifizierte und ein Stück meines eigenen Lebens gespielt hatte.

Das Kleeblatt ist vollständig

Mit niemandem sprach ich über meinen noch unerfüllten großen Wunsch, daß doch auch Céline in unseren Karmel eintreten möge. Ich legte ihn ganz in die Hände Gottes und vertraute ihm die Zukunft meiner Schwester an. Und wenn sie bis ans Ende der Welt fortziehen würde, nur sollte sie, wie ihre Schwestern, eine Braut Christi werden.

Céline war allerlei „Gefahren" ausgesetzt, denn die Guérins

führten ein reges gesellschaftliches Leben. Sie luden sie oft zu ihren glänzenden Empfängen ein in der stillen Hoffnung, daß sie eines Tages die „große Liebe“ entdeckte. Einige Männer hätten sie sofort „von der Stelle weg“ geheiratet. Als sie wieder einmal zu einer Abendgesellschaft eingeladen war, geschah etwas Unerklärliches. Nachdem ihr Kavalier Céline zum Tanzen aufgefordert hatte, war es ihm nicht möglich, sie auch nur einen Schritt zu führen. Es blieb ihm nichts anderes übrig, als sie mitten durch den Tanzsaal wieder an ihren Platz zu bringen. Der junge Mann war so verwirrt, daß er fluchtartig den Saal verließ und an diesem Abend nicht mehr auftauchte. Diese Begebenheit war für mich ein Zeichen, daß Gott seine Hand auf Céline gelegt hatte und ihr sagen wollte: **„Du gehörst mir!“**

In der Zeit des inneren Ringens um ihre Berufung führte ich mit Céline einen intensiven Briefwechsel. Sie brauchte dringend Rat, Ermutigung und die Erfahrung: Da ist jemand, der mich versteht und dem ich mich anvertrauen kann. Ihre Briefe verrieten mir ihr Fragen und Suchen nach dem Willen Gottes.

Céline war wirklich hin- und hergerissen. Unsere Verwandten hätten sie am liebsten verheiratet. Pater Pichon hatte auch schon seine Pläne für sie. Aktiv und dynamisch, wie meine Schwester war, sah er in ihr bereits die Leiterin einer Missionsstation in Kanada.

Von Schloß La Musse aus, wo Céline ihre Ferien verbrachte, schrieb sie mir hilfesuchende Briefe. Ihr innerer Zustand war gekennzeichnet von Finsternis und Zerrissenheit. Ich war überzeugt, daß der Platz von Céline bei uns im Karmel war. Zugleich aber wußte ich, daß Pater

Superior sich gegen einen Eintritt einer vierten Schwester aus der Martin-Familie entscheiden würde.

Einschneidende Veränderungen brachten zusätzliche Belastungen für Céline. Léonie verabschiedete sich wieder einmal vom Rest der Familie, um einen neuen Versuch des Ordenslebens zu wagen. Unsere Cousine Marie Guérin unternahm konkrete Schritte, um in den Karmel von Lisieux einzutreten. Papa wurde nach Schloß La Musse gebracht. Die Ruhe und Schönheit der Natur bekamen ihm besser als die Stadt. Voller Schmerz schrieb Céline: „Niemand gibt es mehr auf der Welt; die Leere hat sich rings um mich ausgebreitet. Ich komme mir vor, wie das letzte Wrack der Familie … Oh! das Leben ist so traurig, so traurig!!“

In dieser für Céline so trostlosen Situation schrieb ich ihr folgenden Brief:

„Meine liebe Céline!

Es überrascht mich nicht, daß Du nichts von dem verstehst, was in Deiner Seele geschieht. Könnte ein kleines Kind, das ganz allein in einem Schifflein auf den stürmischen Wellen des Meeres treibt, wissen, ob es dem Hafen nah oder fern ist? Solange seine Augen das Ufer noch erblicken können, von dem es abgefahren ist, weiß es, welchen Weg es zurückgelegt hat. Sieht es das Land nicht mehr, meint es voll Freude, bald am Ziel seiner Fahrt zu sein. Je weiter es sich aber vom Ufer entfernt, desto unermeßlicher erscheint ihm das Meer; es weiß nicht mehr, wohin sein Schifflein fährt. Auch weiß es nicht, wie und in welche Richtung es das Steuerrad führen muß. Darum kann das Kind nur eines tun: sich vom Wind[1] *treiben lassen …, auch wenn es nicht weiß, ob es vorwärts oder rückwärts treibt …*

Meine Céline, Du bist dieses kleine Kind, das jetzt auf dem offenen Meer treibt. Das Schifflein, das Dich trägt, steuert mit vollen Segeln dem Hafen[2] *zu. Du bist nicht allein! Jesus ist da, schlafend wie einst im Schiff der Fischer auf dem See Genezareth.*[3] *Er schläft … und Du* ***siehst*** *ihn nicht, denn die Nacht*[4] *ist über das Schifflein hereingebrochen … Die Apostel haben Jesus ein Kissen zum Ausruhen gegeben,*[5] *aber im Schifflein seiner geliebten Braut Céline findet Jesus ein viel weicheres Kissen:* ***Dein Herz!*** *Oh, wie glücklich ist Jesus!*

Sei überzeugt, meine liebe Céline, daß Du dem Hafen vielleicht schon ganz nahe bist … Der Wind, der Dein Schifflein vorwärts treibt, ist schneller als der Blitz …

Deine kleine Schwester Therese vom Kinde Jesus und vom Hl. Antlitz"

Der Gesundheitszustand von Papa verschlimmerte sich erneut; häufig wurde er bewußtlos. Auguste, die Hausgehilfin, verfiel mehr und mehr dem Alkohol, was für Céline eine weitere Sorge bedeutete. Die Guérins holten Papa zurück nach Lisieux und nahmen ihn zu sich.

Am Sonntag, den 27. Mai 1894, erlitt er einen so heftigen

---

1 Das Wort „Wind" ist eine Anspielung auf den Heiligen Geist, dessen Führung sich Céline überlassen soll.
2 Mit dem Hafen meint Therese den Karmel.
3 Vgl. Markusevangelium 4,38.
4 „Nacht" ist eine Anspielung auf die innere Dunkelheit von Céline.
5 Vgl. Markusevangelium 4,38.

Schlaganfall, daß sein linker Arm lahmte. Papa empfing das Sakrament der Krankensalbung. Am 5. Juni kam eine Herzkrise hinzu. Dennoch transportierten sie ihn am 4. Juli noch einmal nach La Musse in der Hoffnung, daß ihm das gute Klima Erleichterung bringe. Doch der liebe Gott erlöste ihn am 29. Juli 1894 von allen seinen Leiden. Céline war in der Stunde seines Sterbens bei ihm und konnte uns berichten: „Sein Blick war voll Leben, Dankbarkeit und Zärtlichkeit. Für einen Augenblick fand ich meinen geliebten Vater so, wie er fünf Jahre zuvor gewesen war ..."

Die Beerdigung fand am 2. August in Lisieux statt. So vollendete Gott das schreckliche Martyrium unseres Vaters.

In den folgenden Wochen meditierte ich viel über das Leben und den Tod meines unvergeßlichen Vaters. Erst Ende August schrieb ich an Céline: „Welche Freude, nach einem fünf Jahre dauernden Sterben ihn als den Gleichen wiederzufinden. Er ist wie früher darauf bedacht, uns Freude zu machen." Und an Léonie: „Papas Tod macht auf mich nicht den Eindruck eines Todes, sondern eines wirklichen Lebens. Nach sechsjähriger Abwesenheit finde ich ihn wieder. Ich fühle, wie er um mich herum ist, mich anschaut und mich beschützt."

Der Tod Papas befreite Céline von dem inneren Zwiespalt, den sie seit zwei Jahren gehütet hatte: Sollte sie sich für ein aktives Leben in Kanada oder für ein kontemplatives Leben[1] im Karmel von Lisieux entscheiden? Als Céline uns ihren inneren Zwiespalt mitteilte, weinte ich so sehr, daß ich Kopfschmerzen bekam. In einem Brief an Pater

1 Unter kontemplativem Leben versteht man ein mit Gott verbundenes Leben.

Pichon teilte ich ihm in aller Klarheit mit: „Die Berufung von Céline bereitet mir nicht den geringsten Zweifel: Ihr Platz ist im Karmel!" Und an Céline schrieb ich: „Ich habe um Deinetwegen viel gelitten, daß ich hoffe, kein Hindernis für Deine Berufung zu sein. Ist unsere Liebe nicht wie das Gold im Feuerofen geläutert worden?"

Céline entschied sich für den Karmel! Und schon folgten neue Kämpfe! Am 8. August 1894 schrieb Céline an Abbé Delatroëtte, er solle sie wenigstens als Laienschwester[1] zulassen. In seiner Antwort teilte er Céline mit, daß der Eintritt einer vierten leiblichen Schwester mit der Ordensregel nicht vereinbar sei. Mutter Maria von Gonzaga legte sich mit dem ganzen Gewicht ihres Ansehens für Céline ins Zeug. Aber da war noch der Widerstand einer Mitschwester, die sich der Stärkung des „Clans Martin" entschieden widersetzte. Sie meinte: „Eine Künstlerin sei ohnehin für die Gemeinschaft unnütz." In der Verwandtschaft bekam Céline erbitterte Einwände zu hören, und auch Onkel Isidor zögerte, sein Jawort zu geben.

Nach diesen Prüfungen fügte sich plötzlich alles. Pater Pichon kapitulierte und schrieb: „Ich zweifle nicht an der Berufung Célines für den Karmel. Ich zögere nicht mehr. Der Wille Gottes scheint mir deutlich." Auch Abbé Delatroëtte und Bischof Hugonin gaben ihre Zustimmung. Der Eintritt Célines sollte am 14. September 1894, am Tag des Festes Kreuzerhöhung, erfolgen. Im letzten Augenblick brach Gott auch den Widerstand der Mitschwester. In meinem Beisein gab sie vor Mutter Agnes

---

1 Die Laienschwestern hielten den Kontakt zur Außenwelt im Bereich der Klosterpforte; sie nahmen nicht am Chorgebet der Gemeinschaft teil.

die Erklärung ab: „Ich habe nichts gegen den Eintritt einer vierten Schwester Martin!“

So ist über alle Hoffnung hinaus einer meiner größten Wünsche erfüllt worden. Jetzt hatte ich nur noch den einen Wunsch, Jesus bis zur Torheit zu lieben. *JA, ES IST DIE LIEBE ALLEIN, DIE MICH ANZIEHT!*

Nach sechs Jahren Trennung gab es am 14. September ein stürmisches Wiedersehen mit Céline. Sie war inzwischen fünfundzwanzig Jahre alt. Nachdem sie unseren Vater gepflegt, den Haushalt geführt und zwei Heiratsanträge abgelehnt hatte, war sie sehr selbständig geworden. Ihr Drang nach Freiheit und die bisher selbständige Lebensführung erschwerten ihr das Einleben in den strengen Tagesablauf des Ordenslebens. Als begabte junge Frau war sie Schülerin des bekannten Malers Krug gewesen und hatte sich leidenschaftlich mit der neuen Technik, der Fotografie, beschäftigt. Die Mutter Priorin erlaubte ihr, den riesigen Fotoapparat mit allem Material zum Entwickeln in den Karmel mitzubringen. Bei Festen, Profeßfeiern und Erholungsstunden durfte sie fotografieren.

Bei der zweiten Theateraufführung über Jeanne d'Arc gehörte Céline schon zu unserer Klostergemeinschaft. Die gut gelungenen Fotos waren eine Bereicherung für unsere Klosterchronik.

Ich half Céline, schrittweise in das Ordensleben hineinzuwachsen. Es fiel ihr schwer, beim Gehen durch die Klostergänge die Augen nicht neugierig umherschauen zu lassen; sich fortzubewegen, ohne einmal rennen zu dürfen; eine unfreundliche Bemerkung zu ertragen, ohne darauf zu antworten; eine ungerechte Beschuldigung hinzunehmen, ohne sich zu verteidigen; soviel schweigen zu müssen und immer zu gehorchen … Manchmal seufzte sie mutlos: „Niemals werde ich das alles schaffen …“ Immer wieder ermutigte ich sie, nicht aufzugeben; denn Gott schaut nicht auf unsere Leistung, sondern auf unseren guten Willen. **Unser einziges ZIEL muß sein, GOTT FREUDE zu MACHEN!**

Familienfoto – unten: Marie Guérin; Mitte: links Pauline, rechts Therese; oben: links Marie, rechts Céline

Die größte Entdeckung meines Lebens

Mehr als sechs Jahre war ich nun schon Karmelitin, Ende 1894 schaute ich auf diese Zeit zurück. Ich hatte viel gelitten und gekämpft, um Gott Freude zu machen und so auf dem Weg der Heiligkeit voranzukommen. Aber wenn ich mich mit den großen Heiligen verglich (zum Beispiel mit Paulus, Franziskus, Augustinus, Teresa von Avila, Johannes vom Kreuz), deren Lebensbeschreibungen bei den Mahlzeiten oder beim Stundengebet im Chor vorgelesen wurden, erkannte ich klar: Den Weg, den diese gegangen sind, kann ich nicht gehen. Ich kann keine strengen Bußwerke verrichten, nicht in die Wüste gehen wie die Einsiedler, keine gelehrten Bücher schreiben wie die Kirchenlehrer, auch nicht in die Heidenländer ziehen, um dort das Evangelium zu verkünden. *Wenn ich mich mit den Heiligen verglich, stellte ich fest, daß zwischen ihnen und mir derselbe Unterschied besteht wie zwischen einem Berg, dessen Gipfel in die Wolken ragt, und einem Sandkörnchen, das von den Menschen nicht beachtet wird.*

Es war mir sonnenklar, daß ich zu keinen großen Taten fähig war. Aber das machte mich nicht mutlos, vielmehr sagte ich mir: „Wenn es Gottes Wille ist, daß **alle** Menschen heilig werden und in den Himmel kommen sollen, dann muß es auch einen für alle gangbaren Weg geben." Ich bin klein und schwach; ich kann mich ja unmöglich größer und stärker machen, als ich bin, sondern muß mich annehmen, so wie ich bin, mit meinen zahllosen Unvollkommenheiten und mit meiner Mittelmäßigkeit in der Erfüllung der alltäglichen Pflichten. Wie schnell bin ich innerlich „auf hundert", ungeduldig mit mir und den Mitschwestern ..., wie langsam und ungeschickt bei den Arbeiten in Haus und Garten ..., und beim stillen Gebet im

Chor schlafe ich meistens ein … Gerade darum mußte ich einen ganz kleinen, einen recht geraden, einen recht kurzen, einen ganz einfachen, neuen kleinen Weg finden, um zur vollkommenen Liebe zu gelangen. **Es sollte ein Weg für alle sein!** Ich betete und dachte viel nach.

Eines Tages erinnerte ich mich an ein Erlebnis während unserer Italien-Reise. In den vornehmen Hotels hatte man sich schon dem technischen Fortschritt des ausgehenden 19. Jahrhunderts angepaßt und einen Aufzug einbauen lassen. Für Céline und mich war es damals ein herrliches Vergnügen, uns mit den Aufzügen in die Höhe tragen zu lassen; in kurzer Zeit befanden wir uns auf dem höchsten Punkt der Gebäude. Diese Erfahrung brachte mich auf die Idee: Könnte es nicht ein ähnliches Mittel geben, um schnell zum Gipfel der Heiligkeit zu gelangen?

In meinem Suchen nach solch einer Möglichkeit forschte ich wieder im „Buch aller Bücher" – in meiner geliebten Bibel. Und eines Tages machte ich die größte Entdeckung meines Lebens. Im Buch der Sprüche fand ich die Worte Gottes: *„Ist jemand ganz klein, dann komme er zu mir!"*[1] **Dieses ganz Kleine** – das bin ich selbst. Was tut Gott mit dem ganz Kleinen, der mit Vertrauen zu ihm kommt? Die Antwort gab er mir durch die Worte des Propheten Jesaja: „Wie eine Mutter ihr Kind liebhat, so will ich euch trösten; an meiner Brust will ich euch tragen und auf meinen Knien wiegen." Ich hatte meinen *Aufzug* gefunden: Die *Arme* Jesu werden mich auf den Gipfel der Heiligkeit tragen. Ich brauche Jesus nur mit LIEBE und VERTRAUEN entgegenzulaufen, so wie ein Kind, das dem Vater entgegenläuft, wenn er von der Arbeit nach Hause kommt.

---

1 Buch der Sprüche 9,4.

Ich war außer mir vor Freude über diese wichtige und größte Entdeckung meines Lebens. Am liebsten wäre ich laut juchzend durchs Kloster gerannt. Mein Herz sprudelte über vor Dankbarkeit: *„Mein Gott, wie groß ist Deine Liebe und Barmherzigkeit. Du hast meine Erwartungen weit übertroffen, und ich will Deine Erbarmungen ewig besingen."* Jetzt verstand ich auch die Worte unseres Ordensvaters Johannes vom Kreuz: *„LIEBE WIRD NUR DURCH LIEBE VERGOLTEN"*, nicht durch Leistung. Ja, es ist eine wunderbare Wahrheit: ***LIEBE ZIEHT LIEBE AN!*** „Du weißt es, Jesus, daß ich nie etwas anderes verlangt habe, als Dich allein zu lieben … – Du selbst hast mich auf die Spur meines Weges geführt. Ich nannte ihn den **„KLEINEN WEG"** oder auch den **„Einfachen Weg"**, nicht weil er ein geringer und unbedeutender Weg war, sondern weil er kein besonderes Wissen und Können voraussetzte, außer die Bereitschaft des Herzens, Gott und die Menschen ZU LIEBEN. Es ist der Weg, den alle gehen können: die Gesunden und die Kranken, die Kinder und die Erwachsenen, die Frohen und die Glücklichen, die Traurigen und jene, die von tausend Sorgen niedergedrückt werden und nicht mit Riesenschritten Gott entgegeneilen können. Doch darf der „Kleine Weg" nicht als schlauer Seitenpfad für opferscheue Menschen betrachtet werden, die auf möglichst bequeme Weise in den Himmel kommen wollen.

Auf dem „Kleinen Weg" geschehen keine außergewöhnlichen und auffälligen Taten, man steht darum auch nicht im Rampenlicht, erntet kein Lob und wird niemals in der Zeitung stehen. Auf dem „Kleinen Weg" ragt nichts aus dem Rahmen des gewöhnlichen Menschenlebens heraus. Nur eines ist unbedingt notwendig: eine **große, starke** und

treue Liebe, mit der man seine alltäglichen Pflichten erfüllt, ganz gleich, wo man hingestellt ist: ob in der Schule oder am Arbeitsplatz, ob am Kochtopf oder im Stall, ob man den Kranken dient oder selbst krank darniederliegt … Auf dem „Kleinen Weg“ ist es nicht entscheidend, ob man eine Stecknadel vom Boden aufhebt oder einen goldenen Dom baut. Gott schaut nicht auf die Größe unserer Taten, sondern nur auf die Liebe, mit der sie verrichtet werden. Darum wählte ich mir zum Motto meines Lebens: **NUR DIE LIEBE ZÄHLT!**

Der Klosteralltag bot mir unzählige Möglichkeiten, tagtäglich die Liebe auf dem „Kleinen Weg“ einzuüben. Diese Übung war nie abgeschlossen, sie würde bis zum letzten Atemzug fortdauern. Mit dem Gewecktwerden am frühen Morgen begann mein „Kleiner Weg“. Wie gern wollte ich mich manchmal auf die andere Seite legen und weiterschlafen oder wenigstens noch ein paar Minuten liegen bleiben. Nein, das erlaubte ich mir nicht, denn das pünktliche Erscheinen beim Stundengebet mit der Gemeinschaft war wichtiger. Außerdem wartete eine alte Mitschwester darauf, daß ich sie ohne Hetze in den Chor führte.

Gebet und heilige Messe waren für mich die Quellen, aus denen ich Freude und Kraft schöpfte, um dann den Tag mit den tausend Gelegenheiten zum liebevollen Handeln bestehen zu können. Es wäre ein Irrtum zu denken, auf dem „Kleinen Weg“ ginge alles wie von selbst. Ich erinnere mich noch an drei Begebenheiten, die mich viel Überwindung kosteten und von denen ich hier berichten will:

□ In unserer Kommunität gab es eine Schwester, die das Talent hatte, mir in allem, was sie sagte oder tat, zu mißfallen. Ihre Worte, ihre Manieren, ihr Charakter, alles an ihr regte mich maßlos auf. Ich sagte mir: „Sie ist gewiß eine gute Klosterfrau, die dem lieben Gott sehr angenehm ist." So wollte ich der natürlichen Antipathie, die ich ihr gegenüber empfand, nicht nachgeben. Die Liebe darf ja nicht nur aus Gefühlen bestehen, sondern muß sich besonders in Taten bewähren. Also bemühte ich mich, für diese Schwester zu tun, was ich für den mir liebsten Menschen getan hätte. Jedesmal, wenn ich ihr begegnete, betete ich für sie und zählte Jesus alle guten Eigenschaften meiner Mitschwester auf. Ich war überzeugt, daß Jesus sich darüber freute, denn es gibt keinen Künstler, der nicht gern Lob für seine Werke empfängt. Jesus, der Künstler der Seelen, ist glücklich, wenn man nicht beim Äußeren eines Menschen stehenbleibt, sondern die Schönheit seiner Seele bewundert.

Ich gab mich nicht damit zufrieden, viel für die Schwester zu beten, die mir soviel innere Kämpfe bereitete, sondern ich suchte nach Gelegenheiten, ihr alle möglichen Dienste zu leisten. Wenn ich in Versuchung kam, ihr einmal ihre unangenehme Art vorzuwerfen, rang ich mich dazu durch, ihr mein liebenswürdigstes Lächeln zu zeigen. Eines Tages fragte sie mich in der Erholungszeit: „Schwester Therese vom Kinde Jesus, würden Sie mir sagen, was Sie so sehr zu mir hinzieht! Jedesmal, wenn Sie mich anblicken, sehe ich Sie lächeln." Was mich anzog, war Jesus, verborgen auf dem Grund ihrer Seele. Darum konnte ich ihr guten Gewissens entgegnen: „Ich lächle, weil ich froh bin, Sie zu sehen." Selbstverständlich fügte ich nicht hinzu, wie ich das meinte.

□ Eines Abends, während des großen Stillschweigens nach dem Abendgebet, bekam ich den Auftrag, eine

Nachtlampe für unerwartete Gäste herzurichten. Nichts war vorbereitet, ich mußte mir selbst Öl und Docht zusammensuchen. Meine Mitschwestern hatten sich in ihre Zellen zurückgezogen und genossen eine Stunde Freizeit. Ich dagegen hatte schwer mit mir zu kämpfen. Innerlich murrte ich über die Leute und die Umstände und war böse auf die Pfortenschwester, die mich in meiner Erholungszeit arbeiten ließ. Sie hätte sich die Lampe doch selbst herrichten können!

Doch plötzlich erhellte ein inneres Licht meine düsteren Gedanken: Ich stellte mir vor, ich diene der heiligen Familie in Nazaret und richte die Lampe für das Jesuskind her. Deshalb legte ich soviel Liebe in mein Tun, daß ich anschließend ganz beschwingt und voll Freude die Lampe zur Pforte trug. Seit damals wandte ich dieses Mittel bei vielen Konflikten an, und es half mir wunderbar.

☐ Es war Waschtag im Winter. Das Wasser war eisig kalt, und die Hände wurden steif vom Frost. Ich mußte beim Wäschewaschen aushelfen. Eine Mitschwester patschte „ohne Rücksicht auf Verluste" drauflos. Sie merkte gar nicht, daß sie mir unentwegt das kalte, schmutzige Wasser ins Gesicht und auf mein Kleid spritzte. Was hätte ich tun sollen? – Fortlaufen? Der Mitschwester die Meinung sagen? Ihr ebenfalls das Waschwasser ins Gesicht patschen? Mir auffällig das Gesicht abtrocknen? Das alles hätte die Schwester vor den anderen bloßgestellt. So hütete ich mich, mir die Verärgerung anmerken zu lassen. In dieser Situation konnte ich nur eines tun: mich innerlich zu Jesus flüchten. Nur mit ihm zusammen konnte ich das ertragen.

Die Kommunität beim Wäschewaschen (19. April 1895). Therese ist die dritte von links.

Diese Erlebnisse führten mich zu der wichtigen Erkenntnis: Statt aus der Haut zu fahren, muß ich mich von Situation zu Situation in Jesus flüchten. Er hat uns das Gleichnis vom Weinstock und den Reben[1] gegeben: Jesus ist der Weinstock, wir Getauften sind die Reben. In der Verbun-

1 Vgl. Johannesevangelium 15,1–8.

denheit mit ihm werden wir zu guten Früchten reifen. Nur über die Reben kann Jesus, der Weinstock, die Früchte der Liebe an die Welt verschenken: Liebe, Friede, Freude, Langmut, Freundlichkeit, Güte, Treue, Sanftmut und Beherrschung. Es ist wirklich eine Illusion zu meinen, das klösterliche Zusammenleben sei ein Kinderspiel. Ich denke, das ist aus meinem Erzählen schon deutlich geworden. Die Mitmenschen zu lieben ohne Jesus ist genauso unmöglich, wie die Sonne in der Nacht scheinen zu lassen. Je mehr ich mit Jesus **eins** war, desto inniger konnte ich alle Menschen lieben. Das Klosterleben war täglich neu mein Trainingslager der Liebe, in dem ich viele Runden auf dem „Kleinen Weg" laufen konnte.

Wäre ich noch Schülerin gewesen, hätte ich meinen „Kleinen Weg" darin gesehen, im Unterricht aufzupassen, mitzuarbeiten, meine Hausaufgaben sorgfältig zu machen, hilfsbereit und kameradschaftlich gegenüber meinen Mitschülerinnen[1] zu sein ... Als Hausfrau und Mutter hätte ich mit großer Liebe die unzähligen kleinen Dienste für meine Lieben verrichtet, um Mann und Kindern ein Heim zu bieten. Ich hätte mir die Zeit genommen, ihre Freuden und Kümmernisse anzuhören und sie zu trösten.

Es war wirklich ein „Abenteuer der Liebe", sich jeden Tag neu auf den „Kleinen Weg" zu machen, weil man nicht wußte, was alles auf einen zukam. Nicht immer war ich in Hochform. Es konnte sein, daß ich manchmal alles mit Schwung und Freude anging und mich am nächsten Tag träge und freudlos fühlte. Dann wollte ich mich am liebsten in meiner Zelle einsperren, ins Bett legen, die Decke über die Ohren ziehen, nichts mehr hören, nichts mehr se-

1 Zur Zeit Thereses gab es noch keine gemischten Klassen.

hen. Wie gut kannte ich doch diesen Zustand! Für mich gab es dann nur ein Hilfsmittel: **Weg von mir, hin zu Jesus!**

Wenn mir etwas schwerfiel, sagte ich – wenn es sein mußte hundertmal an einem Tag: „FÜR DICH, JESUS!" Dann wandte ich mich der Aufgabe zu, die ich gerade zu erfüllen hatte. Oft durfte ich erfahren, wie nach diesem kleinen Schritt Liebe und Freude in mein Herz einzogen und das Bedürfnis, mich selbst zu vergessen, um anderen Freude zu bereiten, und von da an war ich glücklich.

Ich wurde mit der Zeit immer unabhängiger von meinen Gefühlen und ganz befreit von dem Druck, unter dem so viele Menschen leiden, etwas Großes, Greifbares und Sichtbares leisten zu wollen, um darin Selbstbestätigung und Anerkennung zu finden. Das ist wie ein Gefängnis, in dem man die Freude an Gott und am Leben verliert. Unsicherheit und Angst werden die ständigen Begleiter, und man wird für sich selbst und andere zur Qual. Das hatte ich zehn Jahre an mir selbst erlebt.

Der „Kleine Weg" hat mich in die innere Freiheit geführt. Viele Menschen verstehen unter Freiheit: „Ich will tun und lassen, was ich will – mich nach allen Seiten hin ausleben." Auf diesem Irrweg geraten manche in die Abhängigkeit von Alkohol und Drogen, von negativen Freundschaften und Sex. **NUR DIE LIEBE MACHT UNS WIRKLICH FREI!** In diesem Sinne verstand ich die Worte des heiligen Paulus, wenn er von der „Freiheit der Kinder Gottes" spricht.

Der „Kleine Weg" ist auch ein apostolischer Weg. So wie die Apostel auf ihren Missionsreisen die Menschen für die frohe Botschaft vom Reich Gottes begeisterten und sich

Tausende taufen ließen, so wollte ich durch die vielen kleinen Opfer[1] Seelen zu Gott führen, die ihn ewig lieben werden.

Natürlich kann man auf dem „Kleinen Weg" auch fallen, das heißt treulos, nachlässig oder faul in der Pflichterfüllung sein, vor den Aufgaben flüchten, stachelig wie ein Kaktus sein gegenüber den Mitmenschen und so weiter. – Ich war keineswegs unglücklich, wenn ich mich schwach, unvollkommen und fehlerhaft erlebte und die Mitschwestern das auch an mir entdeckten. Eine Mutter liebt ihr Kind nicht weniger, wenn es in den Dreck gefallen ist und sie es von Kopf bis Fuß waschen und neu anziehen muß. Warum sollte Jesus mich weniger lieben, wenn ich mich *schmutzig* gemacht, das heißt gesündigt habe. Ich möchte meine Fehler dadurch wiedergutmachen, indem ich sie in den „Feuerofen der Barmherzigen Liebe Gottes"[2] werfe. Dort verdunsten sie wie ein Wassertropfen auf der heißen Ofenplatte. Froh kann ich dann meinen Weg weitergehen und brauche nicht mehr auf meine Fehler zu schauen. Im Grunde des Herzens bleibt nichts zurück als tiefer Friede.

Aus Liebe leben

Meine Cousine Maria Guérin schrieb mir eines Tages einen hilfesuchenden Brief. Sie wollte wissen, wie sie, die

---

1 „Die vielen kleinen Opfer" aus der Sicht Thereses: Gott auf dem „Kleinen Weg" alles schenken, was ihr schwerfällt, zu tun, zu lassen oder anzunehmen.

2 Aus einem von Therese verfaßten Morgengebet (siehe in „Gebete der Liebe", Verlag Neue Stadt München). Mit „Feuerofen" meint Therese das Herz Jesu.

draußen im Leben stand, heilig werden konnte. „Ich kenne nur ein Mittel“, antwortete ich ihr, „DIE LIEBE! – Ja, lieben wir, denn dazu ist unser Herz geschaffen.“

Wie schön und sicher ist der „Kleine Weg“ der Liebe! Jesus lehrt mich, alles aus Liebe zu tun, ihm nichts zu verweigern, jede noch so kleine Gelegenheit zu nutzen, IHM meine Liebe zu schenken. ***Das allerkleinste Werk, das allerheimlichste, das aus Liebe geschieht, ist oft mehr wert als die großen Taten. Nicht der Wert, nicht einmal offensichtliche Heiligkeit einer Handlung zählen, sondern nur die Liebe, die darin liegt.*** Im Evangelium finde ich das bestätigt. Es ist mir immer wieder LICHT auf meinem Weg und schenkt mir den Blick für das Kleine.

Es war während der gemeinsamen Erholung: Mit zwei Glockenzeichen rief uns die Pfortenschwester, die große Pforte zu öffnen, weil Weihnachtsbäume für die Krippe hereingebracht werden sollten. Es wäre mir recht gewesen, wenn man mich geschickt hätte ... Ich hatte den Gedanken noch nicht ausgedacht, als die Mutter Superiorin mich oder die Schwester, die neben mir saß, bat, die Pforte zu öffnen. Sogleich begann ich, meine Schürze loszubinden, aber langsam genug, damit meine Mitschwester sie vor mir ablegen konnte. Durch mein absichtliches Zögern wollte ich meiner Nachbarin zu einer kleinen Freude verhelfen. Aber man muß nicht unbedingt im Kloster leben, um anderen den Vortritt zu lassen. Überall, wo gedrängelt wird, ist dazu Gelegenheit.

Am Faschingsdienstag 1895 betete ich vor dem ausgesetzten Allerheiligsten[1]. Meine Gedanken und mein Herz

---

1 Jesus wird im Zeichen des Brotes in der Monstranz (= Schaugefäß) auf den Altar gestellt.

waren ganz erfüllt davon, Jesus auf jede mir mögliche Weise zu lieben. Ganz spontan schrieb ich alle meine Gedanken auf. Ungewollt entstand daraus ein Gedicht von fünfzehn Strophen. Die letzte drückt meine tiefe Sehnsucht aus: *„Aus Liebe sterben, das ist meine Hoffnung. SEINE LIEBE soll mein Herz in Brand setzen. Ich will IHN schauen, um mich für immer mit IHM zu vereinen. Das ist mein Himmel …, das ist meine Bestimmung: AUS LIEBE LEBEN!!!"*[1]

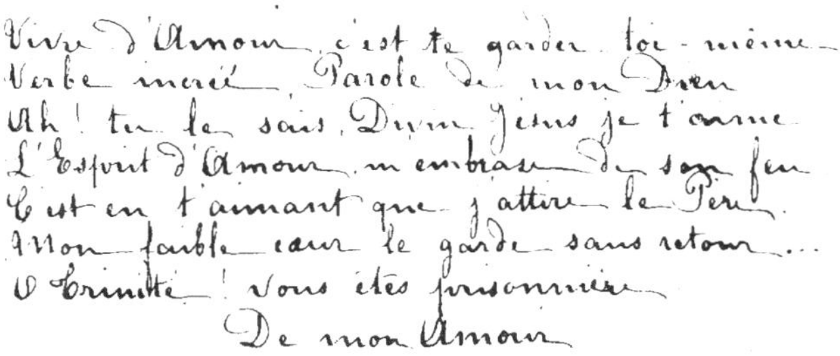
Vivre d'Amour, c'est te garder toi-même
Verbe incréé, Parole de mon Dieu
Ah! tu le sais, Divin Jésus je t'aime
L'Esprit d'Amour m'embrase de son feu
C'est en t'aimant que j'attire le Père
Mon faible cœur le garde sans retour…
O Trinité! vous êtes prisonnière
De mon Amour

Handschrift Thereses: erste Strophe des Gedichtes „Aus Liebe leben"

Ich weihe mich der Erbarmenden Liebe Gottes

Der 9. Juni 1895 war der Heiligsten Dreifaltigkeit geweiht. Während des Festgottesdienstes stieg eine plötzliche Inspiration[2] in mir hoch, ich solle mich der Erbarmenden Liebe Gottes als Ganz-Brandopfer weihen. Es war eine starke Überzeugung, die mich nicht mehr losließ. Kaum hatten wir die Kapelle verlassen, zog ich Schwester Genoveva[3] zur Seite, um sie in mein Vorhaben einzuwei-

1 Das ganze Gedicht ist veröffentlicht in „Gedichte der heiligen Theresia von Lisieux", Johannes Verlag Leutesdorf.

2 Inspiration ist eine göttliche Eingebung, die Eingebung des Heiligen Geistes.

3 Schwester Genoveva war ihre leibliche Schwester Céline.

hen. Doch zuerst mußte ich Mutter Agnes um Erlaubnis bitten. Sie hatte ihren Kopf gerade mit anderen Sorgen voll. Ohne meinem Anliegen Bedeutung beizumessen, gab sie uns im Vorübergehen die Erlaubnis, miteinander zu sprechen und das Vorhaben auszuführen.

Wie früher in den Buissonnets im Belvedere fanden wir auch im Kloster einen verborgenen Winkel, um ungestört miteinander sprechen zu können. Um Céline für mein Vorhaben zu gewinnen, mußte ich ihr zuerst den Hintergrund deutlich machen. Das gesamte französische Christentum, unser Karmel eingeschlossen, stand damals unter dem Einfluß des Jansenismus. Die Furcht vor einem Gott, der jede Sünde bestraft, erschreckte die gläubigen Menschen. Manche, vor allem Ordensleute, boten sich der Gerechtigkeit Gottes an, indem sie strenge Bußwerke auf sich nahmen … Sie glaubten, dadurch die Strafen Gottes von den Sündern abzuwenden. Auch in unserem Kloster gab es zwei inzwischen verstorbene Schwestern, die sich in diesem Sinne Gott als Opfer angeboten hatten. Diese Aufopferung erschien mir zwar groß und hochherzig, doch ich fühlte mich nicht aufgefordert, das gleiche zu tun. Ich wollte mich nicht der Gerechtigkeit, sondern der ERBARMENDEN LIEBE GOTTES aufopfern. Céline hatte verstanden und wollte sich meinem Vorhaben anschließen.

Ich verfaßte ein Weihegebet an die Erbarmende Liebe Gottes. Am 11. Juni 1895 kniete ich mit meiner Schwester Genoveva vor der Statue der „Jungfrau vom Lächeln" und sprach in unser beider Namen das Hingabegebet[1]. Céline

---

1 Der Text des Weihegebetes ist nachzulesen in den „Selbstbiographischen Schriften", Johannes Verlag Einsiedeln.

ahnte nicht im Geringsten, welche Bedeutung diese Aufopferung für mich hatte. Ich wollte ***ALLES FÜR ALLES*** geben, das heißt, Gott hatte mir alles geschenkt – SICH SELBST! Jesus, der sein Leben für mich hingegeben hat, IHM möchte ich auch alles schenken, ***MICH SELBST! LIEBEN, DASS HEISST ALLES SCHENKEN UND SICH SELBST DAZU. LIEBE UM LIEBE!***

Mit dem Psalmisten möchte ich singen: „Wie GUT ist der Herr, und seine BARMHERZIGKEIT währt ewig."[1] Ich denke, wenn das alle Menschen erkennen würden, so würde der liebe Gott von niemandem gefürchtet, wohl aber bis zum Wahnsinn geliebt … Und **aus Liebe,** nicht aus Angst, würde keine Seele jemals mehr freiwillig sündigen. Aber Gott weiß, wie schwach wir sind. Darum hat Jesus uns die Geschichte vom „barmherzigen Vater und vom verlorenen Sohn" erzählt. Der unendlich gerechte Gott hat dem verlorenen Sohn alle seine Sünden mit soviel Güte vergeben. Sollte er nicht auch mir und allen anderen gegenüber so gerecht sein? DIE ERBARMENDE LIEBE – DAS IST DIE GERECHTIGKEIT GOTTES!

Ein Husten, der kein Ende nehmen will

Still und unauffällig ging ich meinen „Kleinen Weg" weiter. Seit längerer Zeit reizten mich der Staub beim Kehren, der Dienst beim Geschirrspülen und das Wäschewaschen immer häufiger zum Husten. Das Halsweh hörte nicht auf, und ich spürte Schmerzen in der Brust. Der Hausarzt unseres Klosters versuchte „dies und das", aber

---

1 Vgl. Psalm 117.

seine Bemühungen hatten keine wesentliche Besserung zur Folge. Meine Geschwister und Angehörigen machten sich Sorgen um meine Gesundheit. Mich dagegen brachte das nicht aus dem Gleichgewicht. Ich beschäftigte mich lieber mit meinen Aufgaben als mit meiner Gesundheit.

Meine Aufmerksamkeit und Liebe galt einer Mitschwester, die von der ganzen Gemeinschaft sehr gefürchtet wurde. Durch ihre heftigen Wutausbrüche wollte niemand mehr mit ihr in der Wäscheabteilung zusammenarbeiten. Dadurch wurde sie immer mehr isoliert. Ich bot mich freiwillig zu diesem Dienst an. Bei der Beschäftigung mit der armen Schwester entdeckte ich, was schwesterliche Liebe wirklich ist. Wir müssen einander lieben, wie Jesus seine Jünger geliebt hat, die sehr unterschiedliche Charaktere waren. Niemand darf von unserer Liebe ausgeschlossen sein. Durch häufiges Zulächeln und kleine freundschaftliche Briefe versuchte ich, meine Mitschwester der Isolation zu entreißen.

Die Kommunität während der Erholungszeit in der Kastanienallee des Klostergartens (20. April 1895). Therese steht hinten links.

Nach dem langen und harten Winter 1895/96 freuten wir uns alle auf den Frühling und das Osterfest. Am Gründonnerstagabend, 3. April, war ich bis Mitternacht im Chor geblieben, um zu beten, in Erinnerung an die Ölbergnacht unseres Herrn. Doch kaum hatte ich mich schlafen gelegt, stieg plötzlich eine kochende Flut bis zu meinen Lippen empor. Schnell preßte ich mein Taschentuch an den Mund. Da ich die Öllampe schon ausgeblasen hatte, wartete ich bis zum nächsten Morgen, um festzustellen, was ich erbrochen hatte. „Wenn es Blut ist", dachte ich, „werde ich vielleicht an diesem Karfreitag mit Jesus sterben." Nein, ich hatte keine Angst, sondern war glücklich bei dem Gedanken, Jesus immer ähnlicher zu werden. Dann schlief ich ein. Der Morgen ließ nicht lange auf sich warten. Um 5.45 Uhr wurden wir mit einer Holzrassel geweckt. Als ich den Fensterladen öffnete, bestätigte sich meine Vermutung: Mein Taschentuch war voll von Blut. Der Bräutigam kündigte sich an. Warum sollte ich mich vor DEM fürchten, der sein Leben für mich hingegeben und mir einen Platz im Himmel bereitet hat?!

Wie an jedem Karfreitag hielt unsere Mutter Priorin nach dem Stundengebet für die Gemeinschaft einen Vortrag über die schwesterliche Liebe. Danach baten wir einander um Verzeihung. Als ich an die Reihe kam, umarmte ich Mutter Maria von Gonzaga und berichtete ihr von dem nächtlichen Vorfall. Ich versicherte ihr, daß ich nicht litt und darum auch keine Ausnahmen benötigte. Nur noch die beiden Krankenschwestern erhielten die vertrauliche Mitteilung von meinem Blutbrechen, Mutter Agnes erfuhr nichts davon.

Wie es am Karfreitag üblich war, fastete ich und ging meiner Arbeit nach. Ich hatte die Scheiben der Türen im

Kreuzgang zu reinigen, leider inmitten der Zugluft. Die Hoffnung, in den Himmel zu gehen, ließ mir aber alles leicht vorkommen.

In der folgenden Nacht erhielt ich noch einmal das gleiche Zeichen, daß mein Eintritt ins Ewige Leben nicht mehr fern sei ... *Mein Glaube war so lebendig und klar, daß der Gedanke an den Himmel mich total glücklich machte. Ich konnte mir nicht vorstellen, daß es Menschen gibt, die keinen Glauben haben. Sprachen sie nicht gegen ihre bessere Erkenntnis, wenn sie die Existenz des Himmels leugneten – des schönen Himmels, wo Gott selbst ihr ewiger Lohn sein wird?*

Das zweite Alarmzeichen beunruhigte Mutter Maria von Gonzaga und noch mehr die Krankenschwestern. Nicht der Hausarzt, sondern mein angeheirateter Cousin, Dr. La Néele, wurde gerufen, um mich zu untersuchen. Das war eine belustigende Angelegenheit. Er mußte nämlich seinen Kopf durch das enge Gitter im Sprechzimmer zwängen, um mich – natürlich durch das Ordenskleid hindurch – abhören zu können. Da mußte man schon wirklich gute Ohren haben. Er hörte verständlicherweise nichts – stellte nur eine Drüsenschwellung fest und vermutete, die Blutung könne von einem Gefäßriß in der Kehle herrühren. Ich mußte dann einige Zeit eine Arznei schlucken, inhalieren und mich mit Kampferöl einreiben, aber ich machte mir keinerlei Illusionen über die Wirkkraft dieser Medizin. Meine Freude blieb ungetrübt: „Bald darf ich Jesus sehen, der mich liebt und den ich liebe.“

Unermeßliche Wünsche

Mein gesundheitlicher Zustand bereitete mir keinerlei Kummer. Ganz im Gegenteil, ich fühlte mich innerlich stark und unternehmungslustig. In meinem Herzen trug ich grenzenlose Wünsche, die niemand hätte messen können. Es mag verrückt klingen, wenn ich jetzt noch einmal von meiner Berufung spreche. Hatte Gott nicht alle meine Wünsche erfüllt? *Ich war **Karmelitin, Braut** Jesu Christi und durch meine Verbundenheit mit ihm **Mutter** der Seelen. Sollte mir das nicht genügen …? Gewiß, diese drei Vorrechte waren meine Berufung, aber ich fühlte noch andere Berufungen in mir – die zum KRIEGER, zum PRIESTER, zum APOSTEL, zum KIRCHENLEHRER, zum MÄRTYRER; kurz, ich spürte den Wunsch, für Jesus die heroischsten Werke allesamt zu vollbringen … Ich spürte in meiner Seele den Mut eines Kreuzfahrers, eines päpstlichen Soldaten*[1]*; zur Verteidigung der Kirche wäre ich gerne bereit gewesen, auf dem Schlachtfeld zu sterben …*

Aus ganzem Herzen betete ich : „Jesus, meine Liebe, mein Leben …, wie sind diese Gegensätze in mir vereinbar? Wie kann ich diese Wünsche meiner armen kleinen Seele verwirklichen? *Trotz meiner Kleinheit möchte ich die Seelen erleuchten, wie die Propheten und die Kirchenlehrer es taten. Ich möchte wie die Apostel die Welt durcheilen, deinen Namen verkünden und dein KREUZ als BAUM DES LEBENS in die Heidenländer einpflanzen. Aber eine einzige Mission wäre mir zu wenig; in allen fünf Erdteilen möchte ich das Evangelium verkünden, bis in den letzten Winkel dieser Welt … Ich möchte nicht nur für*

---

1 Anspielung auf die Schweizergarde des Papstes (siehe auch die Anmerkung auf Seite 97).

ein paar Jahre Missionar sein, sondern bis ans Ende der Zeiten. Als Märtyrerin möchte ich mein Blut für dich vergießen bis zum letzten Tropfen … Jesus, mein Viel-Geliebter[1] Erlöser, wollte ich alle meine Wünsche niederschreiben, ich müßte mir dein „Buch des Lebens" ausleihen, in dem die Taten aller Heiligen aufgeschrieben sind, und diese Taten möchte ich für dich vollbracht haben … Mein Jesus! Was antwortest du mir nun auf alle meine Torheiten? … Du weißt, es gibt keine kleinere, ohnmächtigere Seele als die meine …

Ich nahm meine Bibel und schlug die Briefe des heiligen Paulus auf, um irgendeine Antwort zu suchen. Spontan fiel mir das zwölfte Kapitel des ersten Korintherbriefes in die Hände. Darin las ich, daß nicht alle zugleich Apostel, Propheten, Kirchenlehrer und so weiter sein können, daß die **KIRCHE – der LEIB CHRISTI** – sich aus verschiedenen Gliedern zusammensetzt und daß das Auge nicht zugleich Hand, das Ohr nicht zugleich Auge, der Fuß nicht zugleich Hand sein können. Die Antwort war klar, befriedigte mich aber noch nicht. Also las ich im dreizehnten Kapitel[2] weiter. Gleich in den ersten Versen wurde ich belehrt:

„Wenn ich in den Sprachen der Menschen und Engel redete, hätte aber die Liebe nicht, wäre ich dröhnendes Erz oder eine lärmende Pauke.
Und wenn ich prophetisch reden könnte und alle Geheimnisse wüßte und alle Erkenntnis hätte; wenn ich alle Glaubenskraft besäße und Berge damit versetzen könnte, hätte aber die Liebe nicht, wäre ich nichts.

---

1 Schreibweise Thereses (siehe auch zum Beispiel Seite 126).
2 „Das Hohelied der Liebe" (erster Brief an die Korinther 13,1–13).

Und wenn ich meine ganz Habe verschenkte, und wenn ich meinen Leib dem Feuer übergäbe, hätte aber die Liebe nicht, nützte es mir nichts.
Die Liebe ist langmütig, die Liebe ist gütig. Sie ereifert sich nicht, sie prahlt nicht …
[Sie] sucht nicht ihren Vorteil, läßt sich nicht zum Zorn reizen, trägt das Böse nicht nach.
Sie freut sich nicht über das Unrecht, sondern freut sich an der Wahrheit.
Sie erträgt alles, glaubt alles, hofft alles, hält allem stand.
Die Liebe hört niemals auf …"

„Das Hohelied der Liebe" des heiligen Paulus gab mir den Schlüssel zu meiner Berufung und bestätigte meinen „Kleinen Weg der Liebe". *Ich begriff: Wenn die Kirche mit einem Leib verglichen wird, der aus verschiedenen Gliedern besteht, dann darf auch das Notwendigste von allem nicht fehlen; ich begriff,* ***daß die Kirche ein HERZ hat und daß dieses HERZ vor LIEBE BRENNT.*** *Ich erkannte: So wie das Herz durch den Blutkreislauf alle am Leib befindlichen Glieder in Bewegung setzt, so muß die LIEBE die Glieder der Kirche in Tätigkeit setzen; denn würde die Liebe im Herzen der Kirche erlöschen, so würden die Priester das Evangelium nicht mehr verkünden, die verfolgten Christen sich weigern, für ihren Glauben an Christus ins Gefängnis zu gehen …* ***Ich begriff, daß die LIEBE ALLE BERUFUNGEN IN SICH SCHLIESST; DASS DIE LIEBE ALLES IST; DASS SIE ALLE ZEITEN UND ORTE UMSPANNT … MIT EINEM WORT: DASS SIE EWIG IST! …*** *Da rief ich in meiner überschäumenden Freude aus: „Jesus, meine Liebe … endlich habe ich meine Berufung gefunden:* ***MEINE BERUFUNG IST DIE LIEBE!*** *Ja, ich habe meinen Platz in der*

Kirche gefunden, und diesen Platz hast DU, mein Gott, mir geschenkt … ***IM HERZEN DER KIRCHE, MEINER MUTTER, WERDE ICH DIE LIEBE SEIN … SO WERDE ICH ALLES SEIN …*** *so wird mein Traum Wirklichkeit werden!!!*

Jesus, ich bin zu klein, um Großes zu tun, und meine Verrücktheit besteht darin zu hoffen, daß du mich so annimmst, wie ich bin. *Ich habe kein anderes Mittel, dir meine Liebe zu beweisen, als Blumen zu streuen, das heißt, ich will mir kein einziges kleines Opfer entgehen lassen, keinen Blick, kein Wort, keine noch so belanglose Handlung …, und sie aus Liebe tun … Aus Liebe will ich leiden und aus Liebe sogar mich freuen. Das sind meine Blumen für dich, und ich bin bereit, sie mitten aus den Dornen*[1] *zu pflücken.*

Jesus, ich liebe dich, ich liebe die Kirche, meine Mutter, und ich bin überzeugt davon, daß „die geringste Regung REINER LIEBE ihr mehr nützt als alle anderen Werke zusammengenommen“[2].

In der Nacht des Glaubens

Ich hatte meine Berufung gefunden, und mein Herz jubelte vor Freude. Ganz plötzlich jedoch verschwand diese Freude auf brutale Weise. In der so lichterfüllten Osterzeit (1896) wurde es in meiner Seele dunkelste Nacht. Der Ge-

1 Dornen sind für Therese ein Zeichen für alles, was ihr schwerfällt zu tun.
2 Therese verwendet hier ein Zitat des heiligen Johannes vom Kreuz aus seinem Buch „Geistlicher Gesang“.

danke an den Himmel, der mich so glücklich gemacht hatte, wurde mir zum Gegenstand qualvollen Kampfes. Ich fühlte vor mir eine Mauer, die bis zum Himmel emporragte. Ich hatte mich darauf gefreut, aus Liebe zu sterben, nun aber peinigten mich finstere Gedanken. Eine innere Stimme verhöhnte mich und rief mir zu: „Du träumst von Licht, von einer wunderschönen Heimat; du träumst davon, auf ewig bei Gott zu sein; du glaubst, du könntest den Nebeln, die dich nichts mehr erkennen lassen, eines Tages entfliehen! Geh nur weiter! Geh nur weiter! Freue dich auf den Tod, der dir nicht geben wird, was du erhoffst, sondern eine noch tiefere Nacht: die Nacht des Nichts!"

Diese Prüfung dauerte nicht nur ein paar Tage, Wochen oder Monate, ich wartete unendlich lange auf die Stunde meiner Befreiung. Es ist mir unmöglich auszudrücken, was ich empfand.

Man muß selbst durch diesen dunklen Tunnel gegangen sein, um dessen Finsternis zu begreifen. In Gedichten und Liedern, die ich für meine Mitschwestern als kleine Geschenke zu ihren persönlichen Festtagen geschrieben hatte, konnte ich meine innere Not zum Teil ausdrücken:

„Ohne Halt gehalten,
ohne Licht und ganz in den Finsternissen
schreite ich voran und verzehre mich in
Liebe.
Mein Himmel besteht darin,
jenem Gott zuzulächeln,
den ich anbete,
wenn er sich verbergen will,
um meinen Glauben auf die Probe zu stellen."

Die Schwestern ahnten nicht, daß die Verse meinen persönlichen Leidensweg verbargen. Durch diese Glaubensprüfung erkannte ich, daß es Menschen ohne Glauben und ohne einen Funken Hoffnung gibt, die ihr Leben einzig und allein auf den Materialismus bauen. Ihre Gedanken drangen nun auch in meine Welt. „Eines Tages, wenn die Wissenschaft immer neue Fortschritte gemacht hat, wird man alles natürlich erklären; man wird die absolute Erkenntnis haben von allem, was existiert und jetzt noch unerklärlich zu sein scheint … Es bleibt noch vieles zu entdecken …“

Unzählige Male sagte ich dem lieben Gott, daß ich trotz all dieser gottlosen Gedanken an IHN allein glaube. Ich bat Jesus um Verzeihung für alle meine ungläubigen Schwestern und Brüder[1], und ich sagte ihm, daß ich bereit sei, so lange mit ihnen an einem Tisch zu sitzen[2], bis auch der letzte in sein lichtvolles Reich gefunden habe. *In ihrer aller Namen betete ich: „Erbarme Dich unser, Herr, denn wir sind arme Sünder! Laß doch alle, die sich von der Fackel des Glaubens nicht erleuchten lassen, Dich endlich finden. Gerne will ich für sie die Glaubensnacht durchleiden. Die einzige Gnade, die ich vor Dir erbitte, ist, Dich nie zu beleidigen! …“*

In Innersten meines Herzens ist trotz aller Dunkelheit die Sehnsucht nach dem „Land des Lichtes und des Frie-

---

1 Therese kannte ihre ungläubigen Zeitgenossen nicht: Karl Marx († 1883); Friedrich Nietzsche, der im Jahr ihres Klostereintritts 1886 sein Buch „Der Antichrist“ veröffentlichte; Ernest Renan, der im Jahr ihrer Profeß 1890 „Die Zukunft der Wissenschaft“ schrieb.

2 Therese solidarisierte sich mit den Gottesleugnern und wollte sie durch Gebet und Annahme der seelischen und körperlichen Leiden für den Himmel retten.

dens“, in dem Jesus Christus als König herrscht in Ewigkeit. So wie Christoph Kolumbus[1] die Existenz einer neuen Welt erahnte, als noch niemand sonst daran dachte, so fühlte ich, daß eines Tages eine andere Welt meine ständige Heimat sein würde.

Aber auch diese hoffnungsvollen Gedanken verschwanden in der Finsternis. Wenn ich versuchte, mich mit den Gedanken an das ewige Leben bei Gott aufzubauen, verdoppelte sich meine innere Qual, denn sofort stellten sich die gottlosen Gedanken dagegen und machten alles zunichte. Gott möge mir verzeihen. Er weiß, daß ich mir Mühe gab, den Glauben auf dem „Kleinen Weg“ der Liebe zu leben, obwohl ich keinerlei Freude mehr dabei empfand. Ohne Übertreibung kann ich sagen, daß ich innerhalb eines Jahres mehr Glaubensschritte unternommen habe, als je zuvor in meinem Leben.

Wenn der böse Feind mich zum Kampf gegen den Glauben herausforderte, drehte ich meinem Gegner den Rücken zu und eilte im Gebet zu Jesus. Ich versicherte ihm, daß ich bereit sei, bis zum letzten Blutstropfen Zeugnis für die Existenz des Himmels abzulegen. Wenn ich auch nichts von diesem schönen Himmel in mir spürte, so konnte ich gerade diese Trostlosigkeit Jesus schenken und ihn bitten, den armen Ungläubigen den Himmel zu öffnen. Wenn ich das Glück des Himmels, den ewigen Besitz Gottes, in meinen Gedichten besungen hatte, so empfand ich darüber nicht die geringste Freude, denn ich besang ja nur, was ich glauben wollte.

---

1 Im Speisesaal des Klosters war eine Kolumbus-Biographie gelesen worden.

Mit großer Dankbarkeit gegenüber Gott möchte ich bekennen, daß er mir dieses schwere Kreuz erst in dem Augenblick geschickt hatte, als ich die innere Kraft hatte, es zu tragen. Ich glaube, früher hätte es mich mutlos gemacht.

Es hinderte mich jetzt nichts mehr daran, dieses irdische Leben zu verlassen, denn ich hatte keine großen Wünsche mehr außer den einen: So zu lieben, daß ich vor Liebe sterben konnte. Ich hatte jetzt keine Sorgen mehr, nicht einmal mehr der Klostergemeinschaft durch Krankheit zur Last zu fallen. Ich war ganz frei geworden. Nein, ich fürchtete den Kampf nicht, denn: „Der Herr ist der Fels, auf dem ich stehe. Er lehrt mich zu kämpfen. Er ist mein Schild, auf ihn vertraue ich.“[1] Auf den Türpfosten meiner Zelle schrieb ich in Augenhöhe: *„JESUS IST MEINE EINZIGE LIEBE.“*

Aufbruch in die weite Welt?

Es war Ende Mai 1896, als mich Mutter Maria von Gonzaga in ihr Amtszimmer rief. Mein Herz schlug sehr heftig, denn noch nie zuvor hatte mich unsere Mutter Priorin so offiziell zu sich gerufen. Hatte ich in ihren Augen irgend etwas Unrechtes getan? Mir fiel beim besten Willen nichts ein. In dem Gespräch eröffnete mir die Priorin, daß sie mir einen jungen Missionar von sechsundzwanzig Jahren anvertrauen wollte. Abbé Adolf Roulland sollte am 28. Juni 1896 die Priesterweihe empfangen und dann nach China entsandt werden.

---

1 Vgl. Psalm 144,1–2.

Die Missionsberufe sprossen damals wie Pilze aus dem Boden. Viele junge Menschen in unserem Land ließen sich von dem missionarischen Eifer anstecken, der den kolonialen Eroberungen folgte. Es gab Berufungen im Überfluß.

Da ich bereits einen geistlichen Bruder (Abbé Bellière) hatte, für den ich viel betete und opferte, fühlte ich mich mit der Sorge für einen zweiten überfordert. Ich erklärte Mutter Maria von Gonzaga, daß es in unserer Gemeinschaft noch andere Schwestern gäbe, die diese Aufgabe sicher gern übernehmen würden. Sie jedoch wies alle meine Einwände zurück – ich mußte gehorchen!

Zwei leibliche Brüder hatte der liebe Gott uns genommen, nun stellte er mir zwei Missionare als Brüder zur Seite. Wie unsere Ordensmutter Teresa von Avila wollte ich Tochter der Kirche sein. Sie hat uns gelehrt: „Das Gebet einer Karmelitin soll die ganze Welt umfassen."

Am 3. Juli 1896 kam der Neupriester Pater Adolf zu uns in den Karmel, um mit der ganzen Kommunität seine erste heilige Messe zu feiern. Anschließend durfte ich im Sprechzimmer mit ihm ein Gespräch führen. Etwas verlegen schenkte ich ihm eine selbstgemalte Palla[1].

Bald nach unserer Begegnung reiste er mit dem Schiff nach Ostchina, um in Su-Tchuen seine Missionstätigkeit zu beginnen. An meinem Arbeitsplatz hängte ich eine Karte dieser Gegend auf, um seine lange Reise verfolgen zu können. Nach Marseille schrieb ich ihm folgende Zeilen:

---

1 Eine Palla ist eine quadratische Platte aus Karton, mit Stoff bezogen, bemalt oder bestickt, zum Abdecken des Kelches.

„Behüt Sie Gott, mein Bruder … Die Entfernung wird unsere Seelen nie trennen können. Sogar der Tod wird unsere Verbundenheit noch inniger gestalten. Wenn ich bald in den Himmel komme, bitte ich Jesus, Sie in Su-Tchuen besuchen zu dürfen, und wir werden unser Apostolat gemeinsam fortsetzen."

Durch den regen Briefwechsel mit beiden Priesterbrüdern wuchs in mir das missionarische Verlangen. Die Gründung eines Karmelitinnenklosters in Indochina war seit längerer Zeit Gespräch unseres Konventes. Die Gerüchte über Christenverfolgungen bremsten jedoch die Verwirklichung unseres Vorhabens.

Nachdem sich mein Gesundheitszustand in den Sommermonaten 1896 wesentlich gebessert hatte, träumte ich erneut von einem Missionskarmel in der stillen Hoffnung, dort für Jesus als Märtyrerin zu sterben. Tatsächlich sprach man im November in der Gemeinschaft von meiner möglichen Ausreise nach Tongking in Indochina. Mit Begeisterung verschlang ich das Buch „Die Seele eines Missionars"; Pater Adolf Roulland hatte es mir aus China geschickt. Um zu beweisen, daß ich für das geplante Unternehmen stark genug sei, versäumte ich keine einzige gemeinschaftliche Übung. Sogar an der nächtlichen Lesehore[1] nahm ich teil. Um aber Gottes Willen für meinen weiteren Weg zu erkennen, betete die Schwesterngemeinschaft eine Novene zu dem jungen Märtyrer Theophan Vernard, der 1861 in Tongking enthauptet worden war. Seine Jugend, seine Fröhlichkeit, die Liebe zu seiner Familie, sein Sterben, das alles begeisterte mich. Ich ver-

---

1 Die Lesehore ist ein Teil des kirchlichen Stundengebetes mit längeren Lesungen.

traute fest auf seine Fürbitte und sah mich im Geist schon in Tongking. Doch mitten in der Novene bekam ich Hustenanfälle, und mein Gesundheitszustand verschlechterte sich erheblich.

Im Winter 1896 brachte mir unsere Mutter Priorin einen Fußwärmer. Scherzend sagte ich zu einer Mitschwester: „Das ist doch eine verkehrte Welt! Die Heiligen sind mit ihren Bußwerkzeugen in den Himmel eingetreten, und ich werde mit einem Fußwärmer eintreten."

In der folgenden Zeit mußte ich allerlei unangenehme und sehr schmerzhafte Behandlungen über mich ergehen lassen. So wurde mir ein großes, sogenanntes Zugpflaster auf den Rücken geklebt, das den Infekt aus dem Körper herausziehen sollte. Morgens vor 7 Uhr mußte mir Schwester Genoveva den Körper mit einem Handschuh aus Roßhaar massieren, wodurch die Durchblutung gefördert werden sollte. Erschöpft durch all die gut gemeinte Pflege, konnte ich an einem Dezembertag 1896 meine Zelle nicht mehr verlassen. Doch sobald ich einigermaßen wieder auf den Füßen stehen konnte, schleppte ich mich zur heiligen Messe in den Schwesternchor. Kein Leiden ist zuviel, um eine heilige Kommunion zu empfangen.

Ich machte mir keine Illusionen über eine erneute Wende im Jahr 1897. Am 9. Januar, eine Woche nach meinem vierundzwanzigsten Geburtstag, vertraute ich meiner Schwester Agnes an: „Ich hoffe, bald in den Himmel zu gehen."

Die Anfechtungen gegen meinen Glauben und meine Hoffnung verstärkten sich. Schwester Therese vom heiligen Augustin, die mir absolut unsympathisch war, die ich aber mit meinem ganzen Willen liebte, vertraute ich an:

„Wenn Sie wüßten, in welche Finsternis ich versunken bin. Ich glaube nicht mehr an des ewige Leben. Es scheint mir, daß es nach diesem sterblichen Leben nichts mehr gibt. Ich kann Ihnen die Dunkelheit, in die ich eingetaucht bin, nicht schildern."

Ein Lied, das ich meiner Schwester Agnes zu ihrem Namenstag am 21. Januar 1897 dichtete, verrät vielleicht ein wenig die Gewalt meines inneren Kampfes:

„Meine Freude
Wenn der blaue Himmel dunkel wird,
und wenn ER mich im Stich zu lassen scheint,
besteht meine Freude darin, im Schatten zu bleiben,
mich zu verbergen, mich zu erniedrigen.

Meine Freude, das ist der heilige Wille Jesu,
meiner einzigen Liebe.
So gehe ich ohne Furcht voran.
Ich liebe die Nacht ebenso sehr wie den Tag.

Und ich verdopple meine Zärtlichkeiten,
wenn ER sich meinem Glauben entzieht.
Was können mir der Tod und das Leben antun?
Jesus, meine Freude ist es, dich zu lieben!"

Zu Beginn der Fastenzeit, am 3. März 1897, betete ich eine Novene zum heiligen Franz Xaver, dem Patron aller Missionen. Er sollte beim lieben Gott für mich bitten, daß ich nach meinem Tod weltweit Gutes tun könne. Auch den heiligen Josef bat ich in diesem Anliegen um seine Fürsprache. Am gleichen Tag schrieb ich meinem Priesterbruder Adolf Roulland nach China: *„Ich möchte Seelen retten und mich für sie vergessen; auch nach meinem Tode möchte ich Seelen retten."*

Noch einmal flammte der Wunsch in mir auf, in die Mission entsandt zu werden. Unsere Mutter Priorin war von meiner missionarischen Berufung voll überzeugt. Ich aber mußte mich der bitteren Realität stellen, in einen Leib gepreßt zu sein, der langsam, aber sicher zerfallen würde. Gott hatte – was meinen Missionswunsch betrifft – deutlich und endgültig gesprochen. Ich war bereit, seinen Willen anzunehmen.

Meine Missionstätigkeit sollte eine geistige sein und mein Missionsfeld die ganze Welt. Ich unterstützte die Arbeit der Missionare durch meine Gebete und durch alles, was sich mir auf dem „Kleinen Weg der Liebe" anbot, zu tun oder zu lassen, zu erdulden und zu erleiden ... Nichts sollte ausgeschlossen sein, nichts mir zu gering erscheinen. Der Arzt hatte mir Spaziergänge an der frischen Luft verordnet. Dabei beobachtete mich eines Tages eine Mitschwester und riet mir, meine Kräfte zu schonen. Ich erklärte ihr, daß ich diese Mühe gern für einen Missionar aufopfere, der vielleicht gerade jetzt bei großer Hitze viele Kilometer von einer Missionsstation zur anderen marschieren müsse und zum Umfallen müde sei.

In den darauffolgenden Monaten boten sich mir unzählige Gelegenheiten, mein missionarisches Apostolat zu verwirklichen.

Warum ich dich liebe, Maria

Hustenanfälle, Fieber, starke Schmerzen in der Brust, Erbrechen, manchmal Blutbrechen ... Das gehörte seit April 1897 ununterbrochen zu meinem Leben. Aber meine Mitschwestern ahnten nicht, daß sich mein Gesundheitszustand weiterhin verschlechterte. Als mein Gesicht einmal vor Fieber glühte, meinte eine Schwester: „Sie sehen aber gut aus, Schwester Therese!“ Man hielt mich also nicht für so krank, wie ich es war. Nur meine leiblichen Geschwister spürten, daß es mir sehr schlecht ging. Solange ich konnte, erfüllte ich meine Pflichten. Ich wollte keine Zeit unnütz verlieren.

Eines Tages sagte ich zu meiner Schwester Genoveva (Céline): „Ich habe vor meinem Tod noch etwas zu erledigen. Es war immer mein Traum, in einem Gedicht alles auszudrücken, was ich von der Gottesmutter Maria denke.“ Die Predigten, die ich bisher über sie gehört hatte, haben mich oft bedrückt. Welch himmlische Tugenden sagte man ihr nach und rückte sie dadurch in unerreichbare Ferne. Wie gern wäre ich Priester gewesen, um über die Gottesmutter zu predigen. Ich hätte sie als nachahmenswertes Vorbild vorgestellt. Sie ist bekannt als Königin des Himmels und der Erde – aber ich hätte den Menschen gesagt: *„Sie ist* ***mehr Mutter*** *als Königin!“*

Im Marienmonat Mai führte ich meinen Plan aus. Ich nahm alle meine Kraft zusammen und verfaßte aus Liebe und Verehrung zu meiner himmlischen Mutter ein Gedicht mit fünfundzwanzig Strophen. Das Evangelium war mein „roter Faden“ für das Leben Marias. Es war ein ganz einfaches Leben – ein Leben aus dem Glauben, ohne etwas Besonderes oder Außergewöhnliches. Maria ist wirklich ein Vorbild für alle Christen, die ihre Liebe zu Gott und den Mitmenschen in einem glanzlosen, gewöhnlichen Alltag leben müssen:

„Keinerlei Verzückungen, Wunder oder Ekstasen verschönerten dein Leben, du Königin der Auserwählten!“

In der letzten Strophe verriet ich etwas von meiner persönlichen Beziehung zu Maria:

„Bald werde ich hingehen,
um dich im schönen Himmel zu schauen.
Du, die du am Morgen meines Lebens kamst,
um mir zuzulächeln.[1]
Komm Mutter, mir nochmals zuzulächeln.
Sieh, der Abend ist da! …“[2]

Die Macht des Gebetes

Wie groß ist doch die Macht des Gebetes. Man könnte es mit einer Königin vergleichen, die als einzige jederzeit Zutritt zum König hat und von ihm alles erhält, worum sie bittet. Ich fragte mich, warum das Beten manchen Menschen so schwer fällt oder sie sogar langweilt. Vielleicht liegt es daran, daß sie mit den frommen Gebeten aus einem Buch nicht viel oder gar nichts anfangen können. Ich wäre zu bedauern gewesen, wenn ich mich außer dem Stundengebet zwingen hätte müssen, schöne Gebete aus Büchern zu suchen, die mich angesprochen hätten. *Ich hätte nicht einmal gewußt, welche ich auswählen sollte, darum machte ich es wie die kleinen Kinder, die noch*

1 Siehe dazu im II. Kapitel „Du kamst, um mir zuzulächeln“ – Heilung Thereses durch die Fürbitte Marias (Seite 51 ff.).

2 Das vollständige Gedicht steht in „Gedichte der heiligen Theresia von Lisieux“, Johannes-Verlag Leutesdorf.

nicht lesen können: Ich sagte dem lieben Gott einfach, was ich ihm sagen wollte, und er verstand mich immer …

Für mich war das Gebet ein Aufschwung des Herzens, ein einfacher Blick zum Himmel. Ein Ausruf der Dankbarkeit und Liebe mitten aus der Freude oder mitten aus dem Leid. Kurz gesagt: Das Gebet machte meine Seele weit und verband mich mit Gott. Unsere heilige Ordensgründerin Teresa von Avila drückte es so aus: „Das Gebet ist für mich wie das vertraute Gespräch mit einem guten Freund, mit dem man gern und oft beisammen sein will."

Wenn ich mich innerlich wie ein ausgetrockneter Boden fühlte, nicht fähig zu einem einzigen guten Gedanken, dann betete ich ganz langsam das „Vaterunser", das Jesus uns selbst gelehrt hat, und ein „Gegrüßet seist du, Maria".

Ein Gelehrter hat einmal gesagt: „Gebt mir einen Hebel und einen Stützpunkt, dann werde ich die Welt aus den Angeln heben." Was Archimedes nicht schaffte, das haben die Heiligen erreicht. Gott selbst war ihr Stützpunkt, das Gebet der Hebel. Auf diese Weise haben sie die Welt immer wieder aus den Angeln gehoben und ins rechte Lot gebracht, das heißt auf Gott hin ausgerichtet.

Ich will meinen Himmel damit verbringen, auf Erden Gutes zu tun

Am Pfingstmontag 1897 kam Schwester Genoveva auf die Idee, mich im Garten zu fotografieren; sie dachte wohl an meinen baldigen Tod. Auf den Knien mußte ich vor dem großen Apparat neun Sekunden lang absolut still halten und dazu noch ein freundliches Gesicht machen.

Céline war unzufrieden mit meiner Haltung und begann zweimal von neuem. Ich war so erschöpft, daß mir das Lachen verging. Ja, ich fühlte es sehr deutlich, daß ich bald sterben würde.

Therese mit einem Bild ihrer beiden Namensprädikate: „Vom Kinde Jesus und vom Heiligsten Antlitz“ (7. Juni 1897)

Im Juli (1897) begann eine Phase häufigen Blutbrechens, die bis zum 5. August dauerte. Am 8. Juli mußte ich meine geliebte kleine Zelle für immer verlassen und wurde ins Krankenzimmer verlegt, welches ein Fenster zum Garten hatte. Das Eisenbett, das mit vier braunen Vorhängen umgeben war, glich einem Himmelbett. An den Vorhängen befestigte ich meine Lieblingsbilder. Die Statue der „Jungfrau vom Lächeln", die mir von Kindheit an so viel bedeutete, stand in meiner Blickrichtung. Das war nun meine kleine Welt.

Der liebe Gott schenkte mir noch die Kraft, an meine Priesterbrüder und meine Angehörigen Abschiedsbriefe zu schreiben. Es fiel mir aber immer schwerer, den Bleistift festzuhalten. Ich wußte es ganz sicher: Bald wird mich Jesus in den unendlichen Ozean seiner Liebe versenken mit allen Schätzen, die ich besitze.

„Herr, du weißt es, die Schätze sind für mich die Seelen, die du mir gegeben hast. Wie du vor deinem Kreuzestod zum Vater gebetet hast, so möchte ich am letzten Abend meines Lebens mit dir sprechen können: Ich habe das Werk vollbracht, das du mir aufgetragen hast. Ich habe deinen Namen denen geoffenbart, die du mir anvertraut hast. Jetzt erkennen sie, daß alles, was du mir gegeben hast, dein Geschenk war. Ich gehe jetzt zu dir, sie bleiben in dieser Welt. Bewahre sie vor dem Bösen …[1]

Mein Gott, du weißt, ich habe nie etwas anderes gewünscht, als einzig und allein dich zu lieben. Deine Liebe hat mich seit meiner Kindheit begleitet und mich wie ein Magnet angezogen. Du hast mich mit Liebe überhäuft. Deshalb bitte ich dich jetzt, alle, die du mir anvertraut hast, so zu lieben, wie du mich geliebt hast."[2]

---

1 Vgl. Johannesevangelium 17.
2 Vgl. Johannesevangelium 17,23.

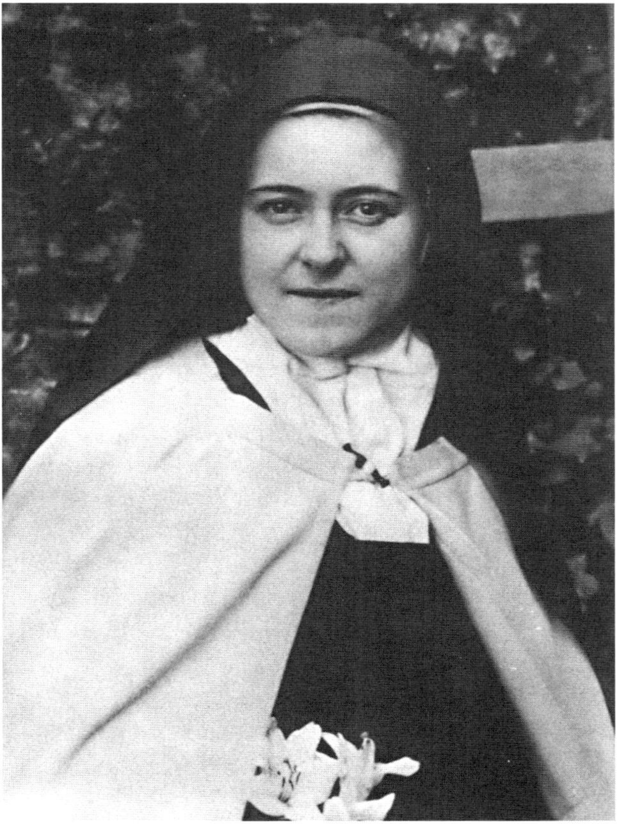

Therese in einer Aufnahme vom Juli 1896

Fieber, starke Schweißausbrüche, Erstickungsanfälle, Schlaflosigkeit und vieles mehr erschöpften mich so sehr, daß ich unfähig war, selbst noch etwas aufzuschreiben. Meine Schwester Agnes (Pauline) setzte sich oft an mein

Bett und notierte auf lose Zettel alles, was ihr von unseren letzten Gesprächen wichtig und wertvoll schien. Das Heil der Menschen beschäftigte mich bis zu meinem Tod.

Mitte Juli (1897) sprach Pauline mit mir über eine eventuelle Veröffentlichung meiner Lebensgeschichte. Zunächst war ich zurückhaltend, trug aber eine geheimnisvolle Ahnung in meinem Herzen und sagte schließlich: „Meine Mutter, diese Seiten werden viel Gutes wirken. Durch sie wird man die Barmherzigkeit des lieben Gottes besser kennenlernen."

Kurz darauf sprach ich mit Pauline über mein Verlangen, im Himmel nicht untätig sein zu wollen: „Der liebe Gott würde mir nicht dieses Verlangen eingeben, nach meinem Tode auf Erden Gutes zu tun, wenn er es nicht verwirklichen wollte …" Es war für mich unmöglich, mir den Himmel als einen Ort der Ruhe vorzustellen, darum sagte ich zu meiner Schwester: „Eine von Liebe entflammte Seele kann nicht untätig bleiben. Wenn du wüßtest, was ich für Pläne mache, was für Dinge ich anstellen werde, wenn ich im Himmel bin … Ich werde meine Mission antreten … Meine Sendung wird beginnen – meine Sendung zu lehren, den lieben Gott so zu lieben, wie ich ihn liebe. Ich möchte den Menschen meinen Kleinen Weg zeigen. Wenn der liebe Gott meine Wünsche erhört, werde ich meinen Himmel bis zum Ende der Welt auf der Erde verbringen. *Ich möchte meinen Himmel damit verbringen, auf Erden Gutes zu tun. Ja, wenn ich im Himmel bin, werde ich Rosen[1] auf die Erde streuen."* Meine Kühnheit kannte keine

1 Das erste Bild von Therese, das der Öffentlichkeit gezeigt wurde, hatte Céline gemalt. Es stellt Therese mit Rosen in den Armen dar.

Grenzen mehr: *„Im Himmel wird der liebe Gott in allem meinen Willen tun müssen, weil ich auf Erden seinen Willen erfüllt habe."* Das sagte ich ohne jeden Stolz. Nichts wollte ich von Gott für mich selbst erbitten, alles nur für die Kirche und für die Rettung der Menschen.

Mein Ölgarten

Am 15. August (1897), dem Fest Maria Himmelfahrt, trat eine Wende in meiner Krankheit ein. Die linke Brustseite tat mir sehr weh, meine Beine schwollen an. Da sich der Hausarzt des Klosters im Urlaub befand, gab Mutter Maria von Gonzaga am 17. August unserem Cousin, Dr. La Néele, die Erlaubnis, mich zu untersuchen. Seine Diagnose bestätigte eine völlige Zerstörung des rechten Lungenflügels durch Tuberkulosebakterien. Der linke Lungenflügel war im unteren Drittel bereits befallen. Damit hatte die Tuberkulose ihr letztes Stadium erreicht. Endlich war die Wahrheit ausgesprochen. Die Krankheit hatte meinen gesamten Organismus angegriffen, und ich mußte schrecklich leiden. Manche meiner Mitschwestern wollten das nicht wahrhaben. Wenn es zwischendurch Stunden oder Tage der Erleichterung für mich gab, glaubten sie, daß es mit der Krankheit nicht so schlimm sein könne. Schwester Vincent von Paul äußerte in der gemeinsamen Erholung: „Ich weiß gar nicht, warum man um Schwester Therese vom Kinde Jesus soviel Aufsehen macht. Man kann wirklich nicht sagen, daß sie eine gute Ordensfrau ist. Ich sah sie nie etwas Besonderes tun." Als mir eine geschwätzige Schwester diese lieblose Bemerkung erzählte, entgegnete ich ihr: „Es ist eine große Freude für mich, vor meinem Sterben zu erfahren, daß ich keine gute Ordensfrau bin." Es war immer mein Wunsch gewesen, verborgen und unerkannt meinen „Kleinen Weg der Liebe" zu gehen.

Andere Mitschwestern quälten mich mit allerlei dummen Fragen: „Schwester Therese, haben Sie Angst vor dem Tod? Woran werden Sie denn eigentlich sterben?" und so weiter. Ich bemühte mich, ihnen geduldig und humorvoll zu antworten: „Am Tode werde ich sterben. Und warum sollte ich mehr als andere Menschen von der Todesangst verschont sein? – Jesus hat in Traurigkeit gelitten; kann die Seele überhaupt ohne Traurigkeit leiden? Obwohl Jesus Gottes Sohn war und tief verbunden mit seinem Vater lebte, war seine Todesangst am Ölberg nicht weniger grausam. Das ist ein Geheimnis, aber ich versichere Ihnen, daß ich etwas davon verstehen kann, weil ich es in und an mir erfahre. Das Krankenzimmer ist mein Ölgarten."

Einige Tage später waren meine Leiden so unsagbar groß, daß ich den Schwestern empfahl: „Bitte laßt keine giftigen Arzneien bei Schwerkranken stehen. – Ich wundere mich, daß es unter den Ungläubigen nicht viel mehr gibt, die Selbstmord begehen. Wenn ich den Glauben und die Liebe zu Gott nicht hätte, würde ich keinen Augenblick zögern, Selbstmord zu begehen."

Als ich einmal merkte, daß Pauline mein baldiges Sterben nicht annehmen konnte und mich einfach nicht loslassen wollte, sagte ich scherzend: „Der liebe Gott hat so große Lust auf eine kleine ‚Traube'. Weil der ‚Besitzer' sie ihm nicht geben will, wird er sie stehlen …"

Eines Tages flogen mir zwei lästige Fliegen ständig um die Nase. Eine Mitschwester hatte Mitleid mit mir und wollte sie totschlagen. Ich bat sie: „Laß sie doch lieber leben, denn du weißt ja nicht, welche von beiden mich ärgert.“

Durch meinen trockenen Humor gelang es mir immer wieder, meine traurigen Schwestern aufzuheitern und ihnen über den Schmerz des bevorstehenden Abschieds hinwegzuhelfen.

An einem Tag ging es mir gesundheitlich so schlecht, daß unser Hausarzt meinte, ich werde die Nacht nicht überleben. Ein Priester spendete mir die Krankensalbung und reichte mir die heilige Kommunion. Im Nebenraum des Krankenzimmers bereiteten die Sakristeischwestern schon alles für meine Beerdigung vor. Durch die halbgeöffnete Tür sah ich alle Gegenstände. „Siehst du die Kerze dort?“ sagte ich zu Pauline. „Wenn der ‚Dieb‘ mich holt, wird man sie mir in die Hand geben. Aber bitte ohne den Leuchter, der ist zu häßlich.“

Aber auch diese Krise überlebte ich. Die starken Schmerzen ließen nach, aber Fieber, Durst und Beklemmung machten mir zu schaffen. Zum Atmen hatte ich nur noch die Hälfte des linken Lungenflügels. Um mir Freude zu bereiten, rückten die Schwestern am 27. August (1897) mein Bett in die Mitte des Zimmers vor das Fenster. Von diesem Platz aus konnte ich in den Garten schauen und die Blumenpracht des Sommers genießen.

Am 30. August brachten sie mich auf einem fahrbaren Bett in den Kreuzgang[1] und stellten mich vor die offene Chortüre. Es war mein letzter Besuch beim Allerheiligsten Sakrament.

---

1 Der Kreuzgang ist im Innenhof eines Klosters gelegen.

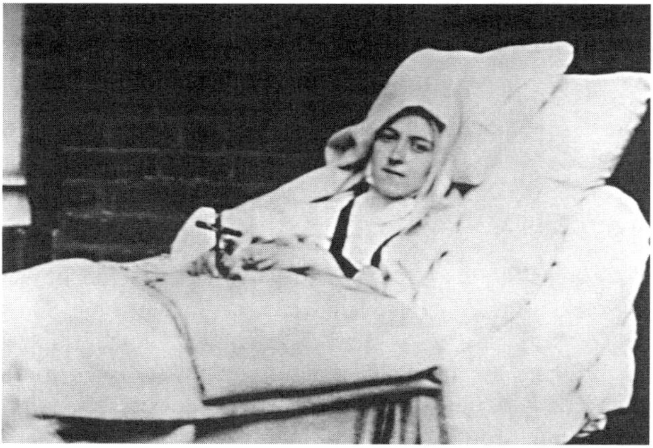

Therese vier Wochen vor ihrem Tod

In der Zeit meiner Krankheit sprach ich viele Gedanken aus, die mich beschäftigten. Pauline schrieb sie auf, weil sie überzeugt war, daß meine Worte die Mitschwestern trösten und stärken könnten:

„Ich versichere dir, Gott ist viel gütiger als du glaubst.“
„Ich fühle es genau, alles kommt von ihm.“
„Mehr denn je begreife ich, daß selbst die kleinsten Ereignisse unseres Lebens von Gott gelenkt sind.“

„Ich meditierte das ‚Vaterunser‘. Es ist so gut, Gott unseren Vater zu nennen.“
„Gott ist liebevoller als eine Mutter.“

„Die Nächstenliebe besteht darin, die Unerträglichen zu ertragen.“[1]

---

1 Therese zitiert hier ein Wort des heiligen Alfons von Liguori.

„Man muß die anderen immer mit Liebe beurteilen." „Es ist nicht unsere Aufgabe, Friedensrichter zu sein. Nur Gott allein hat dieses Recht. Unsere Aufgabe ist es vielmehr, ein Friedensengel zu sein."

„Gott weiß alle Dinge so zu fügen, daß es für uns keinen Grund gibt, einander zu beneiden."

„Wie glücklich bin ich, mich so fehlerhaft zu sehen und so sehr das Erbarmen Gottes nötig zu haben."

„Ich leide von Augenblick zu Augenblick. Ich denke nicht an das, was morgen alles auf mich zukommt. Gott gibt mir die Kraft für den Augenblick."

„Ich fürchte in keiner Weise die letzten Kämpfe noch die Schmerzen der Krankheit, wie groß sie auch sein mögen. Gott hat mir geholfen und mich seit meiner frühesten Kindheit an seiner Hand geführt … Ich verlasse mich auf ihn. Ich bin sicher, daß er mir seine Hilfe bis ans Ende schenken wird."

„Nicht der Tod wird mich holen, sondern Gott. – Der Tod ist die einzige Möglichkeit, um zu Gott zu gelangen. – Gott wird meine große Belohnung sein. Keine anderen Güter will ich besitzen."

„Mein Weg ist ganz Vertrauen und Liebe. Ich verstehe die Menschen nicht, die vor einem so liebevollen Freund [Jesus] Angst haben."

Ich sterbe nicht, ich gehe ins Leben ein

Auch im Leiden und im Sterben wollte ich meinem „Kleinen Weg" treu bleiben. Täglich fand ich Kraft und Frieden durch das Psalmwort: **„Herr, ich finde meine Freude in allem, was du tust."** Diesen Vers hatte ich im Juni (1897) auf die letzte Seite meines kleinen Evangeliums geschrieben. Mit diesem Wort hatte ich gelebt, mit diesem Wort wollte ich sterben.

Ab Mitte September fiel mir das Atmen immer schwerer. *„Mutter, die Luft der Erde fehlt mir, wann wird der Liebe Gott mir die Luft des Himmels geben?"* – Am 25. September sagte ich zu Schwester Genoveva (Céline): *„Ich werde sterben, das ist gewiß ..., auch wenn ich nicht weiß, wann."* Céline entgegnete mir: *„Du* wirst vom Himmel herabschauen auf uns, nicht wahr?" – *„Nein, ich werde herunterkommen!"* antwortete ich mit sicherer Stimme.

Céline stand häufig nachts auf, um nach mir zu sehen. Einmal fand sie mich mit gefalteten Händen, mein Blick war nach oben gerichtet. „Was machst du da?" fragte sie mich. „Du sollst doch versuchen zu schlafen!" – *„Ich kann nicht, weil ich so große Schmerzen habe – also bete ich!"* – „Und was sagst du Jesus?" – *„Ich sage ihm nichts, ich liebe ihn!"*

Als Mitschwestern mir am 18. September das Bett richteten, sah unsere Mutter Priorin zum erstenmal, wie abgemagert ich war. Erstaunt und zugleich hilflos rief sie aus: „Was ist denn das? So ein abgemagertes Mädchen!" Trocken antwortete ich ihr: „Ein Skelett!"

In den letzten Tagen meines Lebens sprach ich immer weniger. Ich schaute gern zum Garten hin, weil ich die Natur sehr liebte, besonders die bunte Vielfalt der Blumen.

Am Mittwochmorgen, den 29. September, hörten mich die Schwestern röcheln. Die ganze Gemeinschaft wurde ins Krankenzimmer gerufen und sang die Sterbegebete. Am Mittag fragte ich Mutter Maria von Gonzaga: „Ist das der Todeskampf? Ich kann nicht mehr! Beten Sie für mich!“ Abbé Faucon spendete mir zum letztenmal das Bußsakrament. Als er aus dem Zimmer kam, sagte er tief beeindruckt: „Was für eine schöne Seele!“

Für die Nacht vom 29. auf den 30. September ordnete unsere Mutter Priorin an, daß Schwester Marie vom Heiligsten Herzen (unsere älteste Schwester Marie) und Schwester Genoveva (Céline) bei mir wachen sollten. Sie wechselten sich ab; Pauline schlief in der Zelle nebenan. Für mich war es eine entsetzliche Nacht. Ich flehte die Gottesmutter um Hilfe an.

Am Donnerstagmorgen – es war ein unfreundlicher und regnerischer Tag – blieben meine drei Geschwister während der Konventmesse bei mir; sie wollten mich in all meiner Not nicht mehr allein lassen. Den ganzen Tag über hatte ich Erstickungsanfälle. Keuchend sagte ich zu Pauline: *„Wenn du wüßtest, was es heißt, zu ersticken! – Mein Gott, hab' Mitleid mit mir!“* Zu unserer Mutter Priorin sagte ich: *„Meine Mutter, ich versichere Ihnen, der Kelch ist voll bis zum Rand! … Ich liebe ihn dennoch, den lieben Gott. Er wird mich nicht verlassen, ganz bestimmt nicht! … Er hat mich noch nie verlassen … Ja, mein Gott, alles, was du willst, aber hab' Erbarmen mit mir! – Ich hätte nie geglaubt, daß man soviel leiden kann. Ich kann es mir nicht anders erklären als aus meinem brennenden Wunsch, Menschen für Gott zu gewinnen. – Ich bereue es nicht, mich der Liebe ausgeliefert zu haben. O nein, ich bereue es nicht, im Gegenteil!“*

Kurz nach 19 Uhr fragte ich: *„Mutter, ist das noch nicht der Todeskampf? … Werde ich nicht sterben?"* „Doch, das ist der Todeskampf", bestätigte sie mir. *„Also gut! … Weiter! … Weiter! …"* Dann blickte ich auf das kleine Kreuz in meinen Händen und sprach mit letzter Kraft: ***„Oh! Ich liebe ihn! … Mein Gott … ich liebe dich!"***

Das waren die letzten Worte von Therese. Plötzlich richtete sie sich noch einmal auf, öffnete weit die Augen und schaute mit strahlendem Blick auf einen Punkt über der Statue der Mutter Gottes. Nach einigen Minuten schloß sie die Augen, fiel zurück und starb. Es war gegen 19.20 Uhr. Auf ihrem Gesicht lag ein wunderbares Lächeln. Therese sah sehr schön aus, wie ein junges Mädchen. Aus ihr strahlten Leben und Glück. *„Ich sterbe nicht, ich gehe ins Leben ein!"* Diese Worte hatte sie einmal gesagt, und wir fanden sie in ihrer Todesstunde bestätigt. Es fiel den Schwestern schwer, sich von ihrem so schönen Anblick zu

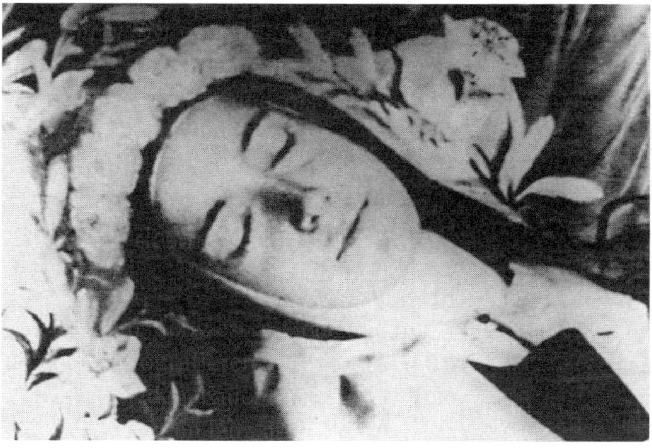

Das Totenantlitz Thereses

trennen. Céline durfte am folgenden Tag, dem 1. Oktober 1897, ein Foto machen. Am Sonntag, dem 3. Oktober, wurde Schwester Therese im blumengeschmückten Sarg im Chor aufgebahrt, so daß Céline sie nochmals fotografieren konnte.

Bis Sonntagabend durften sich auch ihre Schwester Léonie, die Angehörigen, Priester, Freunde und Bekannte von Therese verabschieden.

Am Montag, den 4. Oktober, feierten alle in der Klosterkirche des Karmel einen Totengottesdienst. Anschließend wurde Thereses Leichnam auf dem Städtischen Friedhof in Lisieux beerdigt. Onkel Isidor hatte dort ein Grundstück für das Kloster gekauft. Auf Thereses Grab wurde ein Holzkreuz gestellt. Es war beschriftet mit Namen, Geburts- und Sterbejahr und ihren Worten: *„Ich will meinen Himmel damit verbringen, auf Erden Gutes zu tun."*

Nach all den schmerzlichen Ereignissen der vergangenen Monate und Tage begann im Karmel wieder der klösterliche Alltag in streng geordnetem Ablauf von Gebet, Arbeit, gemeinsamer Erholungszeit und Schweigen.

Was ist geblieben? Ein Heft voller Erinnerungen, das Therese als Testament hinterlassen hat. Werden die Seiten, nach ihren eigenen Worten, „Gutes wirken"? Alle sollten sich noch wundern!

V. Kapitel
Das Leben nach dem Tod

Ein Heft voller Erinnerungen

Es war kein Zufall, daß Therese zwei Jahre vor ihrem Heimgang zu Gott ihre Lebensgeschichte schreiben mußte. Millionen von Christen und Nichtchristen erfahren in diesem anschaulichen und einladenden Lehrbuch, wie jeder mit seinen Talenten die Welt ein Stückchen zum Guten verändern kann. Therese hatte auf ihrem Sterbebett geahnt, wofür ihre Biographie dienen werde: *„Man wird Gott noch mehr liebenlernen, und die ganze Welt wird mich lieben ...“* Nach dem verborgenen Leben im Karmel wollte sie nach ihrem Tod erst richtig aktiv werden und der Menschheit bis ans Ende der Zeiten ihren „Kleinen Weg“ lehren. *„Ich möchte meinen Himmel damit verbringen, auf Erden Gutes zu tun.“* Um nicht mißverstanden zu werden, hatte Therese ihre Schwestern aufgeklärt: *„Glaubt ja nicht, ich werde Euch gebratene Tauben in den Mund fallen lassen, wenn ich im Himmel bin.“* Als Schwester und Wegbegleiterin möchte sie allen helfen, die sich aufmachen, den „Kleinen Weg der Liebe, der Hingabe und des Vertrauens“ zu gehen. Bereits ein Jahr nach Thereses Tod wurde ihre Selbstbiographie mit Genehmigung des Bischofs Hugonin gedruckt. Die „Geschichte einer Seele“ löste unmittelbar nach ihrem Erscheinen Begeisterungsstürme aus. Ohne Hilfe der modernen Massenmedien wurde Therese in wenigen Jahren weltweit bekannt. Im Jahre 1915, also achtzehn Jahre nach ihrem Tod, waren bereits 211 515 Exemplare ihres Buches, 710 000 Broschüren eines kurzgefaßten Lebenslaufes und 110 000 Schriften

„Rosenregen“ mit Gebetserhörungen und Wunderberichten verkauft. Die „Selbstbiographischen Schriften“ Thereses sind schon in über fünfzig Weltsprachen übersetzt.

Der Sturm der Verehrung

Mit der rasanten Verbreitung der „Geschichte einer Seele“ wuchs sturmartig die Verehrung für Therese. Die Karmelitinnen von Lisieux wurden mit Briefen überflutet. Die Absender berichteten von wunderbaren Heilungen, von Bekehrungen, von besonderen Gnaden … Andere baten um Bücher, Bildchen oder Reliquien.

Therese wurde und wird in allen Volksschichten verehrt. Unter den Verehrern finden sich Schriftsteller und Dichter wie Paul Claudel, Georges Bernanos, Julien Green, Ida Friederike Görres, Marie Noël; Intellektuelle wie Peter Wust, Jan Guittion, Edith Stein; der Atomphysiker Max Thürkauf; die Sängerin Edith Piaf; der Moslem Alain Mimoon, Olympiasieger im Marathon und ehemaliger Weltmeister, und viele andere …

Ein erschütterndes Zeugnis seiner Theresienverehrung gab Jacques Fesch, der am 1. Oktober 1957 im Alter von siebenundzwanzig Jahren durch die Guillotine[1] hingerichtet wurde:

„Jesus ist ganz nahe bei mir. Er zieht mich immer näher zu sich, und ich kann ihn in Ruhe anbeten und wünsche mir, aus Liebe zu sterben. Ich möchte, wie die kleine heilige Therese vom Kinde Jesus, bei jedem Herzschlag mein Angebot erneuern, ein ‚Brandopfer seiner Barmherzigen

1 Die Guillotine (= Fallbeil) ist ein Hinrichtungsgerät.

Liebe‘ zu werden … Ich warte in der Nacht und im Frieden … Ich warte auf die Liebe! In fünf Stunden werde ich Jesus sehen!“

Aus allen Himmelsrichtungen kamen Wallfahrten zu Thereses Grab, um Heilungen von Krankheiten und Bekehrungen zu erbitten oder um ein schweres Kreuz durch ihre Fürbitte leichter tragen zu können.

Im Jahre 1903 kam ein schottischer Priester, Pater Thomas Nimmo Taylor, zu den Karmelitinnen in Lisieux, um ihnen vorzuschlagen, Schritte für eine Heiligsprechung Thereses zu unternehmen. Die Schwestern waren verblüfft über diese Idee. Lachend entgegnete die Priorin: „Dann müßten viele Karmelitinnen heiliggesprochen werden.“ Der Gedanke ließ sich aber nicht aufhalten, denn das Volk verehrte lange vor einer kirchlichen Entscheidung seine „kleine heilige Therese vom Kinde Jesus“.

Die heilige Therese von Lisieux – Patronin der Weltmission

Die Christen der ganzen Welt verlangten immer lauter die Heiligsprechung Thereses. Am 15. März 1907 wünschte es auch Papst Pius X. selbst. In einer Privataudienz bezeichnete er Therese als „die größte Heilige der Neuzeit“ und war mit dieser mutigen Aussage seiner Zeit voraus. Erst drei Jahre später wurde in Bayeux „der Bischöfliche Prozeß“[1] eröffnet, so genannt, weil der Ortsbischof dafür die Verantwortung trägt. Die Karmelitinnen wurden von

1 Als Buch in deutscher Sprache im Badenia Verlag Karlsruhe erschienen.

ihm beauftragt, ihre Erinnerungen an Schwester Therese vom Kinde Jesus niederzuschreiben. Siebenunddreißig Zeugen, davon neun Karmelitinnen, die mit ihr zusammengelebt hatten, wurden im Bischofspalais gehört. In über hundert Sitzungen mußten die Zeugen „Rede und Antwort" stehen über alles, was sie von Therese wußten. Die Römische Kurie[1], die sich für solche Angelegenheiten gewöhnlich Jahrzehnte Zeit läßt, fühlte sich gedrängt. Der zuständige Kardinal Vico mahnte: „Wir müssen uns beeilen, die kleine Therese heiligzusprechen, wenn wir nicht wollen, daß uns die Stimme des Volkes überholt." Papst Pius X. erklärte: „Es ist sehr angebracht, die Seligsprechung schnellstens einzuleiten."

Der Erste Weltkrieg verzögerte den „apostolischen Prozeß"[2], der auf Anordnung des neues Papstes Benedikt XV. am 17. August 1915 eröffnet wurde. Nach einundneunzig Sitzungen konnte er am 30. Oktober 1917 abgeschlossen werden.

Erst sein Nachfolger, Papst Pius XI., konnte Schwester Therese vom Kinde Jesus in der Basilika St. Peter in Rom am 29. April 1923 seligsprechen. Vorausgegangen war eine strenge Prüfung von zwei erforderlichen Wundern, die unter Hunderten ausgesucht worden waren: Ein älterer Mann wurde plötzlich von Zungenkrebs geheilt. Ein Priester aus England wurde durch Berührung mit einer Reliquie der heiligen Therese, verbunden mit vertrauensvollem Gebet, überraschend von Tuberkulose geheilt.

1 Die Römische Kurie ist die zentrale Verwaltungsbehörde des Papstes.
2 Der „Apostoliche Prozeß" prüft den „Bischöflichen Prozeß"; als Buch ebenfalls in deutscher Sprache im Badenia Verlag Karlsruhe erschienen.

Pius XI. sah in Therese ein „Wort Gottes“ für das 20. Jahrhundert. Er sah in ihr den „Stern seines Pontifikates“ und stellte ihr Bild und eine Reliquie in sein Arbeitszimmer.

Glasschrein Thereses in der Karmelkirche zu Lisieux

Am 23. März 1923, einen Monat vor der Seligsprechung, wurden die Reliquien Thereses vom Städtischen Friedhof in den Karmel überführt, wo sie sich bis heute in einem Glasschrein befinden. In einer zwei Kilometer langen Prozession begleiteten fünfzigtausend Pilger das Pferdegespann, auf dem der wertvolle Reliquien-Sarg transportiert wurde.

Ein vom Krieg schwer verwundeter, gelähmter Mann erlebte an diesem Tag seine vollkommene Heilung und begleitete den Festzug; ein junger Blinder, der vor dem Karmel die Ankunft der Reliquien erwartete, öffnete plötzlich seine Augen und konnte den feierlichen Einzug Thereses in ihren Karmel mit ansehen.

Schon zwei Jahre später, am 17. Mai 1925, schrieb Papst Pius XI. Therese in das Verzeichnis der Heiligen ein. Dreiunddreißig Kardinäle, zweihundertfünfzig Bischöfe und hunderttausend Menschen waren Zeugen der Heiligsprechung. Und noch einmal zwei Jahre später proklamierte der gleiche Papst die heilige Therese vom Kinde Jesus als „Patronin der Missionen der ganzen Welt“.

Die ganze Welt kommt nach Lisieux

Seit Thereses Heiligsprechung breitete sich die Verehrung in allen Erdteilen aus. Sogar in der kleinsten Dorfkirche fand man ihre Statue.

Leider ließen die Karmelitinnen die Fotografien, die sie von Therese besaßen, jahrzehntelang in einem Schrank verstauben. Die von Schwester Genoveva (Céline) gemalten Bilder, die Therese mit süßem Lächeln darstellen, überschwemmten die Welt. Am bekanntesten ist das Bild, das Therese mit Kreuz und Rosen in den Armen darstellt. Es sollte an ihre Worte erinnern: *„Wenn ich im Himmel bin, werde ich Rosen auf die Erde streuen."* Man fragt sich zu Recht, warum ihre Fotografien den Menschen so lange vorenthalten wurden. Die Karmelitinnen waren der Meinung, daß diese damals neuartige Technik der Wirklichkeit nicht entspräche. Es war auch die Auffassung der damaligen Zeit, daß Fotografie mit Porträtkunst niemals konkurrieren könne. Erst 1961, zwei Jahre nach dem Tod Célines, wurden alle vorhandenen Theresienfotos unretuschiert veröffentlicht. Das half entscheidend mit, Therese von dem Klischee einer kleinen, süßen Heiligen zu befreien. Therese hatte versprochen: ***„Ich komme wieder!"*** Ja, sie ist im Kommen – so, wie sie wirklich war – mit ihrer kraftvollen Botschaft von der Erbarmenden Liebe Gottes und ihrer Lehre vom Weg des wahren Kindseins vor Gott, wie sie uns das Evangelium aufzeigt.

In prophetischer Vorausschau gab Papst Pius XI. dem neuen Bischof von Bayeux den Auftrag, in Lisieux eine Basilika zu Ehren der heiligen Therese bauen zu lassen: „Sie soll **sehr groß,** sehr schön und so rasch wie möglich fertiggestellt werden." 1929 begannen die Aushebungsarbeiten, und bereits am 11. Juli 1937 weihte Kardinal Pacelli, der spätere Papst Pius XII., die Basilika feierlich ein. Viele Pilger und Freunde Thereses aus der ganzen Welt kommen an diesen gesegneten Ort. Sie bringen ihre Sorgen und Anliegen; Suchende finden ihren Weg, Zweifelnde den Glauben, Leidende Hoffnung und Kraft ... Es ist unmöglich, die Zahl der Pilger festzustellen. Schätzungsweise sind es mehr als eine Million jährlich.

Die Basilika von Lisieux

Am Ende seiner Pastoralreise in Frankreich kam Papst Johannes Paul II. am 2. Juni 1980 als Pilger nach Lisieux. Auf dem Vorplatz der Basilika sprach er vor hunderttausend Menschen:

„Die Heiligen veralten praktisch nie, sie werden nie Menschen der Vergangenheit, Männer und Frauen von gestern. Im Gegenteil: sie sind immer die Männer und Frauen von morgen – Menschen der im Evangelium verheißenen Zukunft … – Zeugen der kommenden Welt.

Von Therese von Lisieux kann man mit Überzeugung sagen, daß der Geist Gottes es ihrem Herzen möglich gemacht hat, den Menschen unserer Zeit das grundlegende Geheimnis des Evangeliums direkt zu offenbaren: Die Tatsache nämlich, daß wir ‚den Geist empfangen haben, der uns zu Söhnen (und Töchtern) Gottes macht, den

Geist, in dem wir rufen: Abba, Vater!'[1] Der ,Kleine Weg' ist der Weg der heiligen Kindheit ... Welche Wahrheit des Evangeliums ist denn wohl grundlegender als jene: Gott ist unser Vater, und wir sind seine Kinder!?"

Die heilige Therese – Lehrerin der Kirche

Am 19. Oktober 1997 blickte die ganze katholische Welt nach Rom, als Papst Johannes Paul II. die heilige Therese zur Kirchenlehrerin erhob. In der fast zweitausendjährigen Geschichte der katholischen Kirche haben dreiunddreißig Heilige diesen Ehrentitel erhalten, unter ihnen die großen Kirchenväter Ambrosius, Hieronymus, Augustinus, Gregor I. und große Theologen wie Thomas von Aquin, Anselm von Canterbury und Bernhard von Clairvaux. Erst in der zweiten Hälfte des 20. Jahrhunderts wurden auch zwei großartige Frauen in den Kreis der Kirchenlehrer[2] aufgenommen: Teresa von Avila und Katharina von Siena. Als dreiunddreißigste und jüngste von allen kam nun die kleine heilige Therese vom Kinde Jesus und vom Heiligsten Antlitz hinzu. Das ist in mancherlei Hinsicht eine Sensation, und darum fragen sich viele: „Wie ist das möglich, da sie doch keine Theologie studiert und statt theologischer Werke nur ein paar Hefte mit ihrer Lebensbeschreibung, Briefe, Gedichte, Gebete, Theaterstücke und ,Letzte Worte' hinterlassen hat?"

1 Brief an die Galater 4,6.

2 Die Bezeichnung Kirchenlehrer ist ein offizieller Titel, den die katholische Kirche einem Heiligen verleiht, der sich durch Rechtgläubigkeit der Lehre, Heiligkeit des Lebens oder hervorragende wissenschaftliche Leistung und ausdrückliche Anerkennung durch die Kirche auszeichnet. Die Ernennung erfolgt durch den Papst.

In ihrer Selbstbiographie gibt Therese uns eine Antwort auf diese Frage. Sie bekennt, daß kein theologisches Werk, sondern nur Jesus allein sie belehrt und in der „Wissenschaft der Liebe“ unterwiesen hat. Sie versteht darunter das Wissen um die Liebe und Barmherzigkeit Gottes, die wir täglich, auch in den kleinsten Ereignissen, erfahren. Diese Erkenntnis ließ Therese den „Kleinen Weg der Liebe“ im Alltag entdecken, auf dem sie zu größter Heiligkeit gelangte. Dadurch, und nicht durch große Taten, ist sie in der ganzen Welt bekannt und ein Vorbild für unzählige Menschen geworden.

Darüber hinaus wurde Therese durch ihr beispielhaftes Leben und ihre Lehre ein helles Licht für die Dunkelheiten unseres Jahrhunderts wie zum Beispiel Werteverfall, Glaubensabfall, Sinn- und Orientierungslosigkeit, Drogenabhängigkeit, Gewaltverherrlichung.

Schon vor hundert Jahren hat Therese Gedanken des Zweiten Vatikanischen Konzils vorweggenommen, indem sie der biblischen und eucharistischen Bewegung den Weg bahnte und ein lebendiges Glied am Leib der Kirche sein wollte.

Die Kritik vieler an der Amtskirche beantwortete Therese mit Ehrfurcht und Liebe gegenüber dem Papst, den Bischöfen und den Priestern. ***„Im Herzen der Kirche, die meine Mutter ist, werde ich die Liebe sein, so werde ich alles sein!“***

Unübersehbare Präsenz der heiligen Therese von Lisieux bei ihrer Ernennung zur Kirchenlehrerin auf dem Petersplatz in Rom Foto: KNA

Therese – eine Freundin, Schwester und Wegbegleiterin für immer

Alle Versprechungen, die Therese in ihren Abschiedsbriefen an ihre Angehörigen und Priesterbrüder gemacht hat, dürfen wir als Angebot an uns selbst verstehen, so auch, wenn sie Abbé Bellière verspricht: *„Ich werde meinem Bruder ganz nahe sein, ich werde alles sehen, was er nötig hat, und Gott keine Ruhe lassen, bis er alles gegeben hat, was ich will ... Ich verspreche Ihnen, nach meinem Eintritt ins ewige Leben werden Sie darüber glücklich sein, eine Freundesseele in Ihrer Nähe zu fühlen; es wird zwischen uns beiden ein geschwisterlicher Austausch sein.*" Diese Worte gelten jedem, der sich auf Therese einläßt. Nur wenn wir sie „beim Wort nehmen", erfahren wir, daß sie wirklich da ist: daß sie unsere Freundin, Schwester und Wegbegleiterin ist; daß wir in ihr eine Lehrerin haben, die uns geduldig aber auch energisch beibringt, was sie selbst auf ihrem „Kleinen Weg" gelernt und gelebt hat. Ihr Weg ist der Weg, der direkt zu Gott führt.

Wie schon gesagt, will sie uns „keine gebratenen Tauben in den Mund fallen lassen", sondern: *„Ich werde euch Erleuchtung schicken. – Alles, was Ihr nötig habt, werde ich Euch verständlich machen.*" Therese will alle lieben und begleiten, die innerlich kämpfen und in Freude und Leid mit uns allen gehen. Sie lädt uns aber auch ein, mit ihr auf jene zuzugehen, die Gottes erbarmende Liebe am meisten brauchen.

In den Jahren 1917 bis 1980 entstanden mehr als fünfzig geistliche Gemeinschaften mit zirka fünftausend Mitgliedern auf der ganzen Welt, die nach der geistlichen Lehre der heiligen Therese leben. Die meisten von ihnen sind apostolisch (in der Glaubensverkündigung) und karitativ (im sozialen, helfenden Bereich) tätig.

In Deutschland wurden im Jahre 1928 die „Theresienschwestern des katholischen Apostolates“, Leonhardstraße 76, 86415 Mering gegründet.

Seit 1972 gibt es das „Theresienwerk e.V.“ mit Sitz in der Sterngasse 3, 86150 Augsburg, in dem sich die Freunde der heiligen Therese aus den deutschsprachigen Ländern zusammengeschlossen haben.

1996 schlossen sich junge Menschen aus Deutschland und der Schweiz zu der Jugendgruppe „Die Flamme“ zusammen, um sich von der Liebe der heiligen Therese anstecken zu lassen. (Näheres über das Theresienwerk.)

Jedes Menschenleben ist letztlich eine Liebesgeschichte mit Gott. Therese möchte jedem von uns Mut machen, sich auf dieses Abenteuer einzulassen.

Anhang

Skizze von Frankreich

Zeittafel zum Leben der heiligen Therese von Lisieux

Eltern

Louis MARTIN, 1823–1894
Zélie-Marie, geb. GUÉRIN, 1831–1877

Geschwister

Marie-Louise, Sr. Marie vom Heiligsten Herzen, 1860–1940
Marie-Pauline, Sr. Agnes von Jesus, 1861–1951
Marie-Léonie, Sr. Françoise-Thérèse, 1863–1941
Marie-Hélène, 1864–1870
Marie-Joseph-Louis, 1866–1867
Marie-Joseph-Jean Baptiste, * † 1867
Marie-Céline, Sr. Genoveva vom Heiligsten Antlitz, 1869–1959
Marie-Mélanie-Thérèse, * † 1870

Therese

2. 1. 1873	geboren in Alençon
4. 1. 1873	Taufe auf den Namen Marie-Françoise-Thérèse
28. 8. 1877	Tod der Mutter
15. 11. 1877	Umzug nach Lisieux
2. 10. 1882	Eintritt Paulines in den Karmel
25. 3. 1883	Schwere Erkrankung

13. 5. 1883	Heilung der Krankheit durch die „Jungfrau vom Lächeln“
8. 5. 1884	Erstkommunion
14. 6. 1884	Firmung
15. 10. 1886	Eintritt Maries in den Karmel
25. 12. 1886	„Weihnachtsbekehrung“
20. 11. 1887	Audienz bei Papst Leo XIII.
9. 4. 1888	Eintritt in den Karmel
10. 1. 1889	Einkleidung
8. 9. 1890	Feierliche Profeß
24. 9. 1890	Schleierfest
29. 7. 1894	Tod des Vaters
14. 9. 1894	Eintritt Célines in den Karmel
3. 4. 1896	Erstes Bluthusten, Lungentuberkulose
8. 7. 1897	Verlegung von der Zelle ins Krankenzimmer
30. 9. 1897	Tod

*

7. 3. 1898	Bischöfliche Erlaubnis zum Druck der „Histoire d’une âme“ – „Geschichte einer Seele“
26. 3. 1923	Übertragung der Reliquien Thereses in den Karmel
29. 4. 1923	Seligsprechung Thereses durch Papst Pius XI.
17. 5. 1925	Heiligsprechung Thereses durch Papst Pius XI.
14. 12. 1927	Ernennung der heiligen Therese zur Patronin der Weltmissionen durch Papst Pius XI.
3. 5. 1944	Ernennung der heiligen Therese zur zweiten Patronin Frankreichs durch Papst Pius XII.

19. 10. 1997	Ernennung der heiligen Therese zur Kirchenlehrerin durch Papst Johannes Paul II.
1. Oktober	Gedenktag der heiligen Therese für die ganze Kirche; Namenstag für alle, die auf den Namen „Therese“, „Theresia“ (von Lisieux) getauft sind.

Verwendete Literatur

I. Quellen

Therese von Lisieux, Selbstbiographische Schriften
Johannes Verlag Einsiedeln, 13. Auflage 1996

Therese Martin, Geschichte einer Seele. Die Heilige von Lisieux erzählt aus ihren Leben
Johannes-Verlag Leutesdorf, 336. –338. Tausend 1998

Therese von Lisieux, Gebete der Liebe
Verlag Neue Stadt München, 1. Auflage 1990

Briefe der heiligen Therese von Lisieux
Johannes-Verlag Leutesdorf, 3. Auflage 1983

Gedichte der heiligen Theresia von Lisieux
Johannes-Verlag Leutersdorf, 2. Auflage 1997

Therese Martin, Ich gehe ins Leben ein – Letzte Gespräche der Heiligen von Lisieux
Johannes-Verlag Leutesdorf, 5. Auflage 1998

II. Sekundärliteratur

Theophan Beierle, Ein Weg für alle – Therese von Lisieux
Medien-Verlag Bernhard Gregor, Niederaula, 3. Auflage 1993

Theophan Beierle, Lieben ist meine Berufung
Edition pro Corde, Pettenbach/Österreich, 1. Auflage 1996

P. Maximilian Breig SJ/Pierre Descouvemont/Helmuth Nils Loose, THERESIA und LISIEUX (Bildband deutsche Ausgabe)
Verlag der Schulbrüder Karlsruhe, 1. Auflage 1995

Guy Gaucher, Chronik eines Lebens – Therese Martin
Johannes-Verlag Leutesdorf, 5. Auflage 1998

Guy Gaucher, Die heilige Theresia von Lisieux (Bildheft)
Edition du Signe, Straßbourg/Frankreich, 1. Auflage 1995

Zélie Martin, Briefe der Mutter der heiligen Therese von Lisieux
Johannes-Verlag Leutesdorf, 2. Auflage 1985

Bildnachweis

Theresienwerk e.V. Augsburg

Nachwort

Die Verfasserin bürgt dafür, daß der heiligen Therese von Lisieux durch die redaktionelle Überarbeitung keine sinnentstellenden Worte in den Mund gelegt werden. Wer sich mit den authentischen Schriften der Kirchenlehrerin beschäftigen will, sei auf die Übersetzung der Originaltexte Thereses hingewiesen, vor allem auf: Therese von Lisieux, Selbstbiographische Schriften, Johannes Verlag Einsiedeln, 13. Auflage 1996.

Schriften von und über die heilige Therese von Lisieux
im *Johannes-Verlag Leutesdorf* (Auswahl)

Geschichte einer Seele
Die Heilige von Lisieux erzählt aus ihrem Leben
1998. 336.–338. Tausend. 248 Seiten. 4 Fotos

Ich gehe ins Leben ein
Letzte Gespräche der Heiligen von Lisieux
Deutsche authentische Ausgabe
1998. Fünfte Auflage. 350 Seiten. Dünndruckpapier

Briefe der heiligen Therese von Lisieux
Deutsche authentische Ausgabe
1983. Dritte Auflage. 464 Seiten. Dünndruckpapier

Der Leidensweg der heiligen Therese von Lisieux
4. April bis 30. September 1897
Deutsche authentische Ausgabe
Von Guy Gaucher
1993. Dritte Auflage. 364 Seiten. Dünndruckpapier

Chronik eines Lebens
Therese Martin (1873–1897)
Von Guy Gaucher
1998. Fünfte Auflage. 354 Seiten. Zahlreiche Bilder.
Dünndruckpapier

Gedichte der heiligen Theresia von Lisieux
Herausgegeben von Maximilian Breig
1997. Zweite Auflage. 188 Seiten. Heftformat

Geschichte einer Familie
Im Elternhaus der heiligen Therese vom Kinde Jesus –
Eine Schule der Heiligkeit
Deutsche authentische Ausgabe
Von P. Stephane-Joseph Piat OFM
1983. 616 Seiten. Dünndruckpapier

Briefe der Mutter der heiligen Therese von Lisieux
Von Zélie Martin
1985. Zweite Auflage. 404 Seiten. Dünndruckpapier

Never Kiss a Witch

Hortense Ullrich

Never Kiss a Witch

Thienemann

Sunday, 5th April

A diary! Wow! How did I ever **get on** without one!

"Dear Josefine, my diary was my most important companion in those far-off days when I was a teenager," is what my aunt wrote about the empty book she sent me.

But a diary, **of all things**. Well, I suppose it's a **teeny-weeny bit** better than the terrible pyjamas she normally sends. She managed to jump from baby design – little teddy bears and pussy cats – to granny-type monstrosities with flowery patterns without ever sending a pair of pyjamas that might have suited my taste.

And my mother is always delighted. "Well, Jojo," she says, "that really is something nice! I didn't know they still made things like that nowadays!" Makes you think, doesn't it?

And now a diary.

Whoever keeps a diary in the computer age? You won't find diaries in **bedside cabinet drawers** any

---

to get on – auskommen; of all things – ausgerechnet; teeny-weeny bit – ein klitzekleines bisschen

more. In any case, when was the last time you saw a bedside cabinet drawer?

At least **nosey** mums no longer **poke around** their daughters' bedrooms looking for diaries. They look for diskettes with secret notes. That's why passwords were invented. Because in the meantime more and more parents seem to have acquired quite astonishing computer skills. Some of them have even got beyond switching the thing on, and there are rumours that, while we are **unsuspectingly** learning for life at school, our parents are sitting in front of the computer at home playing precisely those games that they are constantly forbidding us. Never mind.

What am I supposed to do with a diary!?

"You can trust your diary to keep secrets no one else should know," she writes.

In my life there are no things which no one else should know.

My life is an open book. Or, to put it differently, an empty book.

My life is as boring as hell.

I've got the most **nerve-racking** little sister in the world, the most disorganized mother in the world and the most stupid female classmates in the world.

---

bedside cabinet drawer – Nachttischschublade;
nosey – neugierig; to poke around – herumstöbern;
unsuspectingly – ahnungslos; nerve-racking – nervtötend

And I don't mind anyone knowing it. So what do I need a diary for?

But it wasn't always like that. What I said about my sister and my mum still is the same, but at school things were quite different until **recently**.

And it's all that stupid Serafina's fault that things are now no longer what they used to be. It was she who divided us up into 'cool' and 'uncool' kids. And where did she put me? In the uncool category!

Until then, cool or uncool had not been a big **issue**. Some people were OK; others were a bit **screwy**, but somehow I managed to get on with everyone. And now this.

Suddenly I'm uncool and sit around alone at home in the afternoons. I can't understand it.

Everything was fine until this **snake-in-the-grass** Serafina turned up. Linda, Isabell, Julia and I always met after school. Sometimes other girls came along, sometimes boys from our class. We never made any firm plans. We went off on our bikes or our roller-blades or went down to the riding stables to see the horses. Everything was **hunky-dory**.

Then a new girl joined our class: Serafina.

First she asked politely whether she could come with us, and we said yes. No prob. Why not? After

---

recently – vor kurzem; issue – Thema; screwy – verdreht; snake-in-the-grass – falsche Schlange; hunky-dory – in Butter

all, we're nice kids. Unlike Serafina. First she **pretended** to find everything fantastic. Especially the horses. Then she began, gradually and **hypocritically**, to explain to us that we were living right on the **dark side of the moon**.

No thirteen-year-old, she said, still read magazines about horses, or comics. We could, after all, get magazines for teenagers. And it was no longer the 'in' thing to put up posters of horses in your bedroom. Posters of cool singers, actors and actresses. And the hot topic at our age, she told us, was not **plaiting** friendship bracelets but BOYS. Boys of the right kind, of course. They had to be at least fifteen. There could be no question of hanging around with boys from our class. They were all still small children. We would simply be **making fools of ourselves**.

We listened to what she said with interest.

Hey! Why not? You're never too young to learn. So Serafina introduced us to the big wide world of cool kids as well as giving us tips on make-up and **gear**.

I thought she was going a bit far for a newcomer and told her that **we had got along** quite well so far without her advice.

---

to pretend – so tun, als ob; hypocritically – scheinheilig; dark side of the moon – hinterm Mond; to plait – flechten; to make a fool of oneself – sich zum Narren machen; gear – Klamotten; to get along – klarkommen

Serafina took it all with a **supercilious** smile. But then she made ready for the decisive blow. So skilfully that no one noticed what was really happening.

Suddenly Serafina became the **spokesperson** of our little afternoon group, saying that we couldn't allow just anyone to hang around with us. She was now going to start a club to which only cool girls could belong. I thought that was a bit of a **dotty** idea, but I was convinced that she thought that girls like Andrea, Gudrun and Sophie-Marie were uncool. I was right. She did. And she excluded them right from the start. But she did the same to me!

Her criterion for acceptance was the following: she asked us who we were in love with. "Nobody" I said without hesitation. First of all, it's true, secondly, if I were in love with anyone, Serafina is certainly the last person I'd tell. I think boys are stupid, anyway.

That was the end of any idea of being a member of the club. Because Serafina said that anyone who wasn't in love was definitely still a baby and not acceptable for her club.

Then she asked Julia, Linda and Isabell. They were cleverer. They didn't want to make my mistake, so they began by cautiously asking who Serafina thought was great.

---

supercilious – hochnäsig; spokesperson – Wortführerin; dotty – verrückt

Serafina said that was **clear as crystal**: there was only one cool boy at our school – BJ, the singer in our school band.

He's fifteen and in Ninth **Grade**. His real name is Bernd-Jens, but he won't let anyone call him that. Not even our teachers. He's crazy about America and insists on the American pronunciation of his two initials. None of us would have had the idea of falling in love with BJ.

But my ex-friends suddenly chorused: Yes, they thought he was fantastic – they'd all been in love with him for ages.

Serafina nodded with satisfaction and then said to the other uncool girls – myself included – that the club was now complete. We could found our own club if we wanted.

"A horse-lovers' club, maybe," she said. But that sounded neither comradely nor encouraging.

I said I thought that clubs were stupid anyway.

Serafina shrugged her shoulders and said **cheekily**: "Whatever you say." She **linked** my friends and marched off with them.

Great! My life is not only as boring as hell, it's over now.

But at least I have a diary. Ha ha ha!

---

clear as crystal – klar wie Kloßbrühe; Grade – Jahrgangsstufe; cheekily – schnippisch; to link sb – jmd. unterhaken

Monday, 6th April

Linda came round to see me again yesterday evening. Secretly, of course, so that Serafina won't find out. Because Linda is frightened of being kicked out of the club if she talks to uncool kids.

And Linda begged me to make an effort to become a bit cooler. She said I shouldn't **make** such **a fuss** and please would I fall in love with BJ immediately. When Serafina notices that, she surely will offer to let me become a member of her club.

Linda is missing me, of course. She thinks it would be more fun for her if I were also a member of the club.

I'll think about it.

Maybe I'll do Linda that favour.

Tuesday, 7th April

I've made up my mind now.

I'll fall in love with BJ, too. I'm only doing it for Linda's sake, of course. Not because of Serafina's stupid club. Because her club is actually a kind of BJ-Serafina Fan Club. If you don't **rave about** BJ all the time, Serafina **puts the pressure on**.

---

to make a fuss – sich anstellen; rave about sb – für jmd. schwärmen; to put the pressure on – Stress machen

Linda once said that she thought Patrick was great. Serafina immediately made fun of Linda. Then Linda told her she was only joking and that she was in love with BJ, too. Then Serafina said she was pleased to hear it, for she would certainly have missed Linda as a member of the club.

Another time Linda said that she thought Justus was great. Serafina said that was out of the question. Justus was her brother. Linda had to stick to the rules of the club.

Another rule says that you must always listen attentively to Serafina. Because she lectures her fans all break long on how life works. And in the afternoons she questions them on how much they remember. Seriously! I could hardly believe it. In order to be a member of Serafina's club you have to do homework that Serafina sets you. Yesterday Isabell didn't know straight off how to produce a wet-look hairstyle (she had mixed up gel and spray), and Serafina gave her a written warning! Isabell started crying, and it took Linda a long time to calm her down.

Serafina has got **autographs** from every important band, knows what the stars eat for breakfast, where they spend their holidays and who **is in whose hair** at this very moment in time. She knows how you have to dress in order to **win over** male film

---

autograph – Autogramm; to be in sbs hair – mit jmd. Zoff haben; to win over sb – jmd. erobern

stars, how to break their hearts and how you have to style your hair to make boys over fifteen fall in love with you.

In a word, Serafina is cool. She says so herself, and in the meantime the other girls in her club say so, too, hoping, of course, that some of Serafina's coolness will **rub off** on them.

I could use a bit of coolness myself. This deficit is all my mother's fault. She regularly makes sure that people notice how totally uncool I am.

She's always running after me with my umbrella and my **wellies** – sometimes all the way to school! And in winter she comes trotting along with my scarf and cap.

She could never imagine that I have good reasons for wanting to 'forget' these embarrassing things.

But even all that wouldn't be too bad. The problem is the way she does it. Normal mothers would just hang whatever it was on the clothes **pegs** outside the classroom. Not my mother. She comes into the classroom every time – during the lessons! And the way she does it! She tiptoes **conspicuously** in, making as much noise as possible. The first time most of the class took her for an extremely untal-

---

to rub off – abfärben; wellies – Gummistiefel; peg – Haken; conspicuously – auffällig ented burglar. In the meantime, some of them even call out: "Hello, Mrs Sonntag!" when she comes creeping in.

If the teachers stop what they're doing, she simply raises her hand and says in a loud whisper: "Don't let me interrupt you. Just pretend I'm not there. I'll be gone in a moment."

Then she comes over to me and whispers at about 130 decibels, gives me a big cuddle as if we weren't going to see each other for six months and creeps out of the room, stumbling over at least three **satchels**.

At the door she turns round again and blows me kisses until the teachers ask whether everything is OK or not.

My mother nods eagerly. "Oh yes! Everything's OK. The child just forgot her wellies. Don't let me disturb you, I'm leaving now."

Then she opens the door the wrong way round. She pushes the handle downwards, which opens the door slightly. Then she pulls it instead of pushing. The door slams shut. Then she turns round, smiling guiltily, and whispers: "**Panic door**, of course – opens outwards. I keep forgetting." After that she finally leaves, having **embarrassed** me **into the ground**. The teachers have decided in the

---

satchel – Schultasche; panic door – Fluchttür;
embarrassed to the ground – bis auf die Knochen blamiert

meantime to fix a 'push' sign to the door. Especially for my mother.

A few weeks later, when most of the class have forgotten my mother's performance and are just beginning to stop teasing me about it, she pokes her head round the door again and the whole nonsense is repeated.

But seriously – who in the world would **stage an act** like that? Only someone who wants to destroy her daughter socially.

Friday, 10th April

I've already been in love with BJ for three days, and it's working out quite well. Whenever I see him, I blink my eyes and sigh a little if Serafina is nearby.

But Serafina still hasn't offered me membership in her club. She only says: "Forget him, Baby!"

I don't know what she means. Is it some kind of membership test for the club?

I told her: "I can fall in love with whomever I want!"

I thought that sounded quite cool.

---

to stage an act – eine Nummer abziehen

Monday, 13th April

I hate Serafina.

She told BJ that I was in love with him. What a nasty thing to do!

And Serafina said he told her not to bother him with such kiddie stuff. He said he didn't even know who Jojo was!

Very embarrassing.

Then Serafina told me that she didn't think it was a good idea for people to see me and her together. She said she was worried about her **reputation**. She would lose it because I wasn't cool enough.

What a stupid, **conceited toad**! Thinks she's super-duper cool! **PUKE**! Innocently **twittering** away and flashing her mascara-ed eyelashes! Yes indeed – mascara-ed. She has more different shades of mascara in her school bag than coloured pencils.

And when she wants something from you, she pretends to be as sweet as sugar-candy. A diabetic would collapse in a coma.

Not even our teachers can see through her performance. Trained educationalists – bah! It's so easy **to pull the wool over their eyes**. When they're

---

reputation – guter Ruf; conceited toad – eingebildete Kröte; Puke! – Kotz!; to twitter – zwitschern, flöten; to pull the wool over sb's eyes – jmd. hinters Licht führen

not looking, **she has a go at anyone** who isn't a member of her fan club. She is mean and two-faced. And everyone **puts up with** it.

Someone really ought to do something.

Tuesday, 14th April

Today she started sitting next to me in class.

She got round our **form mistress** by looking at her with upcast, **beseeching** eyes.

Actually Serafina thinks it's below her dignity to sit next to anyone who doesn't know how to put basic make-up tips into practice. But because she's **as thick as two short planks**, she needs someone she can copy off. Because the chickens – I mean her girl-friends of course, but because they're always **cackling** about something and **clucking to one another**, I shall refer to them as chickens from now on – they also have brains about the size of a hen's. That's why Serafina chose me. Nobody is better than me at maths. And Mr Baumann has told Serafina that if she doesn't do bet-

---

to have a go at sb – auf jmd. losgehen; to put up with sth – sich etwas gefallen lassen; form mistress – Klassenlehrerin; beseeching – flehentlich; as thick as two short planks – strohdoof; to cackle – gackern; to cluck to one another – zusammenglucken

ter work in maths, the outlook will be black for her.

So she immediately started **buttering me up**. And she's even invited me to her birthday party.

"Jojo, my dear. What would I do without you!" she always says in a very theatrical voice (she watches too many soap operas) as she takes my maths exercise book and copies out the answers. I don't care. It leaves me completely cool.

Thursday, 16th April

I shouldn't have gone to Serafina's birthday party.

And above all I shouldn't have listened to my mother. "Paint her a picture, Jojo darling."

I hate it when she says that to me. I'm thirteen, for Christ's sake, and not her darling any more.

"A picture is something personal, and you're so good at painting. She likes horses, doesn't she? You used to go to the stables with her a lot."

So, without thinking any more about it, idiotically I painted a Lippizano horse from one of my horse posters – Serafina's favourite horse. At least that's what she told me at the time. It was a really **smashing** painting. Honestly.

---

to butter sb up – sich bei jmd. einschleimen; smashing – toll

But Serafina didn't think so, and pulled a face. How embarrassing. In front of all the others.

She smiled a silly smile and said in her sweet-as-sugar voice: "So, you're still only thinking about horses, are you?" Then she gave the other chickens a knowing look and, picking up my painting between the tips of finger and thumb, deposited it on the pile of used wrapping paper.

The chickens made cackling noises, and I thought I would die.

I'm so stupid. I should have known that would happen.

But it's really all my mother's fault. How can she advise her thirteen-year-old daughter that painting a picture is a suitable birthday present for a cool teenager? What a stupid idea!

If my mother hadn't stopped my pocket-money, I could have given Serafina a CD. But no, last week she had another **attack** of 'how to bring up children' and thought she would have to teach me a lesson.

Just because I mixed up the stupid costumes.

It's like this, you see: my mother works at the theatre. She rang up from there in a panic and in a hectic mood as always – she was born like that: absent-minded, never in control of the situation. "Jojo, darling. You have to do me a favour. Bring the

---

attack – Anfall

witch's costume to the children's theatre as quick as you can. I left it at home. The performance is due to start soon."

So it should be clear that it was she who **had screwed the whole thing up**. But never mind.

I did exactly what she told me, but must have grabbed the wrong costume. A natural mistake. So the Witch in Hansel and Gretel emerged from her cottage in a rococo costume. Everyone roared with laughter. I thought it livened up the performance a **treat**.

But my mother didn't think so. She was convinced I'd done it **deliberately**. She said that she thought someone of my age ought to be able to distinguish a rococo costume from a witch's costume.

I thought the witch's costume looked a bit worn and **tatty**. The other costume looked much better. How could I know that theatre people are so narrow-minded?

Anyway, my mother got into trouble over it. And so, of course, did I.

My mother designs and **sews** costumes for the theatre. Here at home.

Why can't she work in an office all day like all

---

to screw sth up – etw. vermasseln; treat – Vergnügen; deliberately – absichtlich; tatty – zerlumpt; to sew – nähen

other normal mothers? It's obvious: because she isn't normal. Nothing in our family is done like it is in other families. Regular meals and home cooking are things which I've only ever seen on TV.

My mother is completely chaotic and always completely surprised when I say: "I'm hungry."

"What, again?" she says in shocked tones. "You've only just eaten!"

OK, that was seven hours ago. A bowl of cornflakes for breakfast.

I owe my survival to the invention of the microwave oven, because my mother still hasn't worked out why there is a kitchen in our flat. She sews fantastic costumes but doesn't know how to prepare scrambled eggs.

But that has its good side, too. She actually believes that a **jelly-baby** sandwich contains **bags of** vitamins simply because I told her that the colours are produced from fruit juices. So in our family, jelly-babies count as fruit.

And one thing is clear – she **dotes on me**. She would do anything for me, and her only goal in life is to make me happy.

Unless of course she has just finished reading one of her brilliant 'bringing-up children' books. Then she tries to be as **strict** as possible. She runs

---

jelly-baby – Gummibärchen; bags of – jede Menge;
to dote on sb – jmd. über alles lieben; strict – streng

around the flat looking for objects on which to try out her latest upbringing theories.

"Josefine, you haven't done your homework yet. Switch that TV off immediately!"

Then, when I accept my fate and creep out of the living-room with my head hung low, she runs after me and says: "I'm sorry, darling, I didn't mean it like that. But you have to understand ..."

I reply: "Of course, Mummy, you're absolutely right."

The fact that I am being **sensible** and say that she is right completely **knocks the stuffing out of her**, and she tells me to finish watching the programme and do my homework afterwards.

I say 'No'.

She **insists**.

And if I play my cards right, she is begging me to watch music videos for half an hour after my favourite programme has finished. I do what she tells me, like a good little girl, and she is very proud of the way she is bringing me up. She has, of course, completely forgotten the matter of my homework.

But that's not bad, because she has no idea of what goes on at school anyway.

At the last **PTA meeting**, she spent the evening in the wrong classroom. In Grade 6.

---

sensible – vernünftig; to knock the stuffing out of sb – jmd. fertig machen; to insist – auf etw. bestehen; PTA meeting – Elternabend

When she said goodbye to the teacher and told her I hadn't said that I had a new form mistress, she smiled at my mother coldly and said: "Mrs Sonntag, your daughter Josefine is not in my form. Not even in this Grade. She's in Grade 7 already."

And instead of being embarrassed, my mother simply said, in a surprised voice: "Really? My goodness! How time flies!"

That's my mother. A hopeless case.

Anyway, she found a job where she can work from home, thus **spoiling** all my afternoons. And she even has an educational explanation ready: "Children ought to feel that their mothers are always there for them."

That's what's called compensation. She has a bad conscience because her husband ran off leaving her with two small kids. Hey, what's so abnormal about that? I don't know a single family still **starring the original cast**.

Well, with the exception of Serafina's. The Meiers live the kind of life you see in trashy films. Peace, harmony and joy. The father is still living with them. But only because he is frightened of his wife. She would never allow him **to sling his hook**. But then she's a real **bitch**. Just like her daughter.

---

to spoil – verpatzen; starring the original cast – in der Originalbesetzung spielen; to sling his hook – die Fliege machen; bitch – Zicke

Only their son is different. Justus is quite OK. Justus is fifteen. And Justus is in the same form as BJ. I'm sure that Serafina has forced her brother to make friends with BJ to improve her chances.

The longer I pretend to be in love with BJ, the better it works. BJ is so-o-o-o sweet. How come I never noticed it before? He's got his own band and they have plenty of **gigs**. That's why so many girls are in love with him. Especially Serafina. She thinks **she's entitled** to BJ because she thinks she's the most beautiful girl. She wants to be a model, and believes that musicians only ever marry models. You only have to read the right magazines to realize what goes on in the world, she says.

And of course BJ witnessed the entire **embarrassing** episode with my horse picture. He was at Serafina's party. Although he didn't want to come. Serafina is so clever.

Serafina had invited BJ and a couple of the boys from his band to her birthday party, but they **turned** the invitation **down**.

So Serafina changed the date of her party to precisely the day on which Justus had invited BJ to their flat.

At first Serafina pretended to be very surprised,

---

gig – Auftritt; to be entitled – einen Anspruch haben; embarrassing – peinlich; to turn down – absagen in the manner of 'what a **coincidence**!' Then she pretended to be **flattered** that BJ had come to her birthday party specially. And finally she managed to persuade him to sing a song for her. The chickens could hardly move for love and admiration. I was so annoyed with Serafina that I almost forgot I was in love with BJ, too.

Since the silly geese laughed at my hand-painted horse picture, of course, my chances are ruined. Because BJ witnessed the whole thing. Now he'll never think I'm cool.

It was then that Justus **interfered**. He fished out my painting from the pile of wrapping paper, looked at it with expert eye and said he had found the **fitting instructions** for a washing machine. Was anybody missing them? I had to laugh myself. Justus is really funny.

But then he said quietly to me: "I think it's really good. You've got a talent."

What good is that to me if BJ doesn't think I'm cool?

Serafina is lucky.

Lucky even to have a big brother like that. She's always got plenty of boys in her flat. And that's the reason why Serafina has such a **gaggle** of silly chickens always cackling around her, because she

---

coincidence – Zufall; flattered – geschmeichelt;
to interfere – sich einmischen; fitting instructions – Bauplan; gaggle – Schar

promises them that they can **get a glimpse** of her big brother and his mates.

Sometimes she even persuades her brother to take her and the chickens to the cinema with him. I really can't imagine how she does it. She probably **blackmails** him. Because Justus is really too nice to be hanging around with his brainless sister all the time.

But you mustn't think I **have a crush on** Justus.

Actually, I think all boys are stupid. Even BJ is stupid somehow. Mr Supercool. But he does have a band of his own.

I'll really have to get BJ to fall in love with *me*. Then Serafina will explode with **jealousy**. And that would be the only **just** punishment for her.

Friday, 17th April

Today he **bumped into me**. Linda thinks he nearly knocked me over simply because he didn't see me. But I don't believe her. It was definitely an

---

to get a glimpse – einen Blick werfen; to blackmail – erpressen; to have a crush on sb – in jmd. verknallt sein; jealousy – Eifersucht; just – gerecht; to bump into sb – mit jmd. zusammenstoßen

advance – an attempt to get closer to me. Boys are sometimes very shy, and this is their way of showing their love for a girl.

Quite apart from that, the **bruise** on my knee has the shape of a heart. If that isn't a clear symbol!

My head is still going round and round. So I'm suffering either from concussion or puberty.

My mother keeps **babbling** on about me having reached puberty and that the strangest things happen then. That is, she says, something quite normal and natural. But what an **anticlimax**. Nothing happens. I still haven't got any breasts and not even a single **pimple**. I think that's the least you can expect of puberty. One tiny pimple. Then the others will at least see that you're now grown up. Never mind.

Shit. Now my mother's grumbling at me again. She wants me to switch off the light and get into bed. She thinks I need rest **badly**.

---

advance – Annäherungsversuch; bruise – blauer Fleck; to babble – quasseln; anticlimax – Enttäuschung; pimple – Pickel; badly – dringend

Saturday morning, 18th April

I hate Flippi.

Such a annoying little **tick**. Little sisters are a real punishment. How can parents possibly imagine that you would want a little sister? Absolute nonsense!

I distinctly told them at the time: I want either a big brother or a dog.

No deal. What do I get? A sister five years younger than me. What good is that to me?

My mother realized that later. Even with one child she was often **at the end of her tether**: "The child has far too much imagination and wastes it all on nonsense."

Then she gave birth to Flippi. Her real name is Filipine. My mother obviously has a problem with names. Be honest: who with any sense would call her daughters Josefine and Filipine?

Only someone herself called Isolde! If her intention was to pass the name **curse** on to us, she certainly succeeded.

Whenever Flippi **gets into mischief** she always sighs: "Flippi is the boy I never wanted."

Flippi breeds snails and loves all disgusting

---

tick – Zecke; to be at the end of one's tether – am Ende seiner Kräfte sein; curse – Fluch; to get into mischief – etwas anstellen

things. I think she selects her favourite animals in accordance with the '**Yuck**!' factor. The more people say 'Yuck!' to a creature, the more she likes it.

So we have progressed from a collection of **wood-lice** via an **earthworm** breeding station to a colony of spiders.

At present, it's snails. But not the nice ones with shells. She started off with them, but my mother made the mistake of saying: "Oh! They look quite nice." So Flippi immediately switched to **slugs**.

It's all my mother's fault. I told her at the time I'd rather have a dog than a sister. She'd be better off with a dog. And so would I.

But I was going to tell you about my day. It began like this: I was lying in bed with the best dream of the century: I am in the park with BJ. He is about to kiss me when, suddenly, my mouth is full of the most disgusting thing I've ever tasted: shower gel. I wake up in shock and what do I find – shower gel in my mouth. Honestly.

Stupid Flippi had emptied the tube into my mouth. She said I had opened my mouth in such a gesture of desire that she couldn't resist. What was the **skunk** doing in my bedroom anyway? Especially when I was asleep.

---

yuck – igitt; wood-lice – Kellerasseln; earthworm – Regenwurm; slug – Nacktschnecke; skunk – Stinktier

I was absolutely **livid**. I threw my pillow at her, jumped on top of her and tried to **throttle** her.

Flippi leapt forwards and kicked me in the stomach. I fell back into my bookshelves and was almost buried under down-falling books.

At that moment, of course, my mother came into the room. She stared at me, turned her eyes heavenwards and simply said: "Josefine" (whenever she says Josefine she is either at a complete loss or very, very angry). "Josefine," she said. "I don't want to know what's going on here. But whatever it is, put it right immediately – and I mean immediately."

She grabbed Flippi, dragged her out of the room and slammed the door behind her.

Can't this woman put two and two together? I mean, the situation is quite plain: she finds Flippi in my room – a clear case of **trespassing** on private property. I could have called the police. My mother never draws the right conclusions.

All she can think of is making me responsible for clearing up the mess.

Why does she never try to find out which person is really guilty? She always **grumbles at** me. Only at me. If I'm very lucky, she sometimes screams in the plural. But I'm sure it's only to give me the impression that she is also shouting at Flippi.

---

livid – stinksauer; to throttle – erwürgen; trespassing – unbefugtes Betreten; to grumble at sb – an jmd. rummeckern

I'm sure she takes Flippi aside later on and apologizes for having had to talk so loud, hoping that she hasn't hurt Flippi's tender little ears and saying that she is, of course, never angry with Flippi, only with me. **Bet you** I'm right **on all counts**!

The longer I thought about it, the angrier I got. I got so angry that I kicked my wastepaper basket. It went sailing towards my bedroom door just as my mother was coming back in. She probably only wanted to say something, but she caught the wastepaper basket in a reflex action and stared very **reproachfully** at me. Not even a **snippet** had fallen on the floor. The basket was still full of rubbish.

Flippi had slipped back into my room and **made a rush at me**. And before I could say 'knife', the little **poisoned dwarf** had boxed my ears and kicked me on the **shin**.

I was **seething with anger** by this time. I looked around and saw a big, fat volume of my encyclopaedia right in front of me. I picked it up in both hands and raised it above my head. My mother saw what I was doing and roused herself from her **lethargy**. I was just about to crash the encyclopaedia down on Flippi's head when my mother upturned

---

bet you – wetten, dass; on all counts – hundertprozentig; reproachfully – vorwurfsvoll; snippet – Schnipsel; to make a rush at sb – sich auf jmd. stürzen; poisoned dwarf – Giftzwerg; shin – Schienbein; to seeth with anger – vor Wut kochen; lethargy – Erstarrung

the wastepaper basket over Flippi's head like a kind of safety helmet. I'm sure she really only meant to protect her favourite, and in her state of shock this was the only thing she could think of doing. It was an obvious reaction. But somehow it did not make a very motherly impression. Any my floor is now covered in rubbish.

Flippi, at least, began to howl. More out of **fright**, for she had no idea what was happening to her. My mother was standing behind her and Flippi hadn't seen the wastepaper basket. She almost certainly thought I had hit her, because she began screaming hysterically: "Help! Help! I'm blind, I can't see anything! Jojo hit me on the head and now I'm blind! Help, Mummy!"

I thought that as Flippi was screaming, I'd better do some screaming of my own. I don't know what I said, but I'm sure it didn't do much to calm Flippi down.

That was too much for my mother. She **flipped her lid**. She freed Flippi from the wastepaper basket and ordered both of us to stay in our rooms until further notice.

As a punishment, we're not allowed to go to the theatre with her to see the costumes being tried on. A punishment? Don't make me laugh! Anyway, I've got more important things to do.

---

fright – Schreck; to flip one's lid – ausrasten

But to be on the safe side I **sobbed** a little and then **groaned** a little to myself about how untidy my room now looked before kneeling down **meekly** on the floor to collect the contents of my wastepaper basket again. Then I sobbed a little more.

My mother then immediately gives up and is sorry for everything. I should have remembered that. Because the next thing she said was: “All right, you can come with me **after all**.”

I could have kicked myself! I told her ‘no’ and said I wanted to be punished. It was OK – I deserved it. I told her just to take Flippi with her. (Because I thought that Flippi deserved this punishment.)

My mother was quite **repentant** but I insisted. So she trotted off with Flippi (grumbling as usual).

It was only then that I was able to try and rinse the shower gel out of my mouth. But it didn’t work. I gargled soap bubbles. When I talked, I foamed at the mouth. And I couldn’t **get rid of** the taste, either. I **cursed and swore**.

In America, apparently, mothers wash their children’s mouths out with soap if they use naughty words. All I can say is that the best **swearwords** only come when you have the taste of soap in your mouth.

---

to sob – schluchzen; to groan – jammern; meekly – demütig; after all – trotzdem; repentant – reumütig; to get rid of sth – etwas loswerden; to curse and swear – schimpfen und fluchen; swearwords – Schimpfwörter

Saturday evening, 18th April

But that was only the beginning.

I was sitting on my bed wondering what to do. I tried out a couple of hair styles, **dyed** a few **strands** of hair pink and blue, and practised kissing in front of the mirror.

Then I cleaned the mirror again and emptied my jacket pockets. I found a lot of junk in them: three marbles, a pencil sharpener shaped like a cowboy hat, two neon elastic hair bands, a dried-out slug which had probably fled from Flippi and found **refuge** in my pocket, and half a hot dog from Serafina's birthday party.

Inside the hot dog I suddenly found Serafina's golden chain that her **godmother** had given her for her birthday.

No idea how the chain found its way into my hot dog.

It could only have happened when one of my hot dogs fell onto the table with the presents. I had grabbed myself three hot dogs because I love hot dogs and was worried that there might not be enough. I was standing in front of the table with three hot dogs in my hands, looking at Serafina's presents. One of the sausages slipped out of the

---

to dye – färben; strand – Strähne; refuge – Zuflucht; godmother – Patentante

roll and landed on Serafina's gift table. I tried to scoop up the sausage but didn't want to get my fingers dirty, so I chased it with the roll. What I mean is that I kept on opening and closing the roll over the sausage, but it skidded away across the table leaving a rather ugly trail of ketchup on the presents.

And while this was going on, the sausage must somehow have **hooked onto** the chain without me noticing.

But how did it find its way into my jacket pocket? Now I remember: because of BJ. Serafina's party had suddenly become a **bit of a bore**. Justus and BJ left, Serafina was still angry with me, and the chickens began to tell Serafina how wonderful and how charming she was. I would have **thrown up** if I'd had to listen to that for much longer, so I went off home with my two remaining hot dogs.

I had already eaten one when I saw BJ and Justus standing outside the ice-cream parlour.

I immediately slipped the other hot dog into my jacket pocket. I thought that BJ might want to speak to me. We might get into conversation and talk and talk. It might be a bad idea to be eating a hot dog at the time.

But nothing of the sort happened. BJ didn't even

---

to hook onto – sich verheddern; bit of a bore – ziemlich langweilig; to throw up – sich übergeben

see me, and Justus only waved briefly. This did nothing to improve my bad mood and I didn't feel hungry any more. Quite apart from which, I had forgotten all about the hot dog.

So there I stood in my room this morning with the old hot dog and the gold chain in my hand, wondering what would be the best thing to do about it.

I've got a special BJ **scrapbook** into which I stick anything to do with BJ. That's what people do when they are in love with film or pop stars. And I was just wondering whether to stick the hot dog in, and what would be the best way to flatten it first (the **desiccated** slug would have slipped in easily, maybe I'll use that) when the doorbell rang.

Still holding the gold necklace and the hot dog, I went to the door and opened it. It was Linda, and her eyes opened as wide as teacups when she saw the gold chain.

"Oh dear! I don't believe it!" exclaimed Linda. "Jojo! How could you?"

This annoyed me. What sort of a greeting was that?

"What's the matter?" I **snapped**. "**Talk sense**."

Linda pointed to the chain. "You **nicked** Serafina's gold necklace!"

---

scrapbook – Sammelalbum; desiccated – ausgetrocknet; to snap – jmd. anschnauzen; to talk sense – Klartext reden; to nick – klauen

"Nonsense! Of course I didn't. It was in my hot dog."

"Oh dear! I've just been round at Serafina's. She's absolutely furious. Her mother wants to call the police."

I suddenly felt sick by fear. If I go to prison, BJ will certainly never have anything to do with me. That will be the end of our romance, and there will be no obstacles in Serafina's path.

Without thinking twice, Linda **dragged** me outside. "Come on. Let's go round to her place quick. You can give her the necklace back and say it was all a mistake."

Panic-stricken, I ran after her.

Soon afterwards we were standing outside Serafina's front door. I looked down at my feet and thought I would die. In my panic I had completely forgotten to get dressed. I was standing there in my pyjamas. The pair covered in miniature pandas, of course! From my godmother: the one who sent me all those terrible pairs of pyjamas and this diary!

I felt embarrassed to death, standing there outside Serafina's front door, but Linda calmly rang the bell and waited until Serafina **poked her head round the door**.

---

to drag – zerren; to poke one's head around the door – den Kopf zur Tür rausstrecken

When she saw me, she raised her eyebrows and asked. "What are you doing here?"

I could hardly believe it. First she invites me to her birthday party, then, two days later, she behaves as if it were the height of **impertinence** to ring her doorbell.

Well, perhaps it was the ketchup **stains**. But they really weren't my fault.

When I wanted to put ketchup on my hot dog at her party, the bottle somehow slipped, somehow **disgorging** a large **splodge** across Serafina's new silk blouse. Was she angry! And so was her mother. They both **squealed** as if I had sat down on the birthday cake.

All I said was: "It'll wash out with plain water. It's only cheap ketchup. It won't leave a stain."

Somehow that didn't pacify them, and Serafina began to yell even louder that I had done it **on purpose,** etc.

Well, honestly, I was quite surprised how much came out. I thought it would only be a little **squirt**, and you would hardly have seen that on the blouse.

Serafina had to put a new blouse on. She ordered me not to come anywhere near her. That's

---

impertinence – Unverschämtheit; stain – Fleck;
to disgorge – ausspucken; splodge – Schwall; to squeal – kreischen; on purpose – mit Absicht; squirt – Spritzer

why I got up and went to look at the presents. Then the sausage fell out of my hot dog onto the table, and that's when I must have picked up the necklace. So everything is really Serafina's fault, you see.

So there I was, standing stupidly outside Serafina's front door with the hot-dog necklace in one hand, saying: "I've found something. I think it belongs to you." I held out the necklace.

She **tore** it out of my hand and slammed the door. **How about that**!

I was alone again with Linda outside Serafina's front door. Me in my pyjamas. The pyjamas with the pandas on them.

It was just at that moment that Justus came round the corner. The **twit** looked me up and down.

"Sexy outfit, Jojo." He grinned.

I just said "Idiot" and moved away from him as quickly as I could. Stupidly enough, I **blushed**. I never blush normally.

Only sometimes, when this stupid Justus is around. And I don't even **fancy** him. Honestly.

I then marched Linda off to the park and **gave her a piece of my mind**. How could she drag me

---

to tear – reißen; How about that? – Wie findet man das?; twit – Knallkopf; to blush – rot werden; to fancy sb – auf jmd. stehen; to give sb a piece of one's mind – jmd. die Meinung sagen

out of my flat in my pyjamas. What a rotten thing to do!

Unfortunately, my maths teacher happened to walk by at that very moment. He stared at me, came closer and asked if everything was OK.

I really couldn't think what to say. I pretended to be a sleepwalker and marched off with my arms stretched out in front of me. It was convincing enough, because I was still wearing my pyjamas, of course. When I was out of sight, I began walking a little faster and **rushed** back home.

I hope Justus won't tell BJ about my pyjama performance. That would be too embarrassing for words!

Sunday, 19th April

The necklace incident still makes me **feel queasy**. **Missing** jail **by inches**!

Serafina really is lucky. She has a big brother, all my girl-friends and even gets wonderful birthday presents. Serafina's godmother **solemnly** presented

---

to rush – rasen; to feel queasy – Übelkeit empfinden; missing sth by inches – knapp an etwas vorbei; solemnly – feierlich

her with the necklace, and Serafina's mother announced to all of us that, from now on, Serafina will get a gold heart set with a precious stone to hang on the necklace every year. Until she's eighteen. Although I thought it was intolerably **swanky**, it's really a super idea.

My mother would never think up an idea like that. As a thirteenth-birthday present, she just enrolled me in some stupid book club. I'll now be getting a twenty-four-volume encyclopaedia from them. One volume per month. **Big deal**! Just what a girl of my age would have wanted!

I envy Serafina. Not only because of the necklace and her godmother. Also because of Justus.

I don't really envy her because of Justus. But he is BJ's best friend. So she always gets the latest BJ stories. And when BJ comes to see her brother, they're even in the same flat. She can touch the **door handle** after BJ has touched it, or drink out of his glass when he's gone. Sometimes, when the boys are hanging around the flat, Serafina can be the **referee** when the boys see who can **burp** the loudest. She always lets BJ win, of course. It wouldn't surprise me if BJ fell in love with Serafina.

And all I have is a stupid little sister and a god-

---

swanky – angeberisch; big deal – tolle Sache; door handle – Türklinke; referee – Schiedsrichter; to burp – rülpsen mother who gives me pyjamas with pandas on them.

What a miserable weekend.

Monday, 20th April

The battle has begun. Serafina is now my deadly enemy. The rotten, **scheming** little bitch.

During break she **boasted** that she was going to the Cinemaxx today with her brother, BJ and the other boys. If any of the girls wanted to join them, they would have to give her some money.

The stupid chickens immediately chorused: "I'll pay for your ticket", "I'll buy you some popcorn", "I'll **stand you** a Coke" and so on. Serafina nodded graciously in the self-important and **patronising** way that she has.

Then she asked me: "And what about you, Josefine?"

When she says Josefine, I feel like throwing up.

Anyway, all I said was: "Why should I give you money, Princess? I can go to the cinema whenever I want."

---

scheming – intrigant; to boast – angeben; to stand sb sth – jmd. etwas spendieren; patronising – gönnerhaft

She said nothing, and that should have been a warning to me. But naïve as I am, it didn't **register**.

After school, she came up to me again and said, in her sugary-sweet way: "Oh, Jojo Baby," (Jojo Baby – she's absolutely **loopy**) "we've had **second thoughts**. We're not going to the Cinemaxx, we're going to the Multiplex. If you get there before us, go in and save some seats for us."

I still didn't register anything, of course, so I simply said "OK" and trotted off home.

That afternoon I sat in the Multiplex **vigorously** defending an entire row of empty seats, and nobody came.

I was really **pissed off**.

Then, on my way home, I passed the ice-cream parlour and saw the whole lot of them sitting there peacefully enjoying their ices.

I couldn't believe my eyes. That's one more of Serafina's dirty tricks, I thought, suddenly realizing why she had been so sugary-sweet at school. What a **simpleton** I am! I really ought to know that you can't trust Serafina when she's being nice.

Just you wait, I thought to myself. I'll tell you just what I think of you!

---

to register – mitbekommen; loopy – plemplem;
to have second thoughts – sich etwas anders überlegen;
vigorously – energisch; to be pissed off – stinksauer sein;
simpleton – Schwachkopf

So I went in and asked Serafina straight out why she hadn't been at the Multiplex.

To which she, with charmingly **pouting lips**, replied: "Oh, Jojo, you silly old thing! You probably mixed up the names of the cinemas. We agreed to go to the Cinemaxx."

"That's not true," I said.

And before I could really start shouting at her, she said in her sugary-sweet way: "Never mind. Children are always a bit excited when they're allowed to go to the cinema for the first time, and they mix things up. Next time I'll write the name out for you. In block capitals."

They all laughed. Even BJ. Only Justus didn't. I thought that was really nice of him. I felt so terrible. I felt too terrible even to **wreak revenge**.

All I could do was walk out. What an embarrassment! I won't be able to show my face at school ever again.

And at home my mother grumbles because I've been out all day and forgotten to take Flippi along to her **recorder** lesson. A complete waste of time and money. That little toad is about as musical as a **frying pan**.

My mother has already had to buy her two new recorders because Flippi uses her instrument as a

---

pouting lips – gespitzte Lippen; to wreak revenge – auf Rache sinnen; recorder – Blockflöte; frying pan – Bratpfanne straw to drink her cocoa through. She thinks that's real artistry. Anyone can play a tune on the recorder. She wants to go on TV with her recorder-straw act.

And what does my mother do? She smiles and looks at me as if to say 'isn't the little one sweet?'

The little one's got a screw loose, and things don't get better as she gets older. On the contrary. If my mother doesn't **put her foot down** soon, Flippi will **take over**, and my mother and I will have to ask her permission to go into town for an ice-cream. And I can guarantee that Flippi will stop our pocket money if we refuse to clean her slug cage. Then my mother and I will definitely have to go to bed at eight, and Flippi will sit in the living room until eleven, watching TV and drinking liqueurs.

My mother has no idea of what's **in store for her** if she doesn't put her foot down energetically. She always has endless patience with that child.

And none with me.

---

to put one's foot down – sich durchsetzen; to take over – die Macht übernehmen; to be in store for sb – auf jmd. zukommen

Tuesday, 21st April

My mother is still grumbling.

Mothers know nothing about love.

I had to go to the cinema to see BJ. Or rather for him to see me. Because I've now got a pink strand of hair which looks really cool.

And I now have a new plan. I want to sing in BJ's band. He'll fall in love with me because he certainly knows this is what usually happens. And when I'm BJ's girlfriend, everyone at school will think I'm super cool and will all want to be friends with me. Serafina will be ever so sorry that she didn't let me join her club. But by then it will be too late. When she comes running, begging me to become a member, I'll just smile a frosty smile and say: "**I'm not into** kids' stuff like that. And keep away from me. You're not cool enough."

My mother didn't understand, of course. I tried to explain to her what the most important thing in life is: to look cool and to get the most fantastic boy at school to **chase after** you. And to get kissed at last.

And I told her that my life was terrible, that nobody understood me and that I haven't even got one single pimple yet.

---

to be into sth – an etwas interessiert sein; to chase after – hinterherrennen

She put her arm round me and **stroked** my head to **comfort** me. "Oh darling, I'm so sorry. It's all my fault. I'll look after you better in future, I promise."

Deeply moved, she dropped onto my bed, dramatically took my hands in hers, and looked deep into my eyes. "Jojo, my child, you know that you can talk to me about anything ..."

I know what I had to do: I had to calm her down, otherwise she would spend the whole of next week at my side, planning mother-and-daughter activities.

I patted her on the shoulder to calm her down and said: "Of course I know that, Mummy. I'm fine. I've got everything under control."

My mother: "So what were you doing in the park? On Saturday morning? In your pyjamas??!!"

At the word 'pyjamas', her voice began to **quaver** hysterically. Poor mother!

Obviously my stupid maths teacher has nothing better to do than worry **female single parents**. I was in trouble now. What should I say?

I said what I always say at moments like this: "I lost a **bet**."

This time she wasn't satisfied with my explanation. "You would talk to me about your problems if you had any, wouldn't you, Jojo?"

---

to stroke – streicheln; to comfort – trösten; to quaver – beben; female single parent – allein erziehende Mutter; bet – Wette

"Of course," I said, crossing my index and middle fingers behind my back. This means that what you say will not count as a lie.

My mother embraced me in slight desperation, got up and left the room.

But I still heard her say quietly to herself: "It's all her father's fault."

Which is not far from the truth, for I got the panda pyjamas from his sister. And it was he who insisted on her being my godmother.

Then he ran off, leaving me with the baby panda pyjamas from his sister, while my mother is looking desperately for psychological reasons to explain what I'm doing in the park in my pyjamas.

Yet if I'd told her that I had just managed to avoid going to jail, she would have flipped her lid. Mothers have to be **treated with care** and a lot of understanding.

Thursday, 23rd April

Tonight is the night of all nights.

I've prepared everything. I've laid seven different flowers under my pillow. Because if you put seven different flowers under your pillow, you will defi-

---

to treat with care – schonend behandeln

nitely dream of the man you will marry later. Linda told me so. And I already know who I'll dream about: BJ.

We'll certainly get married in Las Vegas. Because BJ thinks that America is so fabulous.

Friday, 24th April

That was the biggest disappointment of my life.

I dreamed of Benjamin Blümchen!

That just can't be true!

"Will you, Benjamin Blümchen, take this woman Josefine Sonntag to be your **lawful wedded** wife?"

"Taraah!"

I could burst into tears. Our children will either have huge ears or a trunk. Possibly both. People will **peep** into the **pram** and then stare at me in sympathy. Now I know what Dumbo's mother felt like.

And my bed linen is in a **state**. I'm sure to get into trouble. The **dandelion** left disgusting stains, and I should have knocked the earth off the roots of the **daisies** first. The rose wasn't a good idea,

---

lawful wedded – rechtmäßig angetraut; to peep – einen Blick werfen; pram – Kinderwagen; state – Zustand; dandelion – Löwenzahn; daisies – Gänseblümchen

either. One of its thorns has torn a hole in the sheet.

And all that for Benjamin Blümchen! I'm **going nuts**!

Sunday, 26th April

My mother has found the flowers under my pillow, but I had a good explanation. I told her it was a macroidiotic **remedy**, for pimples.

She shrugged her shoulders: "First of all, the word is macrobiotic and secondly you don't have any pimples."

"You see," I said. "It works!"

Before she could take the matter any further, there was a huge **bang** from the living room and my mother rushed out of my bedroom. Flippi had tried out a little chemistry experiment and **blown up** our aquarium.

I'm certain she was trying to make a hydrogen bomb, but nobody believes me anyway. I don't care, because this time she saved me. By the time my mother had finished collecting all the fish, she had

---

to go nuts – wahnsinnig werden; remedy – Heilmittel; bang – Knall; to blow up – in die Luft sprengen

forgotten all about the torn sheet and the pillow. In any case, the damage I caused was nothing compared to an exploding aquarium.

Sometimes having a little sister isn't so bad after all.

I did, however, have to take part in the fish **hunt**, because Flippi said there were still two missing.

When I asked whether we were going to have **fish fingers** for supper, neither of them thought it was funny.

Monday, 27th April

Today was a really cool day.

I saved a fish and rescued an old lady.

It was like this with the fish: I found the two that escaped yesterday. One was in the flower vase – how clever of him. He had a real chance of survival there. Although, my mother always puts super **fertilizer** for cut flowers in the vase so that the fish I saved may suffer from post-fertilizer syndrome later on. We might even produce the first goldfish whale before long. And when he has outgrown the bathtub we'll have to move. To a house with a swimming pool. Not a bad idea.

---

hunt – Jagd; fish fingers – Fischstäbchen; fertilizer – Dünger

The other fish was out of luck. Unfortunately, he had fallen into mother's coffee cup. It was too late to save him. Although it was decaffeinated coffee. But he might have banged his head on the sugar cube and suffered a **fractured skull**. And the doctor fish (oh yes, there is such a thing) was not in his **surgery**. No, he was unable to help the patient. The doctor had been **evacuated**. He's swimming around in a jam jar until my mother has bought a new aquarium. It's also possible that he's forgotten to switch his beeper on.

And now to my second good deed.

I went into town to buy a replacement for the dead fish.

There was a lot of activity outside a telephone box.

An old lady had accidentally shut herself into the telephone box and couldn't get out.

A couple of brainless fourth-graders were **laughing like drains** in front of the door. When the old lady had almost managed to free herself, or should I say finally understood how the mechanism worked, one of the **cheeky lads** stuck his foot in front of the door to stop her from getting out. I twisted his ear for him and opened the door. I did

---

fractured skull – Schädelbruch; surgery – Praxis; evacuated – ausquartiert; to laugh like a drain – sich ausschütten vor Lachen; cheeky lad – frecher Kerl

all this quite unselfishly, **without** any **regard for** my own safety.

The fourth-graders immediately struck up a chorus of: "**Teacher's pet**, teacher's pet!" I got a shock at first, thinking how embarrassing it would be if I had indeed rescued a teacher! Teachers are, of course, the enemies of teenagers, and it's completely uncool to be nice to a teacher. But luckily she turned out not to be a teacher.

The woman was so happy and full of **praise** for me. She offered to reward me with an ice-cream.

Unfortunately, the nearest **ice-cream parlour** was the one where Serafina's club always meets. I felt rather uncomfortable.

I mean rescuing an old lady from a telephone box is one thing, but accepting an invitation to eat ice-cream with her, in public, where BJ might see me – I'm not so sure. She also had a rather strange appearance: she was wearing a hat. A very unusual hat. Strictly speaking, it wasn't really a hat at all, more like an **upside-down** giant **tulip**. It would have looked good in a horror film: 'The Attack of the Killer Tulips'. On her arm she was carrying an old-fashioned doctor's bag. She calls that a handbag! And the curious thing is: she talks to her handbag.

---

without regard for – ohne Rücksicht auf;
teacher's pet – Streber; praise – überschwängliches Lob;
ice-cream parlour – Eisdiele; upside-down – verkehrt herum; tulip – Tulpe

Calls it Mathilde and asks it for advice on every possible subject. Really loopy!

Unfortunately I couldn't think of any excuse **at short notice**, so I went into the ice-cream parlour with her.

Serafina was there, of course. She and the chickens immediately began cackling "Jojo's got a new friend" and other nasty things. It was really rotten of them!

But the lady bought me a Giant **Sundae**. She ordered two for herself and ate them in double quick time, too!

She was quite charming. But I couldn't get over my embarrassment. I can't remember what she talked about. I couldn't register a thing.

At last I heard her say: "Off you go, then, my child. You will be lucky today."

Strange, isn't it?! I kept looking round all the way home but I couldn't see BJ anywhere. Never mind.

I had completely forgotten about the replacement fish.

---

at short notice – auf die Schnelle; Sundae – Eisbecher

Tuesday, 28th April

Today was, actually, a super day. BJ spoke to me.

In the school library. Our form was there, and so was BJ's.

There was an atlas on the table, and BJ said to me: "Can you pass me the atlas?"

I was so happy that I was **paralysed** with joy, so to speak. I couldn't move a finger.

BJ rolled his eyes and fetched the atlas himself, calling me '**lazybones**'.

Isn't that heavenly! He spoke to me! Twice! I think everything is working out now. BJ and I will soon be together.

I was, however, the victim of yet another embarrassing experience. In the library! Witnessed by BJ!

The librarian suddenly held up a little bear and asked who had lost it.

It was my bear. I was just about to raise my hand and shout 'It's mine' when some clown told her to ask around the first-graders and not to bother seventh- and ninth-graders with kids' stuff. I lowered my hand quickly and began to think desperately how I could get my bear back without **admitting** that it was mine.

---

paralysed – gelähmt; lazybones – Trantüte;
to admit – zugeben

But before I could think up a plan, a loud voice announced. "Jojo. It belongs to Josefine Sonntag. She still plays with **soft toys**."

That was Serafina, of course. She had seen the bear this morning, when I had taken it out of my jacket pocket and put it in my school bag.

Stupid Serafina had naturally **made fun of me** straight away, saying things like "At last Jojo Baby has found a suitable playmate" and "What a pretty couple" and so on.

A second later she stumbled and **fell full length**.

Serves her right.

The librarian smiled at me encouragingly as she handed me back my little bear, saying: "That really is a sweet bear."

That was a shock-compliment.

The bear is quite new. New for me, I should say, because he's really quite old. I've had him since yesterday. He's a kind of **orphan** bear. I've adopted him.

I found him on my way home from the ice-cream parlour where I had had an ice-cream with the funny old lady. In a **litter bin** in the middle of town. I really only wanted to throw a chewing-gum wrapper into the bin. When I lifted the lid, I saw a little

---

soft toy – Kuscheltier; to make fun of sb – sich über jmd. lustig machen; to fall full length – der Länge nach hinfallen; orphan – Waise; litter bin – Mülltonne

bear inside. He looked very old fashioned. But if you look him in the eye, he looks very much alive, as if he were just about to say something to you. Very strange.

I felt sorry for the bear. He's tiny, he just about fits inside your hand, so he's really a baby bear. And so alone. I rescued the bear from the rubbish and put him in my pocket. Nothing wrong with that, because someone didn't want him any more.

And when you think of it, he **hadn't been** properly **disposed of**. He was in the section reserved for paper. I'm not even sure how you would dispose of a bear – yellow sack? Compost bin? Nonsense! A bear shouldn't be thrown away at all.

When I got home I bathed him and dried him with the hair dryer, and I let him sleep in my bed with me.

And today I took him to school with me, and stupid Serafina **wound me up** and embarrassed me down to the hair roots because of my bear.

I hate Serafina.

My mother again. She wants me to switch off the light and get to sleep. She says I need more sleep. Any more sleep and my life will be over!

---

to be disposed of – entsorgt werden; to wind sb up – jmd. aufziehen

Wednesday, 29th April

From now on, the bear is my lucky bear. Whenever I have him with me, everything seems to **work out** somehow. It really does!

During the first break I had left my bear in my school bag and didn't see BJ once in the **playground**. During the next break I had the bear in my jeans pocket and BJ passed me no less than three times!

On my way home I was holding the bear in my hand and found a one-Euro piece on the **pavement**.

When I arrived home, my hectic mother ran up to me, gave me a ten-Euro note and said she had to go to the theatre urgently. She told me to buy a pizza for Flippi and me because she hadn't had time to cook anything. That's what I call real luck.

And **it's about time** that my life started working out, too!

---

to work out – gut klappen; playground – Schulhof; pavement – Gehweg; it's about time – es ist an der Zeit

Thursday, 30th April

My mother is worried about me again.

I told her about the bear, that the rubbish-bin bear is a lucky bear that fulfils all my wishes.

But she only gave a mild smile, sighed deeply and pressed me against her angora pullover. I hate that. I always get **fluff** in my eyes and up my nose. That **itches** and makes me sneeze. My eyes water as well. When I had sneezed into her pullover twice and made wet tracks in it with my tears, she finally let me go, saying: "But of course, darling, if you say so. You always had such a gift for imagining things."

What's that supposed to mean? Doesn't she believe me? I look at her angrily and she quickly **adds**: "I believe you, darling, really I do!"

Bah! She doesn't believe a word. She thinks I'm completely dotty, she thinks I'm just **making** things **up** because I don't have a father. She's never short of psycho-explanations like that to quote at me.

---

fluff – Fusseln; to itch – jucken; to add – hinzufügen; to make sth up – etwas erfinden

Monday, 4th May

The bear is really fantastic.

I had forgotten to write my essay. For German. I secretly **kept a firm grip** on my bear and kept thinking 'She won't ask me to read, she won't ask me to read' and Mrs Bertram really didn't ask me to read my essay. Fantastic, isn't it?

And during break I wished that Linda and Serafina would have an argument. And it worked! The bear is fantastic. Serafina had borrowed Linda's new **hair slide** and broken it. Normally, Serafina would then say something like: "Don't **take on** so! I went to a super party wearing your hair slide yesterday. What a wonderful end for a hair slide!" and Linda would say nothing.

But today Linda cried, and Serafina got annoyed and said she didn't want anything to do with **cry-babies**.

Then Linda came over to me and I **consoled** her. Now she's my best friend again.

Nothing new as far as BJ is concerned. But I suddenly **realized** with shock that he doesn't even have my telephone number. Suppose he wants to ring

---

to keep a firm grip – fest drücken; hair slide – Haarspange; to take on – sich anstellen; cry-baby – Heulsuse; to console sb – jmd. trösten; to realize – sich bewusst werden

me and make a date? Linda says that doesn't matter. He doesn't even know my name.

Justus said hello to me in the playground today. I thought it was very nice of him. Perhaps he can give BJ my telephone number. And tell him my name.

Tuesday, 5th May

My mother is still angry with Flippi because of the bomb in the aquarium. She has told Flippi that she has to pay for the damage out of her pocket money. My mother was very proud of this tough **child-rearing measure** of hers.

Then she increased Flippi's pocket money so that she can finish paying the **instalments** by the time she goes to university.

That can't be true! What am I expected to learn from that? My mother should think about things like that. That will have negative educational consequences at a later stage. What do members of the Sonntag family have to do to get more pocket money? Blow up an aquarium.

---

child-rearing measure – Erziehungsmaßnahme;
instalment – Rate

Wednesday, 6th May

I was in town again today to meet Linda because she wanted to tell me a secret about Serafina.

It wasn't a very interesting secret because I already knew about the colour of her hair. I know that Serafina has mousey-brown hair that she regularly dyes.

Then Linda told me her own secret. She is not **actually** in love with BJ but with Patrick and is slightly in love with Justus. Then I told Linda that Justus had said hello to me, and she said she thought that was really **rotten** of me. I can't do anything about that, can I? She's been friendly with Serafina too long. She's already just as **bitchy**.

That put us both in a bad mood, and Linda said she had to go home and bone up her maths for the next class test. That was, God knows, the worst excuse Linda has ever thought up.

I wandered around town a bit longer, keeping an eye open for the strange old lady who had treated me to an ice-cream.

I thought she might like to have someone to chat with again.

But I didn't see her anywhere. Then I went home and – would you believe it – started boning up my maths!

---

actually – wirklich; rotten – gemein; bitchy – gemein

Thursday, 7th May

Today I met the old lady again.

She was sitting on a bench in the park. She **beckoned** me across to her and asked me if I'd like an ice-cream. I panicked at the thought of the ice-cream parlour and said: "No, thank you."

"Not in the ice-cream parlour," she said. "Here."

Chatting cheerfully to her handbag she pulled an ice-cream sundae and a spoon out of it, smiled, and handed them both to me.

I sat down on the bench beside her and started eating my ice-cream. She pulled another sundae for herself out of the handbag, then another. She always eats two sundaes, she says, **for reasons of balance**.

I don't know exactly what she meant, but it sounded **convincing**. So I wanted another one, too, for reasons of balance. But she said too much sugar was not good for girls of my age. They gave you pimples.

Hey! What a super tip. On my way home I bought myself a kilo of sugar. Let's see whether I can get into puberty yet or not.

At any rate, the old lady talked and talked. She has a way of asking questions and then immedi-

---

to beckon – winken; for reasons of balance – dem Gleichgewicht zuliebe; convincing – überzeugend; at any rate – jedenfalls

ately answering them herself, so you don't actually have to say much. She carries out the entire conversation. Her own part, of course, but she also takes over my part. That goes **rather** like this: "Do you enjoy going to school? – But of course you like going to school. Everything has got much nicer in he meantime. It's simply more fun for today's kids. Teachers aren't as strict as they used to be. – Or do you still have any of the really old-fashioned **'hands-on' teachers**? – No, I'm sure you don't. Nowadays they're all young, modern people, too." She doesn't really need me, but it's better to have me sitting beside her. Then the other people won't think she's a bit strange – talking to herself like that.

And because she doesn't really need me for conversation, my thoughts sometimes wander off, so that when she really expects a reply from me, I don't know what the question was.

Then comes the embarrassing part. Then she brings her handbag into the conversation. "Mathilde," she says. "Mathilde, I don't think our young friend is listening **particularly** attentively."

The old lady is certainly very strange, but **nice with it**. Her name is Klarafina. And she wants me to use her first name. That's cool for someone of her age.

---

rather – ungefähr; hands-on teachers – autoritäre Pauker; particularly – besonders; nice with it – auf eine nette Art

Today she suddenly asked me whether I was satisfied with the way my life was working out. I waited for her to answer her question for me, but she stopped talking and looked at me questioningly. So she wanted me to answer this question myself. I thought for a moment, then told her that everything was working out wonderfully, especially now that I have my bear.

She leaned back **contentedly** and said that that was wonderful. He would do his work.

No idea what she really meant by that.

When I asked her, she smiled and **winked** at me. She said she was happy that I had found him at last, and that it was a good thing for a girl of my age to have a **protector**.

Exactly, a 'protector'. Everyone would certainly run away if I pulled my bear out of my pocket and said: 'Disappear, or my bear will spit at you!' But I said nothing.

Then I told her that a couple of strange things had happened since I found the bear.

"That was only to be expected," she said.

That's what I call a cool reaction. Not like my mother, who always thinks she's **failed** to bring me up properly.

Basically, I agree with her, of course.

---

contentedly – zufrieden; to wink – zuzwinkern; protector – Beschützer; to fail – versagen

When you think that I'm sitting here on a park bench with an old lady who talks to a handbag which she keeps ice-cream sundaes in. I'm not sure whether this is the right company for a thirteen-year-old.

Where are all the fantastic friends I'm supposed to have? When do I get to go to a disco? And who keeps ringing me up asking if he can take me out??! Well?

Forget it. My mother has certainly done her best. Even mothers are not perfect.

Klarafina wanted to know more about my bear, saying that he was a very special bear. She was absolutely excited, which I found a bit **exaggerated**. At her age you should be a bit calmer and not flip your lid about a little bear, attributing him with all kinds of secrets. He brought me luck. That's all there is to it.

But Klarafina was of the opinion that the bear would change my life. Now all my wishes would be fulfilled.

So much the better.

So please, dear bear, make BJ ring me up and say that he wants a date with me. Thank you.

---

exaggerated – übertrieben

Sunday, 10th May

I can't believe it: he rang up!

Or **rather** Justus rang me up. At first I thought he would pass the phone to BJ right away because BJ is perhaps too shy to ring me up himself. But no. Justus asked me if I'd like to go to a basketball match with him.

Then I realized: BJ asked Justus to invite me so that he can **turn up** later and meet me as if **by chance**. So I agreed immediately, of course. But I didn't say anything to **betray** the fact that I had seen through their little game!

Maybe that's something to do with the bear. That's all right by me.

I looked completely cool: red **patent-leather boots**, a red-and-white miniskirt, a tiny, tummy-free blue top with white stars. Perfect – I looked like a walking American flag. So BJ will see that we're both on the same wavelength: America fans.

When Justus came to pick me up, he gave me a rather surprised look and said we were going to a basketball match, not to a disco.

I told him this was my basketball outfit. I always wore it when I went to watch a match. He asked me to name him a couple of basketball teams and I

---

rather – vielmehr; to turn up – aufkreuzen; by chance – zufällig; to betray – verraten; patent-leather boots – Lackstiefel replied that I couldn't think of the names at the moment but never missed a match.

Justus grinned and said he could tell I was a real professional. Then he said he thought he should mention that we would be sitting in the **stand** and that there were no **vacancies** in the cheerleader team in case I was hoping to join them ...

I smiled at him and said: "Keep cool! I know what I'm doing."

He raised his eyebrows and asked me whether I didn't want to at least tie a scarf round my bare tummy. I would **catch cold** otherwise.

What an idea! I spent an hour sticking a tattoo of the American flag beside my **belly button** in order to show BJ that **I'm keen on** the USA, too. I was certainly not going to tie a scarf round it now!

The match was great. Justus's favourite team won, we drank Cokes and ate hot dogs, and four people wanted to be photographed with me, asking me which cheerleader group I belonged to.

It was really quite good. Except that BJ didn't come. I didn't want to ask Justus where BJ was because he might have been disappointed that I had seen through their little plan.

None of Justus's other friends were there, either. We were the only ones. Not the only ones at the

---

stand – Tribüne; vacancies – freie Plätze; to catch cold – sich erkälten; belly button – Bauchnabel; to be keen on sth – auf etwas stehen

match, of course. But the only ones from our school.

It's really a pity. The first time I go out with a boy, there's no one there to see me.

But I'm worried about BJ. I hope nothing's happened to him.

Monday, 11th May

BJ is alive, everything is OK.

He must be getting a little forgetful. He had a gig yesterday. A school dance at the Luisenschule. Everyone was there.

Linda told me she had gone there with Serafina and the chickens. They've **made up their quarrel**, by the way. Linda bought herself a new hair slide, gave it to Serafina and apologized for **turning on the waterworks** because of her old one. Serafina accepted both her apology and the hair slide, and Linda was allowed to go to the school dance.

Serafina thinks that there are better boys at the Luisenschule than at our school. Linda told me that unfortunately the girls all looked better than us, too. She almost got into another **argument** with

---

to make up a quarrel – einen Streit beilegen; to turn on the waterworks – auf die Tränendrüsen drücken; argument – Auseinandersetzung

Serafina for saying that. But Linda quickly added: "All except you, Serafina." And Serafina was satisfied.

But I'm rather disappointed at BJ all the same. How could he forget such an important date?

In order to give BJ a second chance, I told Justus we could go to another basketball match again soon. Justus thought that was a good idea.

Wednesday, 13th May

I think my bear has **screwed** things **up**.

I went to a basketball game with Justus again and BJ didn't turn up.

I have to talk to Klarafina urgently. But how can we meet? I don't have her telephone number, her address, anything. I only know her first name. That's not really enough information to contact someone. I can't really go to the police and say: "I'm looking for a lady who talks to her handbag, eats tons of ice-cream sundaes, is called Klarafina and talks nonsense about magic bears."

Klarafina – where are you???

---

to screw sth up – etwas verpatzen

Thursday, 14th May

Something sensational has happened: I was in the public library, and who did I meet? No, not BJ, but Klarafina. That in itself isn't the sensation, of course. It's what Klarafina told me. But one thing after the other:

Klarafina was sitting at a table and eating an ice-cream sundae. In the middle of the library. She's got a nerve! There were already two empty sundae glasses on the table beside her.

I went up to her and sat down beside her.

She asked me slightly reproachfully why I hadn't arrived **punctually** and told me that she had already eaten my ice-cream.

We hadn't agreed to meet at a certain time, but I didn't want to tell her that **straight out**. It might have upset her.

Instead I asked her how she was **preserving** the balance.

"Three is actually a magic number. At least for us witches," was her reply.

"For us witches?"

"Yes. And you are one of us now, Jojo."

I looked at her with wide eyes and asked her what she meant.

---

punctually – pünktlich; straight out – geradeheraus; to preserve – bewahren

"But Jojo, didn't you tell me that your bear can do strange things for you?"

She was right, of course. He could.

"He's a magic bear. And he doesn't perform his magic for just anyone. He is meant for a witch," she said quite calmly as she ate the rest of the ice-cream.

She's **gone** completely **crackers**. I don't believe a word she says.

It's the ice-cream. Klarafina is suffering from sugar shock and talking nonsense.

I said goodbye and hurried home.

Wow! If I tell my poor mother, she'll **reproach** herself for having brought me up all wrong and **deprive** herself voluntarily **of the right** to look after me!

Friday morning, 15th May

A witch!

What nonsense! Am I **Snow White**, or is my name Gretel? I ask you! Even as a child I never believed in

---

to go crackers – überschnappen; to reproach – Vorwürfe machen; to deprive of a right – ein Recht entziehen; Snow White – Schneewittchen

Father Christmas, so it's a bit late now for someone to start telling me about witches.

But theoretically, just assuming that there might be some **grain of truth** in it. Supposing I were a witch and the bear was a magic bear. So what? I mean, what does that mean for me? Must I move into some **dilapidated** old **gingerbread** house in the forest? Will I grow a **wart** on my nose now? Will I exchange my bike for a broom? How exactly does a modern witch live? Does she regularly have her warts removed cosmetically? Does she ride around on a **turbocharged vacuum cleaner**?

It's all too silly for words.

So I'll just have to talk to Klarafina about it.

Friday evening, 15th May

Klarafina was nowhere to be found.

Not even in the public library.

But seeing as I was there anyway, I borrowed a **pile** of books on witches. You'll find them in the 'Women's Literature' section, by the way. It was a

---

grain of truth – Körnchen Wahrheit; dilapidated – heruntergekommen; gingerbread – Lebkuchen; wart – Warze; turbocharged – mit Turboantrieb; vacuum cleaner – Staubsauger; pile – Stapel

big, heavy stack of books, and at first I wanted to make the pile **float** along beside me. As a test, so to speak. But then I thought better of it. I don't have to show everyone that I'm a witch. At least not before I'm absolutely sure of it myself. So I simply carried the books home like any other normal person.

So here I sit with the books on the table and have to decide which to read first: 'Caught in one's own **spell'**, 'When the broom refuses to rise', 'The **lighter side of** witchcraft', 'Witches' **curses**: once spoken – never broken' or 'The little ABC for young witches in puberty'.

My mother was just here, saw the books, felt my forehead and murmured something about taking me to the doctor's.

I tried to calm her down. I told her everything was OK, she needn't worry. There was a possibility that I might be a witch. I had this information from a **reliable source**. If she had a **wish** she wanted **granted**, or if I could magic anything for her, she need only say the word.

She was completely **gobsmacked**, and I had to promise her faithfully not to say anything about this

---

to float – schweben; spell – Bann; the lighter side of sth – etwas leicht gemacht; curse – Fluch; reliable source – zuverlässige Quelle; to grant a wish – einen Wunsch erfüllen; to be gobsmacked – von den Socken sein

to anyone. She's going to look for a specialist. I can tell him or her all about it.

My mother is so out of touch with reality.

Sunday, 17th May

Thank you, Klarafina! She tells me that I now belong to the **sorority** of witches, then disappears into thin air! I haven't seen her for days. The earth must have swallowed her up.

In the meantime I've decided to approach the entire witch business **from the scientific angle** – I'm going to carry out a series of experiments. Either I can cast spells or I can't.

First I tried to make Flippi grow rabbit's ears. But I don't know whether the spell worked. Flippi refused to show me her ears. She simply screamed at me to get out of her room, put her hands over both ears and **yelled** that her ears were none of my business. I must be absolutely **bonkers**, she said.

It was only about an hour later that I had the chance to pull her hair back and inspect her ears. But her ears looked quite normal again. A little more pointed, perhaps, and maybe a little more

---

sorority – Schwesternschaft; from the scientific angle – vom wissenschaftlichen Standpunkt aus; to yell – schreien; to be bonkers – übergeschnappt sein

furry than usual, but I couldn't get a proper look at them because Flippi **punched** me right in the eye. Perhaps spells cast by beginner witches don't last very long.

Then I went back to my room and continued practising. I tried to get the **hands of my clock** to move backwards. But to be honest I was not very successful.

Then I remembered my bear. Perhaps I have to hold the bear in my hand when I'm doing magic, so I picked up the bear and concentrated as hard as I could on getting the hands of the clock to move forwards. That worked wonderfully well.

OK. Then I told the bear I wanted my mother to come into my room now and tell me she is going to increase my pocket money.

And my mother did in fact come into my room, if only to tell me that I should finally start doing my homework.

Well, at least half the spell worked.

I think I need a bit more practice. I'll soon work out. Perhaps the bear has to get used to me first.

I'll take him to school tomorrow. My first **victim** will be Serafina.

---

furry – pelzig; to punch – boxen; hands of the clock – Uhrzeiger; victim – Opfer

Monday, 18th May

My first day as a witch is a great success.

With the bear in my pocket, I first told Serafina what I really thought about her. If she gets **cheeky**, I thought, I'll turn her into a wild pig.

I told her she was the worst friend anyone could have. That she was egoistic and rotten, and that girls who had her as a friend didn't need enemies. And that she shouldn't go on pretending to be something better. She might perhaps be a little prettier than most and might wear better clothes, but that was nothing **to get conceited about**. Apart from which she was pretty stupid at school. She should spend more time learning rather than constantly dyeing her hair.

Then I held my breath for a second to wait and see if she tried to hit me. But nothing happened.

She didn't say a word. She just stared at me, and I saw a suspicious **glint** in her eyes. Then she walked off.

Then I went up to Linda and told her that I was founding a club of my own. The Club of the Unkissed. Every member pays two Euros into the **kitty**, and the first girl to kiss a boy gets **the lot**.

---

cheeky – frech; to get conceited about sth – sich etwas einbilden auf; glint – Glitzern; kitty – gemeinsame Kasse; the lot – das Ganze

The good thing about my club is that every member can be in love with whom she likes. And those who don't want to be in love needn't be. But they have to pay the two Euros all the same.

Linda thought she would have to discuss it with Serafina first to see whether it would annoy her.

Oh, Linda has still got so much to learn!

I got the idea of a club of my own from my mother. Yesterday evening she came back into my room after the witch episode and wanted to have one of her 'I'm-your-friend-you-can-tell-me-everything' talks with me. I wanted to calm her down, so I graciously **condescended**.

She definitely wanted to solve a problem for me, but I couldn't think of a suitable one for her to solve. Then I told her about Serafina and her club, and that Serafina doesn't want me in it and is always so rotten.

My mother's **enthusiasm** began to flow.

She loves it when I have problems. She swings into action and produces a load of 'very simple' solutions. I think all this activity gives her the feeling of being a real mother.

So she **suggested** to me that I should simply found a club of my own and exclude Serafina. Then she would see what it feels like.

---

to condescend – sich herablassen;
enthusiasm – Begeisterung; to suggest – vorschlagen

Not a bad idea when you think it came from a mother. Maybe there's hope for her yet.

When she asked me whether that had **sorted out** the witch thing, I had a feeling that it would be a good idea to say yes. She **gathered up** all my witch books and said she would take them back to the library. I hadn't read any of them, but I didn't want to **arouse her suspicions**, so I pretended everything was OK. If I want to, I can magic the books back at any time, of course.

She was very **relieved**, and trotted off to Flippi's room. She was probably on a round of motherly talks, and would be checking Flippi for possible abnormalities.

But she's out of luck with Flippi, who can wind her round her little finger.

If Flippi does something wrong, our mother generally only finds it **'delightful'**, in contradiction to all theories of child-rearing.

Like the time Flippi sold her maths textbook at the **jumble sale**.

Flippi desperately wanted to have a stall at the jumble sale and pestered my mother until at last she said yes.

---

to sort out – in Ordnung bringen; to gather up – einsammeln; to arouse suspicions – Verdacht erregen; relieved – erleichtert; delightful – entzückend; jumble sale – Flohmarkt

But my mother told her: "You may only sell old stuff, nothing valuable."

"Of course," said Flippi.

But that means nothing to her.

To be on the safe side, I kept my bedroom door locked for two days, because Flippi is without scruples.

A couple of days later, Flippi's maths teacher rang my mother up highly indignant protesting about the way my mother treated school property.

During the call it became clear that Flippi had told her teacher she couldn't do her maths homework because my mother had said she should sell her old maths book at the jumble sale because she wouldn't allow Flippi to keep old things in her bedroom.

The teacher was pretty angry and **lectured** my mother on the fact that this book had been school property for generations and that she had no right to **pass judgement on** such a book. It was a valuable one.

My mother kept her cool and said it couldn't be that valuable if Flippi had only got fifty Cents for it. She offered to transfer the **proceeds from the sale** to the school.

---

to lecture sb – jmd. einen Vortrag halten; to pass judgement on sth – etwas beurteilen; proceeds from the sale – Verkaufserlös

Sometimes my mother is really fantastic. She had no idea of what had really happened but was annoyed at the teacher's cheeky approach and **stuck up for** Flippi.

Afterwards she grumbled at Flippi and had to buy her a new maths textbook, too, but she wasn't really annoyed at Flippi.

When I sold my school poetry textbook at a jumble sale, however, (I hate poems) she flipped her lid.

With me, it's a completely different matter. Just because I'm a couple of years older.

And I haven't even reached puberty yet. So I still come under the **Child Protection Act**, don't I?

Tuesday, 19th May

Serafina hates me. She started hating me yesterday. Because I dared to talk to her like that.

That's something at least. Linda told me about it. Secretly, when Serafina wasn't anywhere near us. Because the chickens are no longer allowed to speak to me.

Linda told me that Serafina has also forbidden her brother from speaking to me.

---

to stick up for sb – zu jmd. halten; Child Protection Act – Kinderschutzgesetz

Somehow my club isn't really a best-seller. I'm the only member, and that's pretty boring.

That's what you get for taking your mother's advice! It's all so long ago in her case, and I'm sure she's mixed things up a bit. Everything is different **nowadays** anyway.

I ought to force my mother to become a member of my club and to pay me two Euros. But she isn't unkissed any more.

Well, I suppose the most I could do would be to change the name from the Club of the Unkissed to the Club of Not-Kissed-for-a-Long-Time. Because my mother has certainly not kissed anyone since my father went away, and that's ages ago.

Hang on! I've got it! That's the best idea of the century: I'll found a club to find new husbands for mothers. Because if my mother had another husband, she would certainly leave me in peace. Then she would have problems of her own and not be wanting to solve mine all the time.

I'll put an advertisement in the newspaper.

Maybe Klarafina might like to join, too.

Or should I forget all about the club and **apologize** to Serafina?

---

nowadays – heutzutage; hang on! – Moment mal!;
to apologize – sich entschuldigen

Wednesday, 20th May

Actually I really did want to apologize to Serafina.

I went up to her during break and said: “We’ve got to talk.” I had my hand in my pocket. Suddenly I felt the bear. And at that moment I had second thoughts. A witch has no need to apologize. So I went on: “If you apologize, not only to me but to the others, then I’ll talk to you again.”

Serafina was so angry that her eyes went as big as **saucers** and her voice turned into a **squeak**. How did I dare say things like that? Who did I think I was? That was no way to talk to her!

Somehow that didn’t annoy me at all. I simply smiled and said: “Just think about it, baby.” Then I turned round and walked away.

I like being a witch because nobody can harm me.

Thursday, 21st May

Justus has just rung up again and asked whether I’d like to go to the basketball match with him. There you are! He doesn’t allow himself **to be intimidated** by his stupid sister.

---

saucer – Untertasse; squeak – Piepsen; to be intimidated – sich einschüchtern lassen

But I told him that I don't want to go to another basketball match.

I never meet BJ there. Somehow the bear doesn't seem to be able **to pull it off**.

In order to make it easier for the bear, I told Justus that I'd like to go to one of the gigs where BJ's band plays.

Justus said that everyone else would be there.

So they would, I said, thinking **primarily** of BJ.

Justus had to think about that for a moment. Then he agreed. He said it would be better if we met inside. And when I asked why, he hummed and grawled before finally agreeing to pick me up from home.

Boys are strange creatures.

So, now the bear can do his job. It shouldn't be too difficult for him to make BJ appear at his own gig.

Incidentally, it could be that I have a Justus allergy. He doesn't seem **to suit me** somehow. Every time he rings up or we meet, I get a strange **tickling** in the tummy and feel a bit **peaky**.

---

to pull sth off – etwas hinkriegen; primarily – in erster Linie; to suit sb – jmd. gut tun, wohl bekommen; tickling – Kribbeln; peaky – flau

Friday, 22nd May

The secret commando project 'A Husband for Mother' has been **launched**.

It wasn't easy. I went down to the newspaper office with Flippi. But they refused to accept an advertisement placed by children. Although Flippi immediately reacted with great **presence of mind**, pointing to me and hissing indignantly that I wasn't a child but a grown-up. She even said I was her mother. When the man looked me up and down and cast a questioning glance at Flippi, she kept her cool and continued: "My mother has **growth problems**. But she's undergoing treatment."

I wanted to demonstrate my motherhood by **rapping** Flippi **over the head with my knuckles** and saying, in a critical, motherly way: "Don't be so cheeky, young lady!"

But Flippi was so angry that she forgot the role she was playing, boxed me on the arm and called me an old **swamp cow**.

I tried to smile and said to the man: "That's what happens if you bring your children up too **liberally**." But it was too late to save the situation. He asked us to leave the office immediately.

---

to launch sth – etwas ins Rollen bringen; presence of mind – Geistesgegenwart; growth problems – Wachstumsstörung; to rap over the head with the knuckles – eine Kopfnuss geben; swamp cow – Sumpfkuh; liberally – freizügig

We didn't give up so quickly, of course. We simply phoned the advertisement in from home. We had to phone twice because they asked me how old I was. Although I had tried to make my voice sound older. Then Flippi rang up, and succeeded **first time round**. Flippi's voice has a certain tone that **brooks** no contradiction.

So the project has been launched. The ad will be published. Flippi and I are as excited as if we were getting married ourselves.

Thursday afternoon, 28th May

A complete **flop**.

Mother's potential marriage partners **called**. We told our mother nothing about it in advance so that she would act quite naturally and not get so excited. I'm sure that you get quite excited when you meet the man you are soon going to marry and you might say something silly. And as most of what my mother says is silly anyway, I thought it would be better to tell her nothing and not make her nervous. But it was all **in vain**. My mother screwed it all up anyway.

---

first time round – beim ersten Mal; to brook – dulden; flop – Reinfall; to call – zu Besuch kommen; in vain – vergebens

Incidentally, I made Flippi pay for half of the ad because it is, of course, in her interest, too, to **provide** our mother with problems of her own again. Flippi agreed immediately. My mother must have got on her nerves quite a lot recently!

So Flippi and I **lay in wait**. To be precise, we were hanging about in the hall, waiting to see what would happen. You never know. Maybe our mother will need support. It's such a long time since she last got married.

The doorbell rang. My mother called to me to see who was there.

That was not the plan. She was to open the front door so that the marriage candidate would see her first and fall in love with her at once.

I said I couldn't go to the door.

She called to Flippi, who **whined** that she couldn't go either.

My mother came storming out of her sewing room **in a paddy** past the two of us. But before she opened the door, she grumbled at us for standing around in the hall doing nothing. We could at least open the door.

Flippi said she had hurt both her hands and held up her **paws** pathetically in the air. Shit, that should

---

to provide – versorgen; to lay in wait – auf der Lauer liegen; to whine – plärren; in a paddy – aufgebracht; paw – Pfote

have been my excuse. And when my mother asked ironically what was preventing me from opening the door, I said my legs were hurting and I couldn't walk. A pretty weak excuse, admittedly, but I couldn't think of a better one.

So she was pretty annoyed by the time she got to the door, with her **tape-measure** still round her neck, a **pincushion** on her wrist and five pins in her mouth. I wanted to open the door for her and tried to persuade her to put some lipstick on, but she just pushed me aside. At any rate, she didn't look very **impressive**.

She opened the front door.

A man with a bunch of flowers was standing outside. A fat, old guy of at least forty, perhaps even sixty. He looked just right – she would certainly have plenty of problems with him, I thought.

The man was rather nervous. He was **perspiring freely**. He **cleared his throat**, made a little **hint of a bow** and held the flowers out to my mother. "Good day, Ferdinand Friedrich is my name. I've come about the advertisement."

My mother looked at Mr Friedrich in a somewhat irritated way, thinking that he was trying to sell her some flowers. She said she didn't need any.

---

tape-measure – Metermaß; pincushion – Nadelkissen; impressive – beeindruckend; to perspire freely – heftig schwitzen; to clear one's throat – sich räuspern; hint of a bow – Andeutung einer Verbeugung

Mr Friedrich smiled but went on holding out the flowers. "I appreciate **modesty** in a woman. That gives us at least one thing in common." Then he took one step forward.

But my mother blocked his path. She really has forgotten how to win over a man!

Mr Friedrich became even more nervous, cleared his throat several more times, and tried again: "I regard myself as a gardener, you see, and ..."

My mother suddenly thought she knew what it was all about: "You're at the wrong house. It's Mrs Lüpke who's looking for a gardener."

She was about to shut the door again, but Friedrich wasn't **to be put off** so easily. He pushed the flowers through the narrow slit in the door and murmured: "How nice! You have a sense of humour, too. I'm sure we'll get on very well together."

Suddenly my mother beamed and opened the door again. "Oh, please excuse me. You must be a new driver from the theatre. But I'm **nowhere near** finished. The costumes weren't to be picked up until this evening."

To which Mr Friedrich replied: "If you want to go to the theatre and if that will relieve your bore-

---

modesty – Bescheidenheit; to be put off – sich abwimmeln lassen; nowhere near – noch lange nicht

dom, **I'm quite prepared** to take you. Your advertisement said: 'I'm looking for a man who can relieve my boredom'. I'm exactly the right man for you."

Only now did my mother gradually begin to realize what was happening. But instead of asking him to come in at last, she turned to us and stared at us with that **penetrating** look of hers. Flippi can meet such a look with an expression of innocence. I can't. My mother knew what was going on.

She turned back briefly to Mr Friedrich, told him that it was all, unfortunately, a misunderstanding, and slammed the door in his face. That cost several flowers their heads, for Mr Friedrich was unable to match the withdrawal of his **posy** to the speed with which my mother slammed the door.

Then she turned to us. We quickly tried to slink back to our rooms unnoticed, but it was too late. She stopped us, placed her hands firmly on her hips and **let loose**. She demanded an explanation **on the spot**.

To be honest, I hadn't thought that she would need an explanation. I thought she would see a man, fall in love, the two would marry and Flippi and I would be left in peace. I wasn't at all prepared for the present situation.

---

to be quite prepared – gerne bereit sein;
penetrating – durchdringend; posy – Blumenstrauß;
to let loose – loslegen; on the spot – auf der Stelle

I looked at Flippi. She looked at her fingernails.

Neither of us said a word. This could go on for ever. Our mother's nerves are good. She could keep us standing here for three weeks if neither of us says anything.

I thought for a moment and decided to try the truth. That's not very creative but better than **staying rooted** to the spot. I started off with: "Well ... we thought ... you're always so alone ... and you work so much ... so we ..."

That's as far as I got. "Put an ad in the newspaper?" asked my mother, raising her eyebrows.

Flippi had loosened up a little by now and, still sticking to the truth, unnecessarily corrected her: "A marriage advertisement!"

My mother **gasped for breath** and wanted to shout at us. But Flippi put on her sweetest smile, which she does very well, and I looked so **dejected**, which I do very well.

My mother smiled. She was touched. "But children, that's not the way to do it. There's much more to it than that!"

"What?" asked Flippi.

My mother: "Well, **romance**, for example. That's very important. And ..."

She got no further, for there was another ring at

---

staying rooted – wie angewurzelt dastehen; to gasp for breath – nach Luft schnappen; dejected – zerknirscht; romance – Romantik

the doorbell. She threw us a **threatening** glance – surely not another ...? – and opened the door. Mr Baumann, my maths teacher, was standing at the door with a box of chocolates. At first I was paralysed by shock, but suddenly I got the use of my legs back and **beat a hasty retreat**.

Flippi ran up to him, whispering that he should be romantic – our mother loved that!

My mother was very relieved that it was only my maths teacher and not a marriage candidate. She was really **exuberant** friendly and invited him in.

Flippi followed hard on his heels.

My mother offered him something to drink. He looked at Flippi, who nodded encouragingly and silently mouthed the word 'romance'.

Whereupon he began: "Where we drink and where we love: there the world is rich and free!"

My mother looked at him in irritation and put the coffee pot down again, fetched a bottle of apple juice and said: "Perhaps you'd prefer a glass of fruit juice. You've probably already drunk enough coffee today."

Flippi rushed into my room giving the thumbs-up sign and told me what had happened. Everything hunky-dory.

---

threatening – drohend; to beat a hasty retreat – schnell abhauen; exuberant – überschwänglich

I looked at her **in horror** and told her that the man was my maths teacher. So much the better, said Flippi.

"That's fantastic, then you'll finally get good marks for maths if he marries Mummy."

I told her that I already get good marks, that I certainly won't call him Daddy and that I'd hate to have a teacher in the family. That would be worse than terrible. I told her to go straight back into the living room and **prevent** the marriage.

Flippi toddled off, and I'm sitting here biting my nails.

Later on Thursday, 28th May

It was bound to go wrong.

I don't have to call him Daddy. Flippi told me that Baumann had talked a load of nonsense and even recited a poem: "Thou art just like a flower, so lovely, sweet and pure; I look at thee, and longing is with me evermore!"

My mother began to get more and more worried, and when he went down on his knees and **proposed marriage**, my mother began to realize what was

---

in horror – voller Entsetzen; to prevent – verhindern; to propose marriage – einen Heiratsantrag machen going on. She explained that it was all a terribly embarrassing mix-up.

She said she had put an ad in the paper because … because … she wanted to sell her vacuum cleaner. Was Mr Baumann interested?

The mix-up embarrassed him so much that he actually bought the vacuum cleaner.

And my mother is now furious with me because we no longer have a vacuum cleaner.

That's not my fault. She should have thought of something else to sell.

Flippi suggested that mother could perhaps ask Mr Baumann if he wanted to sell her his vacuum cleaner, because he must now have two. And he certainly hadn't wanted to buy hers. He had only bought it **to cover up** the fact that he wanted to marry my mother.

Unless, of course, my mother should decide to marry him. Then she'd get her vacuum cleaner back. Actually, we would then have two vacuum cleaners …

At that point my mother gave a hysterical scream and told us both to go to our rooms immediately and not to come out until we were eighteen.

To make things even worse, Baumann took the chocolates away with him.

I could use them now – as food for my nerves.

---

to cover up sth – etwas vertuschen

And the chocolate might even give me a couple of pimples.

No chocolates, no pimples, no vacuum cleaner, no husband for mother – what a flop!

Friday, 29th May

My mother and I have **made it up**.

That's quite easy to do. You only have to go into her sewing room, sit down beside her for a bit and say how fantastic you think her work is and how you want to do exactly the same thing when you grow up. And if you then tell her how much you love her and that she's the best mother in the world, then everything is OK again.

I had to get **on good terms with** her urgently, because tomorrow is BJ's concert, and I'm going to it, with Justus. I need a mother who's in a good mood.

In order to make sure, I asked her for her advice on what to wear for the concert. Her enthusiasm immediately caught fire. She loves being asked for advice. She spent at least an hour draping various pieces of cloth over my shoulder, making **sketches**

---

to make it up – sich versöhnen; to be on good terms with sb – mit jmd. auf gutem Fuß stehen; sketch – Entwurf

and **ruffling hems** until I told her I didn't want to make a lot of work for her. I said I'd wear something from my **wardrobe**. She wouldn't hear of it, and insisted on sewing something for me.

I have to say one thing: I make great **sacrifices** to put my mother in a peaceable mood again.

I'd better take my rucksack with me tomorrow – the one in which I keep my normal gear. If necessary, I can get changed somewhere on the way. With my mother, you never know when her creativity might run away with her!

Recently, when my class went to the theatre, she designed a rococo mini-dress for me. I've never felt so embarrassed. It looked as if I had forgotten to finish dressing.

When I wanted to leave my coat at the **cloakroom**, an elderly gentleman quickly wrapped his jacket around my legs because he thought I didn't have a skirt on. I tried to convince him that the final **frill** below my belly button was really a skirt, but he was so shocked and had made me so uncertain that I asked for my coat back.

Then I spent two hours sitting in the theatre in my coat.

---

to ruffle – raffen; hem – Bordüre; wardrobe – Kleiderschrank; sacrifice – Opfer; cloakroom – Garderobe; frill – Rüsche

It wasn't easy, either, because the **usherette** told me that the cloakrooms were downstairs and that I should leave my coat there. Then I opened my coat and told her that I had been in such a hurry that I had been a little forgetful. She nodded understandingly and quickly **enfolded** my legs in the coat again.

With my mother's designs, you have to be prepared. You never know …

But she is really convincing. In matters of taste she will not be contradicted. She must have learned that from Flippi.

It's a mystery to me how my mother always gets me to wear her absurd creations.

She might well have sold the **emperor** his new clothes.

Sunday, 31st May

It was so-o-o-o fantastic!

I went to BJ's concert with Justus. BJ is so-o-o sweet! He stared at me all the time he was singing. Then he came up to Justus and me, looked critically at my hair and asked me whether I had had a difference of opinion with our kitchen **whisk**.

---

usherette – Platzanweiserin; to enfold – einhüllen; emperor – Kaiser; whisk – Quirl

I had really expected a little more fashion-consciousness from BJ, because I had a mega-cool **hairdo**. It took two hours out of my life. First of all I combed all my hair upwards to give it more **body**. I know from Linda that 'body' **is the in thing** this year, at least according to Serafina. And she should know. Then I coloured the tips in various different shades and threaded little flowers into it.

Even my mother thought it was **terrific**, telling me that I looked like a flower-power girl from the sixties. That should have **put me on my guard**. Whenever a mother thinks that an outfit or a hairdo is fantastic, you know that you must look absolutely untrendy.

But I had no time to do anything about it because Justus had already arrived.

Justus asked me why I had a Pumuckl hairdo, and I told him my mother had insisted on it. Otherwise she wouldn't have allowed me out of the house. Justus was surprised, but not too much so. He knows that we're not exactly a normal family.

Unfortunately something rather embarrassing also happened to me. When BJ came up to us I quickly put my hand in my pocket and **groped** for a peppermint, because fresh breath is an absolute must if you want someone to fall in love with you.

---

hairdo – Frisur; body – Volumen; to be the in thing – in sein; terrific – toll; to put sb on one's guard – jmd. stutzig machen; to grope – tasten

But in the **rush** I pulled out an old coat button instead of the peppermint. By the time I noticed my mistake, it was too late to spit it out. So I stood there with a coat button in my cheek. The stupid thing was that the button **pushed** my cheek **out** quite a long way and made talking difficult.

And when we all went off to get hot dogs, I had to try and chew the hot dog with a button in my cheek. Justus then made everything more embarrassing by asking me in front of all the others whether I wouldn't take the button out of my mouth at least to eat.

One thing about Justus gets on my nerves. Whenever his friends are about, he has to make some stupid comment so that everyone laughs at me. Otherwise he's really quite nice.

So I **mumbled** that my dentist had told me I should always do that when eating. To train my teeth. Justus said nothing more after that. BJ laughed out loud and told Justus that he had extremely poor taste.

I thought it was nice of BJ to **stand up for** me, but found this particular attempt had failed somewhat.

Could it be that Justus is even nicer than BJ?

---

rush – Hektik; to push out – ausbeulen; to mumble – nuscheln; to stand up for sb – jmd. in Schutz nehmen

By the way, Mother's new creation for me was a complete success. I knew it must be, because nobody commented on it. I was really grateful to my mother.

She said my hairdo had inspired her. When she saw it, she discarded the little cocktail dress she had made for me, stuck me in a pair of jeans, dug out an old T-shirt of hers with a 'Peace' symbol on the front and dropped an old sleeveless sheepskin jacket over my shoulders. That, she said, made me look really authentic.

I thought I looked as if I were on my way to try and stop a **consignment of atomic refuse**, but was happy that I didn't have to wear the cocktail dress.

Tuesday, 2nd June

Flippi is really impossible.

Today the mother of a boy in Flippi's class rang up to complain bitterly to my mother about Flippi.

It must have been something fairly serious because my mother was soon finding it hard to explain things. First of all, she tried to **deny** that Flippi was her daughter. But the other mother

---

consignment of atomic refuse – Atommülltransport;
to deny – abstreiten

wouldn't be **fobbed off** with that, so my mother ended up by saying: "I can't imagine Flippi doing that. That isn't her style at all."

Oh, anything is Flippi's style. My mother should **give in**. Whatever has happened, I'm fairly sure that Flippi is responsible.

As soon as she had finished the call, she stormed straight into Flippi's bedroom and asked her what she had done to Jan in her class who, incidentally, is a head taller than Flippi.

It **turned out** that Jan is in love with Flippi. So he walked up to her with a bar of chocolate and a bunch of **daisies** and asked Flippi if she wants to be his girlfriend.

And what does Flippi do?

She beat him up. Quite seriously. She **thrashed** the poor guy and told him that if he wanted her to go on playing football and gathering snails with him, he'd better forget such **drippy** nonsense. It was absolutely disgusting. Then she called him a flower-murderer and insisted that he should glue the flowers back on their **stalks**.

She took the bar of chocolate, of course, and told Jan that if he apologized for his embarrassing performance, she would be prepared to share it with him.

---

to fob off sb – jmd. abwimmeln; to give in – aufgeben; to turn out – sich herausstellen; daisies – Gänseblümchen; to thrash – verdreschen; drippy – schmalzig; stalk – Stängel

Although my mother could follow Flippi's argumentation, she told Flippi not to keep on beating up bigger boys. It was embarrassing for her to keep on getting complaints from the other mothers.

Flippi only said, **laconically**, that she couldn't promise not to, but she would do her best.

Incredible!

And I got into trouble in Second Grade because I told Katharina that I didn't want to be her friend. My mother thought that was extremely impolite. She forced me to apologize.

What my mother is doing is commonly known as 'measuring with two different yardsticks'. At least that's the polite way of putting it. The **unadulterated** truth is that the way she treats me is **outrageously** unjust.

No wonder I live my life on the **edge** of depression.

Wednesday afternoon, 3rd June

Somehow everything seems to be bewitched.

Justus wanted to go to the cinema with me. But he asked me not to chew buttons again and not to

---

laconically – ungerührt; unadulterated – unverblümt; outrageously – himmelschreiend; edge – Rand

bother too much about my hairstyle. Otherwise we would only get into trouble with the people sitting behind us because they would constantly be asking me to take off my hat, as it was blocking their view. He said he could explain that to my mother if she **objected**.

First of all I wanted to go with him, but then I remembered that I had to stay by the telephone because I have put a spell on BJ to phone me and ask me out.

It's a pity, really.

So I told Justus I couldn't go. At first Justus said nothing, but then he asked me whether I had other plans and I told him I hadn't. I just had to stay at home and help my mother to **pickle gherkins**.

Goodness knows how I thought of that excuse! Nobody pickles gherkins nowadays. You buy them in jars at the supermarket.

I didn't mention waiting for BJ's phone call to Justus. I don't know why.

Anyway, in the afternoon I sat by the phone **cuddling** and cuddling the bear, and waiting. Until the phone finally rang. And who was it? You'd never guess: Serafina.

The bear is obviously slightly defective: I wish for a call from BJ and Serafina rings up.

---

to object – Einwände haben; to pickle gherkins – saure Gurken einmachen; to cuddle – fest drücken

Never mind. Serafina wanted to know whether I felt like coming down to the ice-cream parlour. BJ and the others would all be there.

Aha, I thought, the bear is still working. But **round corners**, unfortunately. Well, he's still only young and perhaps he doesn't get the spells to work out quite right.

So it's off to the ice-cream parlour and straight into BJ's arms!

Wednesday evening, 3rd June

It was a complete flop!

Nobody was there when I arrived at the ice-cream parlour. So I sat down and waited. Until BJ arrived. Of course he was too shy to sit down at my table. He went to the **counter**.

Serafina and her brother Justus were standing outside the ice-cream parlour. She was pointing **alternately** at me and at BJ. Justus only looked surprised at first, but then his expression changed to anger and he walked off.

Serafina smiled triumphantly, **strolled** calmly into the ice-cream parlour and went to stand beside BJ.

---

round corners – auf Umwegen; counter – Theke; alternately – abwechselnd; to stroll – schlendern

BJ saw her, looked at his watch and asked her where her brother was. Serafina shrugged her shoulders.

BJ was a bit annoyed and asked her what was going on. She had rung him and told him to come down to the ice-cream parlour because Justus had wanted to discuss something with him urgently. Serafina actually told him she didn't know where Justus was, but that BJ could buy her a Coke.

Somehow I had the feeling that something very **fishy** was going on and that it was all Serafina's doing. She's a stupid old **goat**, I thought to myself, and immediately had a suitable idea. I wished that she would bleat like a goat. I squeezed the bear and made my wish.

She'll really make a fool of herself in front of BJ, I thought, and **giggled** quietly.

But Serafina said nothing. She simply stared up **idolizingly** at BJ like a cow with a belly-ache.

BJ looked Serafina up and down, turned away from her and asked, as he walked out: "Is this another of your silly games?"

I had to prevent BJ from leaving the ice-cream parlour because of this stupid goat. So I jumped to my feet. Unfortunately a **loop** of my rucksack got caught in one of the chair legs. I lost balance, the

---

fishy – oberfaul; goat – Ziege; to giggle – kichern; idolizingly – anhimmelnd; loop – Schlaufe

chair fell over, I fell over and as I fell I pulled my full glass of Coke down with me.

BJ turned round, looked at me in astonishment, grinned and walked out.

And Serafina laughed out loud. It sounded just like the bleating of a goat.

It was only a pity that BJ was not there anymore to hear it.

Thursday, 4th June

Justus is angry with me.

He came up to me at school today and said that if I didn't want to go out with him I should say so **honestly** and not lie to him. He said he was grateful to his sister that she had opened his eyes for him.

Has he gone completely crazy? This is the first time he's said anything nice about his sister. But I'm afraid I don't know what he's talking about. And before I could ask him he had turned his back on me and walked away.

Hardly two seconds later BJ walked past and asked me: "Back on your feet again today, eh?"

Justus heard him and **gave him a black look**. The

---

honestly – ehrlich; to give sb a black look – jmd. böse anschauen

stupid expression on his face really spoilt BJ's attempted advance for me. I wonder whether BJ is really in love with me now?

Linda told me that Serafina had said that the cheekier boys behave, the more they are in love with a girl. BJ probably only has to realize this himself, then everything goes OK. But because he's a boy, this might take forever.

Boys are not exactly **quick on the uptake**. Especially not as far as their own feelings are concerned. We girls **cotton on** immediately. We know what's going on, we know our feelings. And the boys' feelings, too.

Somehow I feel a bit strange. As if I ought to **burst into tears**. But I don't, of course. And I won't miss Justus. Certainly not. Not on your life! I can **conquer** BJ without his help. After all, I have my bear and I can work magic.

---

to be quick on the uptake – eine rasche Auffassungsgabe haben; to cotton on – kapieren; to burst into tears – in Tränen ausbrechen; to conquer – erobern

Friday midday, 5th June

Everything's hunky-dory.

I've **virtually** conquered BJ. I shall be singing in his band!

BJ's band is participating in a talent competition the day after tomorrow. And Fee, the singer in the band, has **laryngitis**. Today I saw BJ's notice on the school notice board. Anyone interested in standing in as replacement singer for Fee should come along to **audition** this afternoon.

My bear certainly never runs out of ideas! I tell him I want to sing in BJ's band and he magics a sore throat for Fee. Actually that's a bit naughty of him. I feel really sorry for her. But we witches can't be softies!

Once upon a time, one of my colleagues even ate a small boy, didn't she? Or did Gretel manage to free Hansel in time? I think so.

Well – whatever. I have to **dash off** to the audition.

Incidentally, I couldn't care less whether Justus is angry with me or not.

---

virtually – so gut wie; laryngitis – Halsentzündung; audition – Vorsingen; to dash off – etwas schnell erledigen

Wow! What a **stampede**! All the girls at our school were there!

When BJ and the boys from his band turned up, they first had to fight their way through a gigantic **concourse** of **would-be** girl singers. BJ was flustered, and said that it would take at least two weeks to audition them all. In fact, it took less time than that.

First of all he deselected all girls under twelve and over fifteen. They grumbled, of course, but finally left.

BJ and the boys then disappeared into the **rehearsal cellar** and Serafina attempted to get the other girls to go home by saying that it had already been decided that she should sing in the band. At which – unbelievably – most of them **actually** did wander off.

I didn't mind. There was no longer so much competition. Although that didn't matter, of course, because I had my bear with me and he is **responsible** for my super voice.

At last BJ called in the first candidate.

Serafina had elbowed her way to the front of the queue, of course, and insisted that she was first.

---

stampede – Menschenauflauf; concourse – Ansammlung; would-be – Möchtegern; rehearsal cellar – Probenkeller; actually – tatsächlich; responsible – zuständig

When she came out again she told the others that it was all over. BJ had decided to take her and the others could trot off home. And the handful of girls who hadn't believed her first time round now went away.

I didn't believe a word of it, of course, and stayed.

Until BJ stuck his head round the door. He was surprised that no one else was waiting, and waved me in.

I found it a bit silly that he actually asked me what my name was. Funny guy. He probably didn't want the other members of the band to know that he and I are friends. He thought they would otherwise certainly not have believed that he was **impartial**. OK – I played along with his little game.

I began to sing, putting my hand in my pocket and squeezing the bear hard all the time.

Just to be on the safe side and not to break the spell. I really sounded good. I'm not the worst singer, but with the bear to help me I was definitely **tops**.

Andi, one of the musicians, said I had a fairly useful voice, and Daniel commented approvingly that I was not as **prim** as the **bint** before me. (He meant Serafina. Haha!)

BJ shrugged his shoulders. If he only had to

---

impartial – unparteiisch; tops – spitze; prim – zickig;
bint – Tussi

choose between me and Justus's neurotic sister, he said, he would rather take me.

Then I had to promise him that I wouldn't do anything silly, that I wouldn't fall over on stage and drag the equipment down with me (he was referring to the incident in the ice-cream parlour) or try to sing with a button in my cheek. And I shouldn't do my hair like a broom again, either.

It didn't worry me that he spoke to me in such an unloving tone of voice, because I know from Linda that boys are unable to show their feelings.

We practised a bit more, then Serafina stuck her head round the door and asked whether I hadn't finished yet. She couldn't wait outside for ever.

I told her that she needn't wait any longer. She could go. BJ had chosen *me*.

Then she exploded.

She grabbed me by the **collar** and hissed at me: "You'll be sorry for this!"

To punish her, I made a wish that her hair should lose its colour, but she closed the door behind her so quickly that unfortunately nobody saw the change.

My mother was absolutely ecstatic when I told her about it. She was as pleased as if she herself had

---

collar – Kragen

been chosen to sing, and told me that she had always dreamed of becoming a singer.

But the worst part is that she has threatened to design and sew me an absolutely fantastic outfit.

Not again! What are shops for, anyway? She can be a real **spoilsport** sometimes!

Saturday, 6th June

Klarafina was sitting on her bench again today.

Strangely, she always gives me the feeling that we had agreed to meet and I had turned up late. She's such a **funny old bird**. But nice. Really nice.

The first thing she wanted was a report on how my life was getting on.

Well, all my news was good: everything is super good, couldn't be better. I told her how I had managed to become the singer in the school band, and Klarafina was very proud of me. She shared my joy.

Then she told me that I should use my powers in a sensible way.

I said I was doing that already.

But when I mentioned that I was in love with BJ and would soon be kissing him, she was horrified,

---

spoilsport – Spielverderber; funny old bird – kauzige Alte

saying emphatically that it would be better if I didn't.

I said nothing. But honestly – I only rarely allow my mother to forbid me anything. So why should I listen to the warnings of a dotty old lady? Even if she were the most experienced witch in the world!

Justus is still not talking to me – he **can take a running jump** as far as I'm concerned!

Monday, 8th June

It was absolutely fantastic!

My life is wonderful. I'm the star of the school. No wonder – after all, I *am* a witch!

Yesterday was the talent competition for young bands. I sang incredibly well. And nearly squeezed my poor bear to death! BJ told me to take my hand out of my jacket pocket, but I told him I had seen girl singers doing that on a music video. BJ then turned to the others and said he hoped Fee would soon be well again.

But that'll take longer than he thinks, because she's having her **tonsils** out. And so – hurrah, hur-

---

can take a running jump – kann einem gestohlen bleiben; tonsils – Rachenmandeln

rah! – he has to take me to the recording studio with him. Because, of course, we won the talent competition!

I almost told BJ that I had arranged it with the help of my supernatural powers, but I think I'll let the band go on believing that they won it fair.

After our performance a lot of photos were taken. Of the band, of BJ and of me.

But at the critical moment, Flippi spoilt everything. The little **toad** was there, too, with her **dwarf**-friends.

I distinctly told my mother not to allow Flippi to bring them along. But she only said I shouldn't be so strict. After all, no one could stop Flippi's friends from going. It was an afternoon event and open to the general public, too.

That's how Flippi **did me out of** my kiss.

Everything got off to a perfect start.

The photographer wanted a photo of just BJ and me. BJ was supposed to put his arm round me, then we should both look at his camera over our shoulders and laugh.

That's exactly what we did. The photographer was very pleased. Then he asked BJ to kiss me. He said it would be a great photo.

---

toad – Kröte; dwarf – Zwerg; to do sb out of sth – jmd. um etwas bringen

I thought my heart would stop beating – I've reached the goal of my dreams. Everything will work out all right now. BJ will kiss me.

But BJ didn't think that was particularly cool. He tried to do a deal with the photographer. He said he would rather do something else. And I know why, of course. BJ would rather be alone with me for our first kiss, not in an unromantic atmosphere as this, with thousands of people **gawping at** us.

But the photographer wouldn't give in. He told BJ not to make such a fuss. Surely it wasn't his first kiss? Anyway, it was only for a photo, and BJ only had to pretend. The idea was to give the impression that BJ was totally happy with his new singer.

BJ finally gave in, leaned over me and, just before our lips touched (BJ's aim was not particularly good: if I hadn't turned my head at the right moment, his kiss would only have landed on my cheek – so he hasn't had a lot of practice) my stupid, **waste-of-space** sister called out: "Watch out, BJ. Jojo's got puberty, and that's **infectious**!"

BJ's head **jerked back** and he told the photographer that, after all, he'd rather just shake my hand. And that was the end of my kiss!

Flippi and the other dwarves laughed like drains.

---

to gawp at – anglotzen; waste-of-space – nichtsnutzig; infectious – ansteckend; to jerk back – zurückzucken

There and then I turned Flippi into a hamster, but I lost sight of her at the same moment. And no wonder in that crowd! One of the kiddies probably picked up Flippi and was pleased to have found a pet. **My pleasure** – any time!

Unfortunately, Flippi did in fact turn up at home later. As Flippi. No trace of fur or whiskers anywhere. Somehow my spells never seem to last very long.

Tuesday afternoon, 9th June

Klarafina doesn't understand me.

I went into town straight after school today and looked for Klarafina. Library, park, ice-cream parlour, the usual places. I was about to give up when I saw her sitting on a bench outside the old people's home. She became a bit **flustered** when she recognized me and walked to the park with me. To the bench where she usually waits for me.

I asked her whether she lived in the old people's home but she merely rolled her eyes and said I certainly had some strange ideas.

I told her what had happened right down to the

---

my pleasure – gern geschehen; flustered – nervös

smallest detail. The performance, my fantastic voice, that we had won first prize and also about Flippi and the kiss.

Klarafina listened to everything but seemed to be very worried by some of the things I told her. When I told her about the sad anticlimax of my first non-kiss, she was visibly relieved: "What a good thing Flippi was there," she sighed.

What a good thing??! Flippi is a catastrophe on two legs. But Klarafina shook her head and said I should be grateful to Flippi.

What?! Klarafina can never have had a little sister. Gratitude and little sisters are **mutually exclusive**! I tried to explain everything to Klarafina again in detail because I was certain she hadn't understood me properly. But she said I had been very lucky. Things might have gone badly wrong.

She has no idea! Things *did* go wrong, but Klarafina unfortunately doesn't understand this.

Maybe Klarafina isn't all too clear about the entire concept of love: first you fall in love, then you kiss. But she never wants to hear about love, she keeps on warning me about it.

I would really like to know why Klarafina is against my kissing BJ. Perhaps I should try to find Klarafina a husband, too. Once she has fallen in love, she'll know what I'm talking about. She'll cer-

---

to be mutually exclusive – sich gegenseitig ausschließen

tainly be grateful and won't make the sort of fuss my mother did.

When I suggested this to her, she came down to earth with a bump. "But Jojo, what a **preposterous** idea!"

I'm afraid I don't know what 'preposterous' means, so I'm not quite sure whether she was delighted or horrified.

Tuesday evening, 9th June

Wow! It nearly happened today: my first kiss.

We rehearsed all afternoon, and nothing embarrassing happened to me at all. Seriously. I was totally normal. BJ doesn't make me nearly as nervous as Justus does.

Justus – Bah! I won't waste another thought on *him*. Honestly. I **don't give a monkey's** what he does! He doesn't interest me at all.

During break he was standing around talking to some goat from another form in my grade. Linda was clinging to my arm all the time, sighing and talking about how **smashing** Justus looked and how

---

preposterous – hanebüchen; not to give a monkey's – sich einen Dreck drum scheren; smashing – umwerfend

swee-e-e-t he was. And she would love to be in love with him, but Serafina won't let her. And how lucky I was to have been out with him. And didn't I really find him smashing, too?

Justus – no, he's not my type at all.

That calmed Linda down, and she asked me for any tips I had about how she could get Justus to invite her to the cinema or buy her an ice-cream.

Tips from me! I ask you! But then I remembered that I was a witch who can do anything and who knows everything.

So I explained to her how you get a boy to fall in love with you: it all starts with the right outfit. You should style yourself to look at least three years older. It's also best to insist that you are considerably older. If anyone asks why you aren't in a higher grade at school, you say that you only started school at nine because your parents belong to a sect which forbids children to start school before they are nine. Then you look at the boy of your choice in a meaningful way. The best time to do this is when all his friends are present. As soon as his mates start to make jokes about him and start winding him up, you know you're on the right track. If he snaps at you, telling you to stop **goggling at** him in that stupid way, you can be certain that you've **hooked** him.

---

to goggle at sb – jmd. anstarren; to hook sb – jmd. an der Angel haben

You can, of course, simply walk up to the boy you find fantastic and ask him whether he would like to take you to the cinema. But that's far less thrilling.

Linda was completely fascinated by my lecture – so was I – and said it was a real pity that she couldn't be my best friend. But Serafina would never allow that.

Poor Linda.

Back to the rehearsal, and to my kiss that wasn't:

BJ was quite enthusiastic about me, and kept on praising me. When we had finally finished, it was already quite late and BJ offered to take me home.

Wow! BJ's taking me home! I was **over the moon**!

So there we were standing outside my front door and I was **frantically** trying to think what to say in such a situation. I thought back to all sorts of films that I've seen, but I couldn't think of a scene that fitted and the text of which I had learnt **by heart**.

So I drew circles on the pavement with the toe of my shoe. I'd read about that in a book. The girl was in love and the boy realized it when he saw her doing that.

But BJ didn't notice anything at first, although I had even begun to draw invisible hearts on the pavement with my foot.

---

to be over the moon – hin und weg sein;
frantically – krampfhaft; by heart – auswendig

BJ put his hand on my shoulder and said: "Well, then ..."

What does "Well, then" mean in a situation like that? 'Well, then ... Let's kiss'? – 'Well, then ... Do you want to be my girlfriend?'? – "Well, then ... Bye-bye!" is what BJ said.

Shit! That's not what I'd planned. I quickly said: "What do you really think of my voice?"

"It's great. Seriously, you're really great."

Me: "And what else?"

BJ: "What do you mean 'what else'?"

Me: "Well, 'what else' of course!"

Stupid dialogue! I've never heard or read anything as ridiculous as this.

BJ: "You've got a really great voice. And you're only thirteen."

I know what to say next: "I'll be fifteen soon."

BJ was quite astonished: "Really? When?"

As quietly as possible, I said: "In two years' time."

BJ laughed.

That was the time to make use of the bear. I had to do magic, I couldn't go on like this. I pressed the bear and wished for BJ to kiss me. I closed my eyes and waited.

Suddenly a window opened and I heard Flippi **bawl**: "Jojo, hurry up, it's bedtime. Children of your age should be in their beds at this time."

---

to bawl – plärren

I couldn't believe my ears! I opened my eyes.

BJ laughed, looked up at Flippi and said: "I think so, too. Her eyes were closed a moment ago." Then he patted me on the shoulder and walked off.

I couldn't believe it! Flippi had just spoilt my second first kiss!

Just you wait, Flippi. I'll **set** our mother **on you**!

Haven't seen Justus for two days.

Maybe he's ill? Actually, I don't give a monkey's, of course, but if it's something catching, **measles** or **chicken pox** or something like that, I ought to know. So that if I see a measle or a chicken pock on my nose, I don't go wild with joy in the belief that it's a pimple!

Wednesday afternoon, 10th June

Today was the most terrible day of my life. It's all over. BJ hates me. If he was ever in love with me, it's definitely all over now. Everything is so **dreadful**.

And it's all Flippi's fault. I'll never forgive her.

Last night, during supper, I said to my mother

---

to set sb on sb – jmd. auf jmd. hetzen; measles – Masern; chicken pox – Windpocken; dreadful – furchtbar

that I thought Flippi had serious psychological problems because she can't stand the sight of two people in love kissing and suffers from a **compulsion** to prevent it. I said that this was certainly because she was growing up without a father, and told my mother that it was high time she **looked after** her properly.

This is about the nastiest thing Flippi and I can do to each other: to make sure that our mother looks after us. Then she wants to spend a lot of time with us and even cooks us meals.

Cooking is always the first turn.

She goes into the kitchen and starts **raving on about** all the **special implements**. (We're talking about the wooden spoon and the **hand-whisk**.) In next to no time, the kitchen looks like a chemistry laboratory after an explosion.

Whatever she has mixed together and warmed up, she then calls a hot meal. But it's not always hot, because she hasn't mastered the use of the stove yet and is constantly turning on the wrong plates. After five minutes she says the food is ready – **patience** in the kitchen is not one of her strong points.

She sits down at the table with us and observes us

---

compulsion – Zwangsanwandlung; to look after sb – sich um jmd. kümmern; to rave on about sth – von etwas ganz begeistert sein; special implements – Spezialwerkzeuge; hand-whisk – Schneebesen; patience – Geduld

with excitement as we raise our forks to our lips. Then she wants to know what it tastes like.

It always tastes terrible, but we are **brave** and say "Great!". We know that she means well.

Sometimes we ask her why the sauce has such thick **lumps**, and she tells us that those aren't lumps but mushrooms. But the mushrooms are still in the tin, and the tin is standing beside the stove, unopened. My mother doesn't notice things like that. She had the idea to put some mushrooms in the gravy, and that is enough. In her opinion there are mushrooms in it. And we chew away at lumps of **flour**.

When we've finished, she tries the food herself, pulls a face and says: "Ugh! You can't possibly eat that!" She gets a bad conscience and invites us out for a pizza. That's the good part of the **special-care** programme.

But that's not the end of it: when we get home she wants to play party games with us.

That is very **strenuous**, because she is the worst winner in the world. Every time she wins she starts to **moan** that she didn't mean to win and was so sorry.

Then we have to console her for about two hours, and she only stops apologizing when we have

---

brave – tapfer; lump – Klumpen; flour – Mehl;
special-care – Sonderbetreuung; strenuous – anstrengend;
to moan – jammern

invented a rule according to which she hadn't actually won.

During these active 'caring-for-the-children' phases it is also a good idea not to bring friends home because our mother is completely **uninhibited** about applying her therapy to other children.

In any case, I don't have any friends any more. But Flippi has quite a band of followers. And in the meantime most of them ask Flippi before they come round whether it's really true that our mother won't be at home.

To put it **bluntly**: when our mother 'takes care' of us, it's a real punishment.

And that's exactly why I did it. Flippi had to be punished because she spoilt my first kiss.

The fact that I had turned her into a hamster was really meant as a punishment and warning for the future, but Flippi has learnt nothing from my spell. And, above all, Flippi even denied ever having been a hamster.

So I've set mother on her now.

Flippi was so annoyed with me as a result that she stole my bear.

She saw him and wanted to know where I'd got him from. I didn't tell her anything, of course. I just

---

to invent sth – etwas erfinden; uninhibited – hemmungslos; bluntly – unverblümt told her to **toddle off** into her room and leave me in peace.

But she didn't go. She kept on getting on my nerves. I threatened to tell the bear to bite her on the nose if she went on sticking her nose into other people's business.

I should have known that that sort of thing doesn't work with Flippi. She probably thought: I'll really stick my nose in now, and **pinched** my bear. Out of my jacket pocket. And so that I wouldn't notice it straight away, she put something else into my pocket: a chocolate cake – without the packaging.

But I didn't know that when I set off for the recording studio.

So I walked into the recording studio, no prob, we're on. I took up my stance, put my hand in my jacket pocket and pressed as hard as I could. The chocolate cake, unfortunately. It crumbled.

I was so shocked that I screamed. When I took my sticky paw out of my pocket, BJ nearly flipped his lid. He said I wasn't here to perform one of my screwy **party pieces**, but to sing.

But how could I sing after that – without my bear? That wouldn't work. I'd sound like a chicken with a

---

to toddle off – abhauen; to pinch – stibitzen; party piece – Kunststückchen sore throat, but I couldn't tell BJ that. I went on screaming because I thought, of course, that I had squeezed the bear to a pulp. The thought almost made me **puke**.

BJ turned round and told me to disappear, saying to the **studio engineer** that they would come back when their normal singer was better again. And he **stressed** the word 'normal' as he gazed at me with a look that spoke volumes. So I went home.

That's how quickly a promising career can come to an end. So my singing days are over. What am I talking about singing for? My whole life is over.

I also hate Justus. I'll never speak a single word to him again. Linda told me, you see, that she'd seen him in the ice-cream parlour with two girls from Grade 8. Linda was quite **downhearted**. How can he do a thing like that to Linda? He's so rotten!

Wednesday evening, 10th June

Now I'm **in trouble with** my mother.

All because of Flippi.

When I got home from the recording studio I

---

to puke – kotzen; studio engineer – Aufnahmeleiter;
to stress – betonen; downhearted – geknickt;
to be in trouble with sb – mit jmd. Ärger haben

dashed into Flippi's room, knocked the little tick under her desk with a skilful blow and turned the room upside down in search of my bear. And how! – It was like a scene from a film. I **hurled** everything up to the ceiling.

Result – nix! So I grab Flippi by the collar and scream at her: "Where is he?! Come on, give him back!"

She plays the innocent and stares at me: "What do you mean?" But she knew exactly what I meant. I got even angrier and she called for her mummy, just **to be on the safe side**, and kicked me on the shin.

My mother came, saw and hissed: "What's going on here? Stop fighting immediately!"

But you can't just stop fighting just like that.

So she separated us and held us far apart. Flippi kept on trying to hit me, screaming: "It's always my fault when she can't find something!"

"Because you're always pinching my things. Now give me my bear back!"

My mother let go of Flippi and dragged me to the door. Then what I really hate happened: "Jojo, you're the eldest and **have more sense** ..."

"But she took my bear," I complained. "I know she did and I need him urgently!"

---

to hurl – schleudern; to be on the safe side – sicherheitshalber; to have more sense – vernünftiger sein

To which my mother replied in her typical 'reproachful-mother' tone. "But Jojo, how on earth can you need a bear 'urgently'? Flippi, have you got it?"

"No-o-o," said Flippi **feigning** injured innocence.

And my mother believed her. That can't be true! I made a weak attempt: "But ..."

That was enough for my mother: "Jojo, I don't want to hear any more about it. I've got work to do." **Muttering to herself**, she pushed me through the doorway.

Just you wait, Flippi! My revenge will be terrible. And I know what I'm going to do already. Something **significant**. Flippi must learn to stay in her room and not nose around in my things! I'll smear super-glue on her desk chair, and when she sits down on it she'll stay where she is. For a very long time.

Sunday, 14th June

My mother is still **cross**. Really, genuinely angry. She's **fed up with** us. She didn't think much of my idea with the glue. The symbolism of my gesture

---

to feign – vortäuschen; to mutter to oneself – vor sich hin grummeln; significant – bedeutungsvoll; cross – sauer; to be fed up with – die Nase voll haben von

was unclear to her, she just thought it was completely **potty**. She's still thinking about how best to punish me.

Oops!

She's screaming at me again to switch my light off. I'd better do just that.

Monday, 15th June

You have to have seen it to believe it. It was like this: we're sitting at the breakfast table. My mother is making our school sandwiches. She's already made seven sandwiches. My mother is cross. She keeps on making sandwiches. Icy silence. Even Flippi is quiet.

I cautiously attempt conversation: "Mummy, I only wanted …"

My mother interrupts me immediately: "There's no explanation for it. You're too old to do something so stupid. What on earth were you thinking about?"

"I was thinking …"

My mother interrupts me. "Be quiet! I don't want to hear another word."

How about that? Typical of all mums: they ask a

---

potty – durchgeknallt

question, and when you start to answer it, they say: "Be quiet."

She goes on angrily making sandwiches. This is the tenth, because she isn't watching what she's doing.

Flippi gives me a sign, makes a **tormented** face because our mother has finished another sandwich and shows no sign of stopping.

I just shrug my shoulders.

My mother looks at me. "I still can't believe it. Why do you do things like that?"

I cautiously try again: "But Mummy ..."

She lifts a hand: "Say nothing!"

Flippi **butts in**: "Mummy, Jojo only wants to tell you that you're putting butter on the twelfth sandwich. I could feed my entire class with that pile!"

My mother hisses at Flippi: "And you be quiet, too."

Then she looks at the sandwiches, puts the knife down and says: "I really am far too nice to you."

She gathers the sandwiches and stacks them on her plate. "Make your own sandwiches. I'll eat these!" She takes a hearty bite and wanders off into her workroom with the plate in the other hand.

How can we children turn out right with **role-models** like that?

---

tormented – gequält; to butt in – sich einmischen; role-model – Vorbild

Flippi then **penitently** pushed the bear across the table to me and I was too dejected to give her a **clip on the ear**.

Strange. I miss Justus. What a pity that we're not friends any more. Not that I'm in love with him or anything like that. It's just that ... oh, hell, I don't know. There's nothing much wrong with him. He's real cool, I suppose. I mean good-cool, not stupid-cool like most of them.

Wednesday, 17th June

I'll **tar and feather** Flippi! She's done just about the most **embarrassing** thing possible. She's written Justus a love letter. In my name! And I had no idea.

It all happened like this: I was lying on my bed this afternoon in a bad mood, wishing that BJ would phone me. But nothing happened. I don't know what's wrong with my bear.

The doorbell rang and a few moments later my mother poked her head round the door: "Jojo, you have a visitor."

---

penitently – reumütig; clip on the ear – Ohrfeige; to tar and feather – teeren und federn; embarrassing – peinlich

Wow! BJ's come round to see me! Fantastic, I thought.

I jumped up, looked around my room in panic, quickly hid the bear under the **bedspread** and pushed everything that looked too much like a little girl's stuff under the bed.

Then I draped myself **casually** and still a little out of breath across my bed, picked up a book and pretended that I was reading. Unfortunately I didn't realize that I was holding the book upside down.

The door opens and I glance up from my book.

But it wasn't BJ standing in the doorway, but Justus. I was completely confused and could only say: "Oh, it's you."

Justus was slightly **offended**: "Of course. Were you expecting someone else?"

Well, actually I was. I had definitely told the bear that I wanted BJ.

But then I noticed that I was really happy to see Justus. Honestly. So I quickly replied: "No-o-o, I was just thinking aloud. So what are you doing here?"

Justus didn't reply. He only pointed to my book and said: "Are you practising reading on your head?"

---

bedspread – Tagesdecke; casually – lässig;
offended – gekränkt

Embarrassing. "Of course," I replied. "It's training for logical thinking."

Justus didn't believe a word of it. Not even when I told him that I had discovered this fact in a book entitled 'Learning Logic Made Easy' by Professor Hans-Joachim Winzelpütz, Ph.D.

I got up, put the book away and looked at Justus.

Justus got a bit **embarrassed**. Quite seriously, I've never seen him like that before.

Then he mumbled: "Thank you for your letter."

Letter? What letter?

I must have asked the question out loud, because Justus replied: "Your letter. The one your little sister gave me."

"That toad gave you a letter!"

Justus was a bit confused. "Yes. With best wishes from you. Your name was at the bottom, too."

"Good heavens!" I couldn't think of anything else to say. Flippi certainly didn't do it to do me a favour. She wanted to embarrass me. Just to be on the safe side, I told Justus that I had nothing to do with the letter. It was probably my loopy little sister who had written it.

Justus was obviously disappointed: "I see. So not one word of what she wrote is true?"

"Not one word."

"Pity!" Justus didn't look very happy.

---

embarrassed – verlegen

I felt sorry I'd said what I said, because I was curious to know what was in the letter.

But Justus was not to be led into my little **trap**. "It doesn't matter. You didn't write it after all."

Shit! I would really like to have known what was in it, because Justus wasn't at all angry. Perhaps it was a nice letter.

Must have been a nice letter, because Justus suddenly held out a present for me. "Here. You can have it anyway."

I was completely **flabbergasted**. My first present from a boy!

I tore the package open and went red as a **beetroot**.

It was a wristwatch. Pink with hearts on it. It's so-o-o-o sweet! I've always wanted one just like it. Justus is so-o-o-o nice. What on earth could have been in that letter?

When Justus had gone, I wondered whether I should really punish Flippi. Her dotty letter has, so to speak, brought Justus and me together again. What do I mean: 'brought us together again'? We're talking to one another again, because I was able to explain the ice-cream parlour **incident** to Justus. He understood immediately, saying it was typical of Serafina to **hatch plots**, to scheme and

---

trap – Falle; flabbergasted – von den Socken;
beetroot – rote Bete; incident – Vorfall; to hatch a plot – etwas aushecken

that sort of thing. So Justus wasn't cross with me about that any more.

And then Justus wanted to know whether it was true that I was in love with BJ. Oooh, what an embarrassing question! I told him that I was in love with nobody. My mother had forbidden me to fall in love. She said it was unhealthy.

Justus gave me a pitying look: "Your mother is a bit **peculiar**, isn't she?"

I could only agree with him.

It could be that Flippi is perhaps quite a nice girl after all. Because I called on her immediately and asked her why she had written Justus a letter in my name. She had the nerve to say that she had been sorry to see how **sad** I had been recently and that she had thought it might be because I haven't been seeing Justus lately. So she had written him a love letter.

I was quite **touched**. I cuddled her and told her that she had done wrong, even if it was right. But that only confused her. But I couldn't find a better way of explaining things.

And that almost might have been the first day we hadn't had an argument.

But then she said: "To be on the safe side, I wrote a letter to BJ, too."

She probably thought I would praise and cuddle

---

peculiar – merkwürdig; sad – traurig; touched – gerührt

her the more, and was terribly shocked when, instead, I began to shake her and scream at her, calling her the rottenest sister in the world.

Flippi screamed back that I ought to have an anti-puberty **jab** and that it was impossible to live with me. Then she kicked me on the shin and ran off.

I've been embarrassed right down to my toenails! What on earth is BJ expected to think of me? I can never go to school again. I can't ever show my face there.

My life is **in ruins**.

I'll have to leave school. At the age of thirteen. What is to become of me? I mean **vocationally**, for instance. No school-leaving certificate. Breaking off my education in the middle of seventh grade? What will the **careers officer** at the **Jobcentre** say about that? What sort of profession does that qualify me for?

I'm afraid it's not even good enough to qualify me for the job of **Federal Chancelloress**. That was my alternative if I failed to make a career as a singer. And that career **went down the pan** thanks to the chocolate cake. How can life go on after this?

I cried a little and talked to the bear about my suf-

---

jab – Impfung; to be in ruins – ruiniert sein; vocationally – beruflich; careers officer – Berufsberater; Jobcentre – Arbeitsamt; Federal Chancelloress – Bundeskanzlerin; to go down the pan – den Bach runtergehen

ferings. Then I remembered that I'm a witch and have absolutely no reason to **moan**. I can't understand why I keep on forgetting that.

Thursday, 18th June

Yet another problem. Not a day goes by without stress! I had arranged to meet Justus at the ice-cream parlour. On my way there I saw Klarafina sitting on the park bench. So of course I first went over to Klarafina. I was already a bit late, but I thought that Justus would wait for me.

Klarafina was sitting there so alone, and I had the feeling that I should make sure she was OK.

She wasn't in her usual good mood and told me reproachfully that I was late. I thought she meant my date with Justus and was surprised that she knew anything about it. So I said: "Well, only a couple of minutes."

She asked me what I meant by minutes and told me she'd been waiting for me for three hours. I said that was impossible, that I knew nothing about it.

Klarafina gave a loud sigh and said she had sent me a telepathic message. She asked me if I hadn't received it.

---

to moan – jammern

Interesting. It was completely new to me that witches can communicate via **thought transfer**. But I didn't want to admit it. It might be that every normal witch knows that sort of thing automatically and that I'm maybe only a second-class witch. I mean now and again my spells somehow go wrong. And until I know whether it's the bear's fault or mine, I'd better keep my mouth shut.

So I just said I hadn't received any messages. Klarafina was still looking at me a little reproachfully, but finally told me to sit down and gave me an ice-cream.

We chatted quite **cosily** until she suddenly got **restless**. When I asked her what the matter was, she told me she was just receiving a message. But there was some kind of **interference** and she would have to change her position **briefly**. She said it, pushed her ice-cream sundae into my hand and was gone. But Mathilde was still sitting next to me – her handbag.

I felt sorry for Mathilde and talked to her a bit so that she wouldn't miss Klarafina so much.

Suddenly I heard a voice behind me: "Hey, Jojo! Where've you been? We had a date."

Justus was standing behind me. What a shock I got! And before I could say anything, he asked me: "Are you talking to yourself?"

---

thought transfer – Gedankenübertragung;
cosily – gemütlich; restless – unruhig; interference – Funkstörung; briefly – kurzfristig

"No," I said, but then I realized that perhaps he had heard me talking to Mathilde, so I quickly corrected myself: "Yes."

Justus came round the bench and sat down beside me. Then he saw the two ice-cream sundaes in my hands and I could see the surprise in his look.

I pushed one of them into his hand. "Here. This is for you. I thought we'd eat our ice-cream in the park."

He took the sundae with a confused look but **nevertheless** started to eat it.

Now I had to **straighten him out** about the **soliloquies**, so I told him I was practising **ventriloquism** for the school festival.

"Which school festival?" asked Justus.

"Well, it doesn't matter for which one. We'll certainly have another school festival some time, and by then I'll really be in practice."

In order to make sure that he believed me, I picked a daisy, held it by the stalk and pushed it in front of Justus's face.

I moved it up and down like a puppet and, disguising my voice and without moving my lips, said: "Hello, Justus. I'm Gloria the Daisy."

That wasn't a very good idea, because Justus

---

nevertheless – nichtsdestotrotz; to straighten sb out – jmd. etwas erklären; soliloquy – Selbstgespräch; ventriloquism – Bauchreden looked at me as if I'd just gone crazy, shrugged his shoulders and said: "You're an **offbeat** girl all right."

I threw Gloria over my shoulder and concentrated on eating my ice-cream once more.

Then I thought of a good way to **distract** him. "The watch you gave me is really smashing, by the way."

That embarrassed Justus a little. I could tell, because he made a casual movement with his spoon full of ice-cream which **catapulted** the ice-cream in a sweeping movement from the spoon. It landed on a **blackbird**. This was quite embarrassing for Justus.

Then, just to confirm my compliment and to distract attention from Justus's **clumsiness**, I looked at my pink watch. Unfortunately I had forgotten that I was still holding the sundae cup. Splosh! The ice-cream landed on my trousers.

Justus then clumsily tried to wipe the ice-cream off my trousers.

After that neither of us really knew what to say to one another, and we had eaten the ice-cream anyway.

Then Klarafina came back.

She picked up her handbag and told her: "So this

---

offbeat – unkonventionell; to distract – ablenken;
to catapult – schleudern; blackbird – Amsel; clumsiness – Ungeschicklichkeit

is where I left you!" Then she saw the empty sundae cups, looked at me, then at Mathilde again. She opened the handbag, looked inside it and, **wrinkling her brow**, said to me: "Those were my two last ones." With a sigh she added that she had an **emergency** to attend to and that we would have to meet another time. Off she trotted.

Justus immediately wanted to know, of course, who she was and what she had meant, and whether I had eaten the old lady's ice-cream.

I said that I hadn't – *he* had!

Justus told me he had only taken it because he had thought it was my ice-cream.

"Oh," I said. "So you think I would sit here alone in the park with two ice-cream sundaes?"

When I looked at Justus, I noticed that our conversation was somehow going wrong, but I didn't exactly know how to stop it. Justus then simply said that nothing about me surprised him.

I didn't know what to say and asked him why he was **spying on me**.

He got cross and said I was completely crackers.

Then I offered to give him his watch back.

He stood up and told me to keep it, saying that then at least something about me would be ticking correctly, and off he went.

---

wrinkling her brow – stirnrunzeln; emergency – Notfall; to spy on sb – jmd. nachspionieren

Now I don't really know what will happen with Justus and me. Are we still talking to each other? Or aren't we? Do I have to apologize? Or does he? Does this officially count as an **argument**? If it does, does it mean that we aren't friends any more?"

In actual fact, this was our second argument, if you count the ice-cream parlour episode.

Then I would, of course, have to know how often you can have an argument without a friendship actually falling apart. Is there a limit – three times or ten times, then it's all over?

I'll wait and see. If necessary, Flippi can write him another letter. Which reminds me: I still don't know what was in the first letter.

First of all, Flippi said she couldn't remember. Then, when we had our little disagreement, she said, cheekily, that she had copied a recipe for **meatballs in caper sauce**.

If that's right, it must be Justus's **favourite dish**, otherwise he wouldn't have given me a watch.

---

argument – Streit; in actual fact – genau genommen; meatballs in caper sauce – Königsberger Klopse; favourite dish – Lieblingsessen

Monday, 22nd June

The drama goes on and on.

I really didn't think that things could get worse, but they did. Now the ultimate catastrophe is ready to explode. All because of a fashion trend.

Everybody at school wears the same jacket.

It's not that we have to wear school uniform. No. But everyone **who thinks himself anyone** is wearing a special kind of worn, **frayed** jeans jacket with Japanese writing on the back. Nobody has any idea what the writing means. I expect that it's just been copied from a Japanese menu and means 'escalope of veal with chips and mayonnaise', only in Japanese.

A couple of hopeless romantics are of the opinion that it is an old Japanese **blessing** that goes: 'May, today and every day, the sun show you the way to walk life's path **in cheerfulness and gaiety**.'

The boys insist that it means: 'Death to the **traitor**.' It doesn't really matter. Anyway, almost everyone at school is wearing the same kind of jacket.

That's the only way it could have happened. And I only noticed it when I got home. I put on some-

---

to think oneself anyone – etwas auf sich halten; frayed – ausgefranst; blessing – Segensspruch; in cheerfulness and gaiety – heiter und beschwingt; traitor – Verräter

one else's jacket. The jacket with the bear in it!!! My bear is gone!

And who's got him? Serafina.

Serafina of all people! I know it's her because the jacket which I was wearing had a letter from Linda to Serafina in the pocket. She wrote her that she had got a sweet new pink patent-leather belt and asked her whether she could bring it to show Serafina and whether Serafina would like to wear it. She hadn't worn it yet because she knows that Serafina doesn't like used things.

When I read things like that, it makes me want to throw up. But why am I worrying about Linda when my world is coming to an end and I shall most probably die of **grief**.

The perfect catastrophe! Serafina will find the bear and certainly discover his secret. Then Serafina will be able to do magic. Of all people in the world she ought to be the last to be allowed to cast spells. Then everybody will have to look out. She will turn us all into toads and **warthogs**. Serafina – a witch!!!

That will be the end for me. My **heyday** will be over. 'Go to jail. Do not pass "Start". Do not collect two thousand Euros.' I'm ruined.

Who says that life is a **roller-coaster**? Nonsense –

---

grief – Kummer; warthog – Warzenschwein;
heyday – Glanzzeit; roller-coaster – Berg- und Talbahn

life is a **ski-jump**, and just as you're about to jump, they **whip** your skis **away**.

And I did so enjoy being a witch. Everything was finally beginning to work out in my life.

Tuesday, 23rd June

Yes, it's all over with me.

Serafina can cast spells. I'm sure of it. Yesterday in the playground, BJ came up to her and gave her a book. He said it was for her brother, but I'm sure he must have put a love letter to Serafina inside it.

My BJ spell is probably still working and the bear hasn't noticed that he has a new owner. He is now making sure that Serafina gets BJ.

She strolled over to me and said in her sugar-sweet way: "Oh, Joho baby, I've got a suggestion about how you can make yourself more attractive. Put a **bag** over your head!"

Then she **breezed off**, the chickens giggling behind her.

I couldn't think of anything to say now that all my strength as a witch is gone, and Serafina has got it.

It's really terrible.

---

ski-jump – Sprungschanze; to whip away – wegreißen; bag – Tüte; to breeze off – abrauschen

Without my powers as a witch I am lost. Now I am powerless and have to let her do anything she wants to me, like all the other chickens.

In my despair I even asked Flippi for her advice. I've never done that before. Flippi just asked me in a matter-of-fact tone why I didn't simply tell Serafina that we had taken each other's jacket by mistake and ask her to **swap**.

Sometimes Flippi makes me really angry.

Especially when she's right.

I simply hadn't thought of that. I panicked so badly because I was suddenly no longer a witch that I can't even think of the simplest things.

But I couldn't tell Flippi that.

Flippi looked at me, shook her head and asked me if puberty had made my brain stop functioning.

I said she was a stupid **twit**, told her to leave me alone and to disappear out of my room.

But unfortunately I was in *her* room, so I had to **meekly** disappear myself.

It's not easy with Flippi when we have a quarrel. I'm a good five years older than her, but the age difference doesn't help me when we're quarrelling. It's awful. You can't win an argument against her. Not even my mother can.

---

to swap – tauschen; twit – Trottel; meekly – kleinlaut

This morning Flippi asked my mother if she could **repaint** her room. My mother said no.

This lunch-time, Flippi started to move the furniture in her room to the middle, covering it with old cloths.

My mother asked her what she thought she was doing, and Flippi said: "I'm getting everything ready because I'm going to paint my room."

My mother wanted to know whether Flippi had beans in her ear-holes, saying she hadn't given Flippi **permission** to paint her room.

To which Flippi replied, with perfect coolness: "I know. I'm not actually painting it yet. But if you change your mind, I can start straight away."

My mother said she wasn't going to change her mind, and walked out of the room.

In the evening, Flippi began to paint.

I asked her whether our mother had changed her mind. Flippi said no. But she certainly would when she saw the newly-painted bedroom.

Can you believe it?! Where does this dwarf get the nerve for a trick like that? And the worst thing is, she always gets away with it! She'll get away with this painting **lark**, too, I'm quite certain of it.

At first my mother won't be able to believe her eyes, then she'll quickly grab one of her clever

---

repaint – neu anstreichen; permission – Erlaubnis; lark – Zeug

'how-to-bring-up-children' manuals and begin wildly **leafing through** it. After that she will **assert** that, basically, this is one quality that will be very useful to Flippi in later life. In this case 'quality' means: Flippi's habit of ignoring my mother's orders.

That woman is quite impossible, isn't she?

Nevertheless, I'm going to follow Flippi's advice: I'll simply exchange my jacket.

Wednesday, 24th June

Serafina wasn't wearing the jacket.

Impossible! Normally we all wear our jackets every day. Our mothers have been strictly **forbidden** to wash the jackets. And if they insist, they have to wash them at night. If they can't get the jacket dry by the following morning, we put our jackets on wet. Just to teach our mothers a lesson!

Rumour has it that some mothers have **clandestinely** bought a second jacket so that nobody notices if they occasionally wash the first.

So I can't understand why Serafina turned up

---

to leaf through – durchblättern; to assert – versichern; forbidden – verboten; clandestinely – heimlich without a jacket. Maybe she has made it **invisible** just to annoy me.

It's really awful. Serafina is already **better off** than most of us, and now she's a witch as well.

Life is unjust. In every **respect**.

Quite apart from which, I missed a natural catastrophe at home today. My mother flipped her lid when she saw Flippi's room. She **went** absolutely **bananas**. She raged, she screamed, she threatened and even cursed.

For the first time in her life she reacted like a normal mother – and I missed it! Shit!

But Flippi had really taken things a bit too far. Flippi wanted a cave, one just like the Flintstones have.

Actually it really was high time that Flippi's room was re-papered and painted. For in the course of time, Flippi had scribbled moustaches on all the sweet little princesses dancing **ring-a-ring-o'-roses** across her wallpaper, blacked out some of their teeth or drawn **patches** over their eyes. And she had painted monsters and disgusting animals everywhere.

Scary! So much so that if I had to go into Flippi's

---

invisible – unsichtbar; to be better off – es besser haben; respect – Hinsicht; to go bananas – durchdrehen; ring-a-ring-o'-roses – Ringelreihen; patch – Augenklappe

room just before going to bed, I always had nightmares.

So she had decided to re-create the **Flintstones'** cave and began to paint the walls a **boggy** greyish-brown.

She really had no choice in the selection of colour, because our mother hadn't allowed her to buy paint. So Flippi simply mixed up all the paint leftovers which she found in the cellar.

Of course she hasn't had very much painting practice, so one or two strokes went onto the **skirting**. Because she has a practical nature, Flippi thought: OK, so I'll paint the skirting brown, too.

A bit of paint got onto the door **frame** and Flippi thought: OK, so I'll paint the door frame brown, too.

While she was doing that, some paint got onto the door, and Flippi thought: OK, so I'll paint the door brown, too.

And it was the same with the door handle, the window and so on.

To cut a long story short: the whole room is brown. Walls, ceiling, door, the window – including the **panes** – and even the carpet: everything has been painted brown. Because a bit of paint dripped on the carpet …

Flintstones – Familie Feuerstein; boggy – schlammig; skirting – Fußbodenleiste; frame – Rahmen; pane – Scheibe

It's **ghastly**, it really is!

Even if Flippi were my favourite sister, that's what I'd say.

In dictatorships, this room would be used for **interrogations**. Everyone would immediately confess to anything just to get out of the room quickly.

Flippi was very satisfied with her work, but she was the only one.

My mother shouted so much that she couldn't speak for two hours afterwards. And when her voice had more or less recovered, she **hoarsely** whispered to Flippi that Flippi should leave her room immediately and **move in** with me.

How about that? Now I get punished, too!

My mother tried to find a painter and decorator who could **make good the damage**.

Three different decorators were there. All three **refused** to restore this room to its original condition.

Then Flippi had an idea. "Why don't you ask Oskar Hase?"

Oskar also works at the theatre. He paints the **scenery**. We know him quite well. He used to visit us often.

My mother and he had to **collaborate**. Sometime

---

ghastly – grauenhaft; interrogation – Verhör; hoarsely – heiser; to move in – einziehen; to make good the damage – den Schaden beheben; to refuse – sich weigern; scenery – Kulisse; to collaborate – zusammenarbeiten

at his place, usually at ours. Rarely at the theatre, but never mind.

One day he stopped coming. I mean, to tell the truth, he kept on phoning but every time my mother said she didn't have time. I ask you! Either they have to work together or they don't. She can't just say she doesn't have time. But that's my mother all over.

Oskar was really great. He was always on our side, and the three of us **drove** my mother **to the edge of madness**. He really had even worse ideas than Flippi. My mother moaned, asking what she had done wrong in her **former life** to be punished by being surrounded by people like us.

Anyway, Oskar stopped coming, and when we asked about him my mother always got into a bad mood.

And when Flippi mentioned Oskar now, our mother immediately hissed that it was out of the question. She said she was fed up with Flippi's good ideas. We would see what would happen. Flippi should **keep a low profile** for the next future.

But Flippi has this 'quality' (disobedience, I mean). She ran straight off to the theatre and began **negotiations** with Oskar.

---

to drive sb at the edge of madness – jmd. an den Rand des Wahnsinns treiben; former life – früheres Leben;
to keep a low profile – sich zurückhalten; negotiations – Verhandlungen

He was a bit undecided and asked Flippi twice if it was really OK from our mother's point of view.

Flippi said of course it was. Our mother had sent her.

Then Oskar broke into a broad smile and promised to **pop in** tomorrow.

Sometimes I envy Flippi her nerves.

She's just dropped off to sleep in the middle of the story she was telling me. And she looks really sweet.

Spending a couple of nights with her in the same room isn't so bad after all.

All this stress with Flippi has almost made he forget my own drama.

I don't dare tell Klarafina about what's happened to the bear. She'll certainly think I was completely **irresponsible**. I might possibly be excluded from the witches' club now that I've lost my **magic charm**. I think it's really rotten: either I can't get into a club or if I do, I **get booted out** again in seconds flat! What is to become of me? I'm the worst witch in the world. No – I'm not even a witch any more!

---

to pop in – vorbeikommen; irresponsible – unverantwortlich; magic charm – Zaubergegenstand; to get booted out – rausgeschmissen werden

Thursday, 25th June

When I got home today, Oskar was already there.

I was really pleased to see him.

My mother was standing there, red in the face, saying that it was all a misunderstanding. She said she didn't need any help, everything was fine, and that he could go now. But Oskar was **suspicious** and didn't look as if he was going to leave. He looked at Flippi with a question in his eyes.

Then Flippi dragged him into her room and whispered that my mother had re-painted her room. She asked him whether he didn't think this was a call for help.

Oskar was deeply moved and **promised faithfully** firstly to do something about the room and secondly to do something about our mother.

Then I came to Flippi's assistance by telling Oskar he shouldn't show any reaction if our mother said that this was all Flippi's work. If she wanted to believe that, we should let her believe it.

But by then my mother was already standing in the doorway, saying in a meek voice that it might, after all, be a good idea to re-paint the room. Flippi had …

But Oskar didn't even let her finish her sentence.

---

suspicious – misstrauisch; to promise faithfully – hoch und heilig versprechen

He put his arm consolingly around her shoulders and told her not to worry. He would **put everything right**. Then he asked her if she wouldn't like to go out this evening for a pizza with him and **get it all off her chest**. It might be a little too much to take over full responsibility for two children all on her own.

My mother said he was probably right. But when Oskar looked at her so sweetly, she blushed and said she didn't have time to go out for a meal with him.

My mother might possibly have an Oskar allergy. I know all about that from me and Justus.

Oskar looked at my mother full of understanding and said that was OK. He promised to come back tomorrow evening and start to put Flippi's room back into order.

My mother was a little **confused**. So confused that, when Oskar had gone, she even forgot to shout at Flippi.

---

to put everything right – alles in Ordnung bringen;
to get sth off one's chest – sich etwas von der Seele reden;
confused – verwirrt

Friday midday, 26th June

I want my bear back!

Even if he couldn't cast spells, I'd still want him back. He was so sweet. I must get him back.

But first of all I have to know whether the bear is still in my jacket.

Justus must help me. He must find out why Serafina no longer wears the jacket and where she has hidden it. Maybe it's only invisible at school and you can see it again when she gets home.

The only thing is that I don't really know how to explain the situation to Justus. I'd better tell him that we took each other's jacket **by mistake**. I'll give him Serafina's and ask him to bring me mine back.

If I told him about the bear, he'd only get confused.

Most things confuse him. At least when it's me who's explaining them!

---

by mistake – aus Versehen

Friday evening, 26th June

Justus will do it!

It was all quite easy. I told him without making a big fuss and he said that wasn't a problem.

Then I realized that we were really not on speaking terms after our argument. And I mumbled quietly: "Sorry about what happened in the park."

He looked at me and said: "That's OK. You're just a bit **loopy**, that's all."

I looked at him questioningly, and he hurriedly said that he found it cool.

Hey! Justus thinks I'm cool.

I'm cool! At last!

I've been waiting so long to hear that!

Ever since I was at kindergarten I've been trying to be one of the cool kids. In those days all cool kids had pets. Tobias had a guinea pig. Janina had a hamster and Mara even had a dog. Of course I wanted to have a pet, too.

But my mother said no.

So I caught two wild animals and **tamed** them. What else could I do? They were called Pixie and Dixie. And they were so sweet and did everything I told them to.

I talked about them a lot at kindergarten, and

---

loopy – abgedreht; to tame – zähmen

everybody **envied** me. Tobias and Mara came to my house one day to see Pixie and Dixie.

I let them loose to show Tobias and Mara the tricks I had taught them. Just at that moment my mother happened to come into the room and killed Pixie and Dixie with the **fly-swatter**. Tobias and Mara didn't understand me and said that two stupid **flies** were not real pets. And my mother said they were quite right, too.

Tobias and Mara never came round to play again, and they told everyone at the kindergarten about my two pet flies. Everybody laughed at me.

Never before in my life has anyone said I was cool. So I need to get my bear back quickly so that I can stay cool.

I've made a start. I've given Justus Serafina's jacket and he's trotted off home with it.

Saturday midday, 27th June

Justus came a while ago and brought me my jacket. That took a **load of my mind**. But then it fell back again! The bear was not in my jacket.

I was so shocked I began to cry. Justus was quite

---

to envy – beneiden; fly-swatter – Fliegenpatsche; fly – Fliege; sth takes a load of one's mind – jmd. fällt ein Stein vom Herzen

confused. It was only with difficulty that I managed to tell him that my bear was missing. My sweet little favourite bear. And that I had only wanted the jacket back because of the bear. Because he is my … lucky bear.

Justus then searched the jacket pockets again and found one of BJ's exercise books.

I began **sobbing** even harder. If BJ keeps his exercise books in Serafina's jacket, I no longer have any chance! She must have discovered the bear and realized that he has magic powers. The next moment she put a spell on BJ to make him fall in love with her. But I didn't tell Justus that.

Justus drew another conclusion from the presence of the exercise book: it's BJ's jacket.

I found that so fantastic that I immediately put the jacket on.

Justus explained everything to me. Yesterday BJ had been round at his house and had probably mistaken his jacket for Serafina's, or rather for my jacket. So Serafina now has her own jacket back, and BJ and I are the ones with the **switched** jackets.

That consoled me: BJ is now wearing my jacket and I'm wearing his. Like a real pair of **love-birds**. That's wonderful. I wonder if the bear planned it all?

---

to sob – schluchzen; switched – vertauscht;
love-birds – Turteltauben

But that also means that BJ now has the magic bear.

I wonder if the magic works for boys? Whether BJ is now a witch?

Justus told me to give him BJ's jacket and he'd get me mine back.

When I refused to take the jacket off, he looked at me in a funny way and asked me whether I was sure I wasn't in love with BJ.

"Absolutely sure," I lied.

That was clearly a **white lie**. I can't be punished for it.

In all probability, you don't get punished for lying anyway. It's only a story my mother invented. Because the punishments she told me about were always changing.

When we were still small she always said, when we lied, that we had a white cross on our foreheads. When we were big enough to look in the mirror and wanted to see the white cross, she told us that our ears **waggled** when we lied.

Flippi and I stood in front of the mirror and lied as hard as we could, but our ears never waggled.

Then our mother insisted that our legs would stop growing if we lied, and as proof she quoted the German saying: "Liars have short legs".

---

white lie – Notlüge; to waggle – wackeln

Later on I found out that the saying really goes: "Lies have short legs".

Finally my mother gave up, saying: "Lying isn't done, and that's the end of it!"

And much later she admitted that white lies are **permissible**. They were more or less OK. Not very nice, but sometimes very necessary.

She told me that when I caught her telling a friend on the phone that she had to hang up because there was someone at the door. I stood there and watched her run to the door with the phone in her hand, ring the doorbell and **cordially** welcomed someone who wasn't there at all. Never mind.

With a heavy heart I took BJ's jacket off again and handed it to Justus.

And Justus trotted off. I wanted to go with him, but Justus was a bit suspicious and said he'd rather settle the matter on his own.

Saturday afternoon, 27th June

Justus hasn't come back yet.

I'm sure BJ has discovered the bear's true powers and won't give him back. Justus and BJ will found a

---

permissible – zulässig; cordially – herzlich

witches' club and **compete** with each other in spell-making!

And I won't be a member. It's so unfair. After all, it's my bear!

Oskar spends almost every evening with us now. And that's really great. Oskar is truly all right.

He's almost cleaned up Flippi's room.

My mother usually helps him.

I think she wants to make a good **impression** on him. She doesn't shout at us any more. Nor does she ask us if we've got problems that she could help us solve.

And: she's bought herself a new blouse although she otherwise even sews our pencil cases herself. And she wears this blouse while she's painting. Well, that's something I'd never dare to do.

When Oskar wanted to make her a compliment, saying her new shirt looked good and that it was a pity to wear it for working, all she said was: "Oh, this old **rag**. I was going to sort it out anyway."

Then Oskar snipped off the price tag that was still **dangling** from the blouse and my mother blushed.

Oskar gave my mother such a sweet smile.

Flippi and I want Oskar to stay on, and we're

---

to compete – wetteifern; impression – Eindruck;
rag – Fetzen; to dangle – baumeln

already wondering which room to **wreck** next so that my mother will need Oskar for even longer. Because Flippi's room is nearly finished.

Flippi has also asked our mother whether we couldn't adopt Oskar. Then he would live with us and we would have a big brother. Oskar has lost both his parents and he lives all on his own.

My mother got a bit confused when Flippi made this **suggestion**. She said she wasn't very keen on the idea of an adoption. She thought it silly that the son should be older than the mother. He certainly wouldn't do what she told him.

Saturday evening, 27th June

Everything's OK. Justus has just been here.

With my bear. I nearly kissed him. Justus, I mean. But as we aren't in love with each other, I didn't do it, of course. That would only confuse Justus.

Instead, I kissed my bear.

Justus said he'd felt very embarrassed and told me to keep a closer eye on my lucky animals in future. BJ had nearly **rolled up with laughter** when Justus turned up in the role of the **saviour** of

---

to wreck – ruinieren; suggestion – Vorschlag; to roll up with laughter – sich ausschütten vor Lachen; saviour – Retter

children and cuddly toys, and had found the situation – and Justus – very funny.

I felt really sorry for Justus, but he hadn't wanted me to go with him. So it's his own fault. But I didn't say that, of course. You always have to praise boys, especially when they make mistakes.

I told him I thought it was really cool of him to do that for me.

That seemed to make Justus happy somehow. So happy that he asked me whether I'd like to go to the cinema with him.

I was so pleased to have my bear back that I said yes.

Now that I've got my bear back I can cast a spell to make BJ come to the cinema, too.

Because now that BJ has been walking around in my jacket for one entire day, he may well be in my power and have to do everything I ask of him.

Perhaps I'll get BJ to do my homework for me. And he'll have to take over my kitchen **chores** and clean the aquarium when it's my turn. And the rest of the time he'll have to kiss me and tell me that I'm the coolest girl he knows.

Flippi is still sharing my room. Flippi's room is only progressing very slowly.

Oskar finds it harder and harder **to get down to**

---

chore – Hausarbeit; to get down to work – zum Arbeiten kommen

work. He and my mother seem to have quite a lot to discuss, as Oskar is now supposed to decorate the other rooms, too. He had no objection when my mother asked him. On the contrary, he said no prob, any time. And since then they've been talking about the project. Mostly in her bedroom.

Maybe she only did it to prevent Flippi from running **artistically** amok again. Because Flippi came into the kitchen with her paintbox a few days ago and asked my mother whether she hadn't always wanted a little **border** of monsters around the walls. Flippi would love to paint it for her.

My mother jumped and told Flippi not to bother. She said she couldn't expect such a delicate little girl to work so hard. Flippi should enjoy her life, get together with the other girls and play. Preferably at their houses. She said she would ask Oskar to do a couple of sketches for a monster border which they could then discuss together.

Flippi was satisfied with her suggestion.

So now Oskar and my mother sit for hours in my mother's bedroom discussing the monster border.

---

artistically – künstlerisch; border – Bordüre

Tuesday, 30th June

Oskar really is a genius. Flippi's room is ready. He has transformed it into a super Flintstones cave. He's even painted Flintstones **furniture** on the wall. And he's painted Dino and Pebbles as well. And Fred and Wilma.

Flippi complained about these two, however. She said Fred and Wilma looked suspiciously like Oskar and our mother. Flippi's not so wrong. There they stand, hand in hand, and Wilma is **nuzzling up** to Fred like a real love-bird. And Oskar has painted hundreds of pink hearts around them, too.

When Flippi asked him what he meant by painting this piece of kitsch, Oskar got quite embarrassed. He said he had probably done it without thinking. Then he looked across at our mother. She stared down at the floor, drawing invisible circles with one foot.

Hey – wasn't that the sign for …? Impossible! It must mean something quite different to adults.

---

furniture – Einrichtung; to nuzzle up – sich anschmiegen

Wednesday, 1st July

What a day today was! Incredible.

I went to the cinema with Justus. When he picked me up, he looked quite different from his usual self. It took me a while **to figure out** what it was: Justus had combed his hair. He never does that normally.

Actually, he always says he never combs his hair. But I expect it takes him at least an hour to make his hair look as coolly **tousled** and unkempt as it usually does.

Anyway, today he had a completely different hair-style. One which looked combed. When I asked him, he shrugged his shoulders and said he looked just like he always did.

It was only on our way to the cinema that I remembered that I had really wanted to magic BJ to the cinema. But then I suddenly had the feeling that BJ might be in the way somehow. Nor did I really know how he would be in the way, or in the way of what. Anyway, I left BJ where he was.

At the cinema, Justus bought popcorn and Coke and found us seats quite a long way back in the corner.

When the lights went down, he stretched his arms up in the air and laid them on the seat backs

---

to figure out – herausfinden; tousled – zerzaust

on either side. But then a fat gentleman sat down next to Justus, so Justus quickly took that arm off the back of the seat. The one on the back of my seat he left where it was.

He asked me if I'd mind if he put his Coke on the other side of me.

I was very nice and said that sounded like a good idea, because the man sitting beside him looked pretty thirsty. He looked as if he might quite possibly take a **swig** of Justus's Coke.

Justus put his Coke beside me. Whenever he wanted to take a sip, which was quite often, he had to lean over me to get at the bottle. Each time he only took a teeny-weeny sip, but he took quite a lot of them.

I didn't know exactly what to do with my arms.

I wanted to be as cool as Justus, so I also put my arm on the back of the seat. At least I tried. But while I was trying, I knocked the popcorn out of Justus's hand. Then I stopped trying.

Justus said nothing.

Then I put my hand down by my Coke, which was between Justus and me.

Suddenly I felt something on my hand. I got such a shock because, in the film, there was a scene with a rat and I thought it was a rat. **I gave a shriek** and hectically pulled my hand away. Unfor-

---

swig – Schluck; to give a shriek – aufschreien

tunately, as I did so, I spilt my Coke over Justus's trousers.

Again, Justus said nothing.

I felt terribly embarrassed, especially when I noticed that it wasn't a rat but Justus's hand that had touched me.

Then Justus took his arm away from the back of my seat and stopped sipping his Coke, too.

I **clenched** my popcorn in both hands and felt a bit miserable. I thought it would be best to concentrate on the film.

It was a really exciting film. But when everything went dead quiet for just a second, we could hear someone noisily eating something and the sound of a spoon on a glass.

Justus turned round and then **nudged** me. "Look who's sitting in the row behind us."

I turned round and could hardly believe it. Who was sitting diagonally behind us? Klarafina. With an ice-cream sundae in her hand. She leaned over to me and said: "What a good thing we met, Jojo. I've something important to tell you."

I asked her if it couldn't wait till later but she said no, it had to be right now.

And because the people near us were already angrily clearing their throats and going "Shh!", I went out with Klarafina. Justus wanted to come with

---

to clench – umklammern; to nudge – anstupsen

us, but Klarafina pushed him back in his seat and whispered: "**Girl-talk**."

Klarafina and I then sat on the stairs. She took an ice-cream sundae for me and another for herself out of her handbag and said we had something important to discuss. But it was a very **tricky subject**. It had to do with boys.

I was afraid she was going to give me a **sex-talk** and told her I already knew all about it. My mother had given me a book about it when I was seven. And apart from that, we'd already learned everything a second time at school.

Klarafina was very surprised that 'witch ethics' was a school subject.

"Witch ethics?"

"Yes, the basic rules about what a witch may do and what she should under no circumstances do," explained Klarafina.

She seemed quite relieved when I told her that I had meant something quite different. No, I assured her, we hadn't had 'witch ethics' at school yet. Maybe we'll get it in the **sixth form**.

"That might be too late," said Klarafina.

"What's up?" I wanted to know.

Klarafina **hummed and hawed**. "Well," she began. "I have the feeling that you're about to

---

girl-talk – Frauensache; tricky subject – heikles Thema; sex-talk – Aufklärung; sixth form – Oberstufe; to hum and haw – herumdrucksen

break the most important of all witches' **commandments**."

"What's that? Going to the cinema? Eating popcorn? Spilling Coke?"

"No, no – it's got something to do with boys."

Well, of course I found that interesting. Anything to do with boys has interested me lately. "So what is it?"

Klarafina gave a deep sigh and took another big spoonful of ice-cream before replying.

It must have been very embarrassing for her, because she mumbled as unclearly as she could: "Mitches are mot for missing."

"What? Witches are not for missing?"

Klarafina shook her head, took a deep breath, and said in an even quieter but clearer voice: "Witches are not for kissing."

"Witches are not for kissing? I beg your pardon? What's that supposed to mean?"

"Exactly what I said. You have to **make your mind up**, Jojo. If you kiss or are kissed, you will lose your power as a witch."

"I don't believe you."

"But it's true."

"What sort of stupid commandment is that?"

"Everyone with a special gift has to make sacri-

---

commandment – Gebot;
to make up one's mind – sich entscheiden

fices. And witches are not allowed to kiss. Otherwise their witching days are over."

"No kissing – ever?"

"Never."

"Not even one teeny-weeny kisslet?"

"Not a single kiss."

"Till the end of my days?"

"Till the end of your days."

"So how do witches get children?"

"Witches don't get children. They seek out gifted girls and give them a special object with which they can cast spells. Only as long as they remain unkissed, of course."

Wow! How about that! I pointed to Mathilde, Klarafina nodded. So Mathilde is Klarafina's bear, so to speak.

The film was over. Justus came out to us. I was just going to suggest that we should go to the ice-cream parlour, but Klarafina **scurried** off.

Instead, Serafina was suddenly standing beside us. Justus asked her how she had enjoyed the film. She said the film had been boring, but she found what was going on out here all the more interesting. And as she walked past me, she whispered: "Best regards to your friend."

No idea what she meant by that.

---

to scurry – huschen

All the way home the words were echoing in my ears: 'Witches are not for kissing, witches are not for kissing, witches are not for kissing …'

And Justus, walking beside me, was talking and talking and talking. I think he was telling me how the film ended. But I couldn't have cared less how the film ended. I'm wondering how my life will end.

When we reached our front door, Justus put his arm around me. I gave a terrified shriek because I thought he was going to kiss me. Justus was also startled and asked me what was the matter with me.

I was so frightened that I said: "Witches are not for kissing."

Justus rolled his eyes and said I had probably eaten too much popcorn.

Yes, that must be it, I said to him. A doctor had once discovered that popcorn has a **narcotic** effect on me. I really shouldn't touch the stuff at all. Like **poppy-seed rolls** – one bite and I'm high!

Justus smiled weakly and said he had to go home now.

I was really happy to be alone. I have to make an important decision.

I mean, just think: think what I've been working towards all these weeks! My life ruined! I can't

---

narcotic – berauschen; poppy-seed rolls – Mohnbrötchen

believe it!! And the number of times I've missed being kissed **by a hair's breadth**? At least two near misses with BJ.

Probably I ought even to be thankful to Flippi. What a piece of luck.

What do I mean: 'What a piece of luck'? I can never kiss BJ. What else am I living for? What a stupid situation! And I had been so much looking forward to my first kiss!

But there can be no question of my giving up my magic powers. Certainly not now that everything in my life is going in the right direction at last. Well, *almost* everything.

Everybody wishes he or she could do magic, and I can do it.

I certainly won't risk that for a stupid old kiss.

That's right. What's so special about BJ anyway that would make anybody want to kiss him **at all costs**?

There's nothing special about BJ at all.

The best thing will be to keep away from boys completely, then nothing can possibly go wrong.

But suddenly I had to think about Justus. And I began to cry.

I can't understand it: I'm in love with BJ, and

---

by a hair's breadth – um Haaresbreite;
at all costs – unbedingt

when I think about Justus, I have to start **blubbing**.

Maybe it's because it's somehow more fun to do things with Justus. Not only because he's nicer than BJ. Justus is also funnier. Actually, BJ is only cool and nothing else.

Oh, no! Maybe I've fallen in love with the wrong boy. Just my bad luck! Something like that could only happen to me! That I think the boy I've fallen in love with is not as nice as the one I'm not in love with.

That must be puberty. Maybe I'll catch it after all.

So, one thing is clear: I shall never kiss. I shall remain a witch!

Yes, a witch is what I'll be.

Thursday, 2nd July

Justus is **avoiding me**.

And all the other boys at school are **chasing me** like crazy. Their behaviour is absolutely dotty. They've probably all gone nuts or something. Have they all caught puberty at the same time?

Manuel came up to me during break, put his arm

---

to blub – flennen; to avoid sb – jmd. aus dem Weg gehen; to chase sb – jmd. hinterherrennen

round my shoulders and whispered: "Hello, Jojo." And he tried to kiss me. Seriously!

I jumped aside in horror, bumping into Torsten – then *he* tried to kiss me! I punched him in the eye and slapped Manuel round the face because he was still standing there and making a face as if he was going to try again.

Then they both walked over to Serafina and told her that I was a stupid little bitch.

Two boys from Eighth Grade also went up to Serafina, looked across at me and asked her: "Is that the one?"

Serafina nodded, and the two of them walked up to me. One of them asked: "Hey, are you Jojo? Cool! Do you want go to the cinema with me?"

The other one pushed his friend aside and said he was there first. Then the two of them started arguing, and I **buzzed off**.

Then Serafina walked over to the boys and called them two stupid twits. I think it's great if boys are crazy about you, but Serafina is behind it somehow so I don't have a good feeling.

When I told Linda everything, she said that might be a good sign and that Serafina might perhaps want me to join her club soon when she sees how **popular** I suddenly am.

Well, Linda might just be right.

---

to buzz off – die Fliege machen; popular – beliebt

Monday, 6th July

At last!

I'm one of the cool kids. Oh, I knew it all the time!

Serafina came up to me today and was as friendly as can be. She asked me whether I wouldn't like to be a member of her club.

At last.

"Of course," I said.

"OK," was her reply. "Then you are accepted herewith."

Of course there was just one little thing, naturally. Really only a **trifle**.

"What is it? Tell me what it is and I'll do it."

"Well," she went on, "every new member of the club has to hand over an old cuddly toy at the start. As an indication that they aren't a baby any longer, **so to speak**, and are prepared to give up their favourite cuddly animal."

"No prob. I've got an old dog with blue button eyes, a monkey with **Velcro** paws who can really cling to you or a sweet little kangaroo. Which one would you like?"

"Your bear!"

"My bear?!"

---

trifle – Kleinigkeit; so to speak – sozusagen;
Velcro – Klettverschluss

"That's right."

The shock made me feel quite sick. Why does she want my bear? My bear of all things?

Thank God the bell for the next lesson rang. I buried the bear deep in my pocket and said I didn't have him with me today. I said I'd bring him along tomorrow.

Serafina smiled in triumph.

Tuesday, 7th July

I couldn't sleep all night.

I'm so unhappy about my bear. I simply can't give my bear away.

What on earth can I do? Here's my **one-time** chance to be one of the 'in kids', but to be one of them I have to give up my bear. Anything else but my bear – giving him away would mean that I wouldn't be able to do magic anymore.

But perhaps you have to make sacrifices if you want something **badly** enough.

---

one-time – einmalig; badly – dringend

Tuesday evening, 7th July

The strangest thing in the world happened today.

Serafina came up to me and asked me if I'd brought the bear. I put on my most rueful face and said I'd forgotten him. In order to gain time. Because I'm still not quite sure whether I should really give him away.

Serafina was a bit cross and told me she wouldn't **keep her offer open** much longer.

Then the following happened: BJ and a couple of other boys were standing around and whispering among themselves. Yes, even boys whisper. And how!

Then BJ said to the boys: "That's **money for old rope**!"

He strolled up to Serafina and me, swept Serafina into his arms and kissed her.

I was completely gobsmacked. I waited for my heart to break. But nothing happened. I mean it's a bit funny, isn't it? The boy I'm in love with kisses my **arch enemy** and I feel nothing.

Why did he kiss Serafina anyway? Just like that – in front of all the others?

I'm sure he must have lost a bet. He wouldn't do a thing like that **voluntarily**, I thought.

---

to keep an offer open – ein Angebot aufrechterhalten; money for old rope – leicht verdientes Geld; arch enemy – Erzfeindin; voluntarily – freiwillig

But then things got even better: BJ finishes his kiss, holds out his hand demandingly and says: "OK. That was that. Now give me my twenty Euros."

"What?! You have to pay BJ twenty Euros for one kiss?"

Well, how lucky I am that BJ and I haven't got around to kissing yet, otherwise I'd be **stony broke** already.

Nor did Serafina seem to be very happy about it either, because she slapped BJ round the ears and screamed at him: "Not *me*, you stupid twit! *Her!*" And when she said 'her' she pointed to *me*.

"Oh," said BJ. "A little misunderstanding." He was just about to grab me when Serafina slapped him round the face again and screamed that he had ruined her life.

She began to cry **heartrendingly**, and BJ asked her what was wrong now. Was he supposed to kiss me or wasn't he?

But Serafina ran off, and I clenched my fists, took up a fighting position and **snarled at** BJ: "Don't you dare!"

BJ shrugged his shoulders and walked away.

And suddenly everything was crystal clear to me.

That rotten, scheming little bitch had offered the

---

stony broke – völlig pleite; heartrendingly – herzzerreißend; to snarl at sb – jmd. anblaffen

boys at school money to kiss me! Serafina must have been **eavesdropping** on my conversation with Klarafina at the cinema. She wanted me to lose my magic powers and she wanted my bear.

Good heaven! And I nearly fell for it!

But I'm sure of one thing now. I'm not in love with BJ, I know that for certain. It's all over between BJ and me.

It's just a pity that Justus is keeping out of my way. He hasn't phoned me since our cinema fiasco. And if we see each other in the school playground and I say 'Hi' to him, he only gives me the briefest of greetings and walks on.

Wednesday afternoon, 8th July

I can't believe it. It simply can't be true.

I come home. Everything is quiet. I think that there's nobody at home and want to see how the monster border in the kitchen is coming along. I walk into the kitchen and what do I see???

My mother and Oskar! Kissing each other!!!

I must have screamed with fright, because the two of them immediately stopped what they were

---

to eavesdrop – belauschen

doing. They rushed across to me and tried to calm me down, constantly asking me what the matter was.

At first I couldn't say a word. But then I found myself **hissing at** the two of them, asking them just what they thought they were doing. I told them they weren't teenagers any more, and that kissing would cost them their magic powers.

I must have been a bit confused, because my mother put me to bed. She sat beside me for hours, put a wet **facecloth** on my forehead and kept forcing me to drink camomile tea.

I cried rather a lot and told her how rotten it was that my mother should be allowed to kiss and that I wasn't.

My mother was very kind to me, so somehow I told her everything – about BJ and Justus and so on.

She asked me whether I might not **actually** be in love with Justus.

I denied it. Nobody was in love with Justus, I said. Except perhaps Linda, but she falls in love with a different guy each week. Justus isn't exactly one of the cool boys. Those were BJ and the **blokes** in the band. They were the ones you fell in love with if you wanted to be cool.

My mother told me to get some rest, and went

---

to hiss at sb – jmd. anfauchen; facecloth – Waschlappen; actually – in Wirklichkeit; bloke – Typ

back to her darling. Yes, she's the lucky one! She's in love and can kiss as much as she likes.

While I was resting, I thought the whole thing through again carefully and came to the conclusion that you might possibly fall in love without actually wanting to. Just like that. You meet someone, find him attractive and whoops! Suddenly you're in love. Whether you like it or not.

And that might have happened to me with Justus.

So I might actually be in love with Justus and not with BJ. Otherwise my heart would have broken when BJ kissed Serafina. That's what it says in all the novels: 'When she saw him with the other woman, her heart broke.'

The fact that I'm always so nervous and that embarrassing things happen to me when I'm with Justus might be a sign of love.

And the tickling I feel in my tummy isn't an allergy – it's love.

All the signs are that I'm in love with Justus. And now I have to tell him that we have no future because **otherwise** I would lose my powers as a witch!

Unless, of course, he promises never to kiss me.

If he really loves me, he'll do that!

Suddenly I realized that I don't really know whether Justus is in love with me anyway. I never

---

otherwise – anderenfalls

paid much attention to him because I always had only eyes for BJ.

Suddenly I burst out crying again. Because if Justus isn't in love with me, our love story would be a really sad one.

Wednesday evening, 8th July

I don't like to admit it, but I asked my mother how I can find out whether Justus loves me or not.

For heaven's sake, I must be really **desperate** to ask my own mother for advice!

But she's probably better informed in love matters than I had always thought.

Well, at least she said she was sure that Justus thought I was **fantastic**. Anyone who sacrifices so much of his free time to be with me as Justus has simply must find me fantastic.

She was really nice and almost normal, and this was the first time that she didn't reproach herself for having done everything wrong. Nor did she blame my father.

So, if Justus also loves *me*, I only have to decide what to do about this kissing nonsense.

Shall I kiss Justus or not?

---

desperate – verzweifelt; fantastic – toll

If I want to kiss Justus, I shall simply kiss him! What do I need the powers of a witch for? It's much more important in life to be kissed.

Tomorrow I will kiss Justus!

Thursday, 9th July

This morning I was able to think clearly again, and made a new decision:

I *won't* kiss Justus.
I want to remain a witch.

I talked to Justus in the school playground during break.

I explained to him that I was in love with him and was prepared to marry him, but that I would **unfortunately** never be able to kiss him.

Justus was rather **taken aback**, but told me that was OK. We could just go to the cinema now and then **for starters**, and perhaps to a concert or to a basketball match occasionally.

I told him that was OK by me. That would be all right.

---

unfortunately – bedauerlicherweise; to be taken aback – verblüfft sein; for starters – für den Anfang

Thank goodness he didn't ask for any explanations.

He already thinks I'm a bit peculiar in any case, and all my explanations only seem to confuse him.

Oh, he was so-o-o sweet!

But then something terrible happened.

Well, actually it wasn't terrible at all.

I had just finished my flaming speech when Justus gave me a loving glance, rather like the way Oskar looks at my mother. And then it happened.

I kissed Justus.

I kissed him! Although I'm not allowed to kiss at all!

And that was the most fantastic feeling I've ever had in my life.

I'm totally happy. And so is Justus. And I **don't give a damn** that I can't cast spells any more.

So what shall I do with the bear now?

I could give him to Serafina.

Then she'll let me join her club. And as she is no longer unkissed, she won't be able to do any evil spells with him.

---

not to give a damn – sich nichts daraus machen

Friday, 10th July

So, everything's hunky-dory now: I've given the bear away.

It wasn't easy for me. But I can see him every day. And he wouldn't work for me any more anyway.

I definitely made the right decision.

Flippi was ever so pleased.

Yes, Flippi! I gave the bear to my little sister!

Not to Serafina, that conceited old cow! She can stick her silly club wherever she likes.

I'm an adult now.

Justus will be **picking me up** soon. We're going for a picnic.

And last night something else wonderful happened. I got my first pimple! It looks rather sweet actually. Right next to my nose. I shall call him Pünktchen. And if I get another pimple, I shall call him Anton. I'll call the next one ... Oh, I don't think I should think about that so much. I don't need a lot of pimples. One or two will do fine.

Flippi wanted to cast a spell on Oskar and our mother so that they would get married. But I told her we'd give them a chance and see if it didn't **happen of its own accord**. We'll give those two a week.

---

to pick sb up – jmd. abholen; to happen of its own accord – von selbst geschehen

If they haven't got married by then, Flippi will start casting her spells.

Tomorrow I'm meeting Klarafina, and I'll introduce her to Flippi. As my **successor**, so to speak.

There's no danger of Flippi kissing a boy. The most Flippi does is to punch boys in the stomach.

She thinks boys are absolutely stupid.

At the moment.

And Flippi told me that if ever I have a big wish, she'll magic it into **fulfilment**.

But it may well be that I don't need magic any more. Because if you really want something to work out, you can do it without witchcraft. You only have to want it hard enough.

Well, and sometimes things work out that you don't want, but which turn out to be much better than what you wanted in the first place.

And if you get annoyed about all the things you want and don't get, then you should remember that there are still heaps of things that you *don't* want which fortunately you don't get, either.

That sounds a bit mixed up again, doesn't it? But that's all because of puberty. I'm certain that I've caught it now.

---

successor – Nachfolger; fulfilment – Erfüllung

Von Hortense Ullrich
bei Thienemann bereits erschienen:

Hexen küsst man nicht (1)
Liebeskummer lohnt sich (2)
Doppelt geküsst hält besser (3)
Liebe macht blond (4)
Love is Blonde
Wer zuletzt küsst … (5)
Und wer liebt mich? (6)
Ein Kuss kommt selten allein (7)
Unverhofft liebt oft (8)
Ehrlich küsst am längsten (9)
Andere Länder, andere Küsse (10)

Ullrich, Hortense
Never Kiss a Witch
Aus dem Deutschen von Philip und Regine Hewitt
ISBN 13: 978 3 522 17646 0
ISBN 10: 3 522 17646 4

Reihengestaltung: Birgit Schössow
Einbandillustration: Birgit Schössow
Texttypografie: Marlis Killermann
Schrift: New Baskerville
Satz: KCS GmbH in Buchholz/Hamburg
Reproduktion: Medienfabrik, Möglingen
Druck und Bindung: Friedrich Pustet, Regensburg

Die deutsche Originalausgabe erschien
unter dem Titel *Hexen küsst man nicht* bei Thienemann.
Printed in Germany.
8 7 6 5 4* 06 07 08 09

www.thienemann.de
www.frechemaedchen.de